MIRA®

Der Preis dieses Bandes versteht sich einschließlich
der gesetzlichen Mehrwertsteuer.

Umwelthinweis:
Dieses Buch wurde auf chlor- und säurefreiem Papier gedruckt.

Gefährliche Begierde

Als Richard Tremain, Chef der Tageszeitung „Island Herald", ermordet wird, fällt der Verdacht sofort auf seine Geliebte Miranda. In ihrem Bett, mit ihrem Küchenmesser wurde die Bluttat begangen, und alles spricht für einen Mord aus Eifersucht. Miranda versucht, ihre Unschuld zu beweisen, doch gegen den mächtigen Clan der Tremains kommt sie nicht an. Auch Richards Halbbruder Chase hält sie anfangs für kaum mehr als ein berechnendes Flittchen. Allerdings weiß er auch um Richards Gier nach Macht und Geld, die ihm viele Feinde eingebracht hat. Je länger er Miranda beobachtet, desto unwahrscheinlicher erscheint ihm, dass sie eine Mörderin ist. Doch wenn nicht sie Richard erstochen hat – wer dann?

Tess Gerritsen

Gefährliche Begierde

Roman

Aus dem Amerikanischen von
Barbara Minden

MIRA®

MIRA® TASCHENBUCH
Band 25150
1. Auflage: Oktober 2005

MIRA® TASCHENBÜCHER
erscheinen in der Cora Verlag GmbH & Co. KG,
Axel-Springer-Platz 1, 20350 Hamburg
Deutsche Erstveröffentlichung

Titel der nordamerikanischen Originalausgabe:
Presumed Guilty

erschienen bei: Harlequin Enterprises, Ltd., Toronto
Published by arrangement with
Harlequin Enterprises II B.V., Amsterdam

Konzeption/Reihengestaltung: fredeboldpartner.network, Köln
Umschlaggestaltung: pecher und soiron, Köln
Redaktion: Claudia Wuttke
Titelabbildung: Getty Images, München
Illustration: Sándor Rózsa, Köln
Satz: Buch-Werkstatt GmbH, Bad Aibling
Druck und Bindearbeiten: Ebner & Spiegel, Ulm
Printed in Germany
ISBN 3-89941-189-7

www.mira-taschenbuch.de

1. KAPITEL

Es war zehn Uhr, als er anrief. Wie immer. Noch bevor Miranda ans Telefon ging, wusste sie, dass er es war. Ebenso wie sie wusste, dass das Telefon, wenn sie es ignorierte, immer weiter läuten und sie wahnsinnig machen würde. Miranda lief nervös im Schlafzimmer auf und ab. Ich muss nicht dran gehen, dachte sie. Ich muss nicht mit ihm reden. Ich schulde ihm nichts; verdammt noch mal, gar nichts.

Doch dann hörte das Klingeln plötzlich auf und es war unerwartet still. Sie hielt den Atem an und hoffte, dass er dieses Mal nachgegeben, dieses Mal verstanden hatte, dass sie ernst meinte, was sie zu ihm gesagt hatte. Als das Telefon erneut zu läuten begann, schreckte sie zusammen. Mit jedem Klingelton kam es ihr so vor, als ob jemand ihre Nerven mit Sandpapier bearbeiten würde.

Miranda hielt es nicht länger aus. Doch schon als sie den Hörer in die Hand nahm, wusste sie, dass es ein Fehler war. „Hallo?"

„Ich vermisse dich", sagte er in dem vertrauten Flüsterton gemeinsam genossener Zweisamkeit.

„Ich will nicht, dass du mich noch einmal anrufst", entgegnete sie.

„Ich kann nicht anders. Den ganzen Tag schon dachte ich an nichts anderes. Miranda, es war die Hölle ohne dich."

Tränen schossen ihr in die Augen. Sie versuchte, sie zurückzuhalten, und holte einmal tief Luft.

„Können wir es nicht noch einmal probieren?“ bat er fast flehentlich.

„Nein, Richard.“

„Bitte. Diesmal wird alles anders.“

„Nichts wird sich ändern!“

„Doch, es wird.“

„Es war von Anfang an ein Fehler.“

„Du liebst mich immer noch. Ich weiß, dass du mich liebst. Mein Gott, Miranda, dir seit Wochen täglich zu begegnen, ohne dich berühren zu dürfen. Oder wenigstens einmal alleine mit dir sein zu können.“

„Das wirst du nicht mehr länger ertragen müssen, Richard. Du hast meine Kündigung. Ich meine es ernst.“

Als hätten ihre Worte die Wirkung nicht verfehlt, folgte eine lange Pause. Das gab Miranda eine gewisse Genugtuung. Gleichzeitig quälte sie das schlechte Gewissen, weil sie es gewagt hatte, sich zu befreien, endlich wieder sie selbst zu sein.

Da sagte er leise: „Ich habe es ihr gestanden.“

Miranda reagierte nicht.

„Hast du gehört?“ fragte er, „ich habe ihr alles über uns erzählt, und ich war schon bei meinem Anwalt. Ich habe die Bedingungen meines …“

„Richard“, unterbrach sie ihn leise, „es macht keinen Unterschied. Egal, ob verheiratet oder geschieden. Ich möchte dich nicht sehen.“

„Nur noch einmal.“

„Nein."

„Ich komme vorbei. Jetzt gleich …"

„Nein!"

„Wir müssen uns sehen, Miranda!"

„Ich muss gar nichts", schrie sie.

„Ich bin in fünfzehn Minuten da."

Miranda starrte ungläubig auf das Telefon. Er hatte aufgelegt. Dieser verdammte Kerl hatte einfach aufgelegt und in einer Viertelstunde würde er an ihre Tür klopfen. Dabei hatte sie in den vergangenen drei Wochen tapfer durchgehalten. Sie hatte es geschafft, Seite an Seite mit ihm zu arbeiten und dabei höflich zu lächeln und ihrer Stimme einen neutralen Tonfall zu verleihen. Und nun war er auf dem Weg zu ihr, würde ihre mühsam aufgebaute Fassade der Selbstbeherrschung einreißen und dann wären sie wieder am selben Punkt, trudelten in dieselbe gemeine Falle, aus der sie sich gerade befreit hatte. Sie rannte zum Schrank und zerrte einen Pullover heraus. Sie musste weg hier. Irgendwohin, wo er sie nicht finden konnte. Irgendwohin, wo sie alleine war. Sie floh durch die Haustür, die Verandatreppen hinunter und begann schnell und entschlossen, die Willow Street entlang zu laufen. Es war erst halb elf. Doch die Nachbarn hatten sich bereits in ihre Häuser zurückgezogen. Durch die Fenster, an denen sie vorbei ging, schimmerte Licht. Sie sah die Silhouetten häuslicher Idylle und das Flackern eines Kaminfeuers. Da stieg das altbekannte Gefühl des Neids in ihr hoch und die Sehnsucht, ein Teil dieser heilen Welt zu sein und in der

Glut des eigenen Kaminfeuers zu stochern. Alberne Träumerei!

Fröstelnd verschränkte sie die Arme vor der Brust, dabei war es nicht einmal besonders kühl für diese Jahreszeit in Maine. Sie war wütend. Wütend, dass ihr kalt war und wütend, weil sie sich hatte aus ihrem Haus vertreiben lassen. Wütend auf ihn. Dennoch eilte sie weiter. Bei der Bayview Street schlug sie den Weg nach rechts zum Meer ein. Nebel zog von der Bucht herein. Er verdeckte die Sterne und kroch in düsteren Schwaden die Straße entlang. Sie lenkte ihre Schritte geradewegs in die aufziehenden Nebelschleier. Von der Straße bog sie in einen Pfad ein, dem sie bis zu einer Reihe von Granitstufen folgte, die vom Nebel glitschig geworden waren. Am steinigen Strand am Ende der Stufen stand eine hölzerne Bank, die sie insgeheim als ihre betrachtete. Da setzte sie sich hin, zog die Beine an die Brust und starrte aufs Meer. Irgendwo in der Bucht erklangen die Töne einer Heulboje. Durch den Nebel konnte sie das schwache, grünliche Licht einer auf den Wellen tanzenden Fahrwassertonne ausmachen.

Inzwischen würde er ihr Haus wohl erreicht haben. Sie fragte sich, wie lange er an die Tür klopfen, ob er solange dagegen pochen würde, bis ihr Nachbar, Herr Lanzo, sich darüber beschwerte. Oder ob er aufgeben und nach Hause fahren würde; zu seiner Frau, seiner Tochter und seinem Sohn.

Sie lehnte sich mit dem Gesicht gegen die Knie und versuchte, das Bild der glücklichen, kleinen Tremain-Familie aus ihren Gedanken zu verbannen. Er hatte seine Ehe nicht als glücklich bezeichnet, eher als an der Grenze der Belastbarkeit. Doch es war die Liebe zu seinen Kindern, Phillip und Cassie, die ihn davon abgehalten hatte, sich schon vor Jahren von Evelyn zu trennen. Inzwischen waren die Zwillinge alt genug, um die Wahrheit über die Ehe ihrer Eltern zu verkraften. Nun war es die Sorge um seine Frau, die ihn daran hinderte, sich von Evelyn scheiden zu lassen. Sie brauche Zeit, sich an die Situation zu gewöhnen und, wenn Miranda nur geduldig genug wäre, ihn nur genügend liebte, so wie er sie liebte, dann würde alles gut werden …

Oh, ja. Lief nicht alles wunderbar?

Miranda stieß ein Lachen aus. Sie hob den Kopf, sah aufs Meer hinaus und lachte noch einmal. Es klang nicht hysterisch, sondern erleichtert. Sie fühlte sich, als sei sie von einer langen Krankheit genesen und stellte fest, dass ihr Verstand wieder scharf und klar war. Der Nebel tat gut auf ihrer Haut. Die kühle Berührung reinigte ihre Seele. Wie sehr sie diese Reinigung gebraucht hatte! Ihr schlechtes Gewissen hatte sich monatelang wie Schichten aus Dreck auf ihre Seele gelegt, bis sie ihr wirkliches Ich unter all dem Unrat kaum selbst mehr hatte erkennen können. Nun war es vorbei. Diesmal war es wirklich und wahrhaftig vorbei. Sie lächelte dem Meer zu. *Meine Seele gehört wieder mir,* dachte sie, von Ruhe und Gelassenheit durchströmt, einem Gefühl, dass sie seit Monaten nicht mehr gespürt hatte. Sie erhob sich und machte sich auf den Heimweg.

Zwei Wohnblocks von ihrem Haus entfernt, entdeckte sie den blauen Peugeot, der in der Nähe der Kreuzung Willow und Spring Street parkte. Er wartete also immer noch auf sie. Sie blieb bei dem Wagen stehen und blickte auf die ihr nur allzu bekannten schwarzen Lederpolster mit den Sitzbezügen aus Schaffell. Der Schauplatz des Verbrechens, dachte sie. Der erste Kuss. Ich habe schmerzhaft dafür büßen müssen. Jetzt ist er an der Reihe.

Miranda entfernte sich von dem Wagen und steuerte entschlossen auf ihr Haus zu. Sie stieg die Stufen der Verandatreppe hinauf und fand die Tür unverschlossen, so wie sie sie verlassen hatte. Drinnen brannten noch immer die Lichter. Er war nicht im Wohnzimmer.

„Richard?" rief sie.

Keine Antwort.

Der Geruch frisch aufgesetzten Kaffees lockte sie in die Küche. Auf dem Herd stand ein Topf und auf dem Küchenregal sah sie einen halbvollen Kaffeebecher. Eine der Türen des Küchenschranks stand offen. Sie knallte sie zu.

Gut. Du bist also rein gekommen und hast es dir gemütlich gemacht, was? Sie griff nach dem Becher und schüttete den Inhalt in die Spüle. Der Kaffee, der ihr dabei auf die Hand spritzte, war kaum noch lauwarm. Dann ging sie in die Diele, am Badezimmer vorbei, wo Licht brannte und ein Rinnsal Wasser aus dem Hahn lief. Sie drehte es ab.

„Du hast kein Recht, hier einfach rein zu kommen!" brüllte sie. „Das ist mein Haus. Ich könnte die Polizei rufen und dich wegen Hausfriedensbruch festnehmen lassen.“ Dann wandte sie sich dem Schlafzimmer zu. Noch bevor sie die Tür erreichte, wusste sie, was sie erwartete. Er würde ausgestreckt auf ihrem Bett liegen, nackt, und mit einem Grinsen im Gesicht. So hatte er sie das letzte Mal begrüßt. Diesmal würde sie ihn hinauswerfen, ob mit Klamotten oder ohne. Diesmal würde sie ihn überraschen.

Im Schlafzimmer war es dunkel. Sie machte das Licht an. Er lag ausgestreckt auf ihrem Bett, wie sie es vorhergesehen hatte. Seine Arme waren ausgebreitet, seine Beine im Bettuch verheddert und er war nackt. Doch da lag kein Grinsen auf seinem Gesicht, nur der Ausdruck blanken Entsetzens. Sein Mund war zu einem lautlosen Schrei geformt, und die aufgerissen Augen starrten auf ein schreckliches Bild jenseits der Ewigkeit. Ein Zipfel des Lakens hing Blut durchtränkt an der Seite des Bettes herunter. Es war still, bis auf das stetige Tröpfeln der purpurroten Flüssigkeit, die langsam auf den Boden triefte. Miranda schaffte kaum mehr als zwei Schritte ins Schlafzimmer, als die Übelkeit sie übermannte. Sie fiel auf die Knie, schnappte nach Luft und würgte. Erst als es ihr wieder gelang, den Kopf zu heben, entdeckte sie das Küchenmesser, das in der Nähe auf dem Boden lag. Sie brauchte nicht zweimal hinzusehen, um den Griff und die zwölf Zentimeter lange Stahlklinge zu erkennen. Sie wusste genau, woher es war. Es stammte aus dem Küchenschrank. Es war ihr Messer, und es würden ihre Fingerabdrücke darauf zu sehen sein. Und jetzt war es blutverschmiert.

Chase Tremain fuhr durch die Nacht in die Morgendämmerung hinein. Der Rhythmus der Straße unter den Rädern, das Schimmern des beleuchteten Armaturenbretts, das Radio, das leise, kratzende Melodien von Muzak spielte; all das verband sich in der Ferne zu etwas mehr als dem verschwommenen Hintergrund eines Traums; eines sehr schlechten Traums. Es gab nur eine Wahrheit und das war die, die er ständig vor sich hin sagte, während er fuhr. Was er immer wieder in seinem Kopf wiederholte, während er den dunklen Highway hinunter raste.

Richard ist tot. Richard ist tot.

Er war bestürzt, sich diese Worte laut sagen zu hören. Lautstärke und Klang dieser in der Dunkelheit seines Wagens geäußerten Worte holten ihn kurzfristig aus seinem tranceähnlichen Zustand heraus. Er blickte auf die Uhr. Es war vier Uhr morgens. Er saß nun bereits seit vier Stunden in seinem Wagen. Die Grenze New Hampshire-Maine lag hinter ihm. Wie viele Stunden waren es noch? Wie viele Kilometer? Er fragte sich, ob es wohl kalt draußen war und ob man das Meer riechen konnte. Das Auto nahm den Sinnen jede Möglichkeit der Wahrnehmung. Es war zu einer verschlossenen Hölle aus grünen Lichtern und Fahrstuhlmusik geworden. Er schaltete das Radio aus.

Richard ist tot.

Er hatte diese Worte ständig im Ohr und spulte sie in Gedanken zurück bis zu der verschwommenen Erinnerung an den Anruf. Evelyn hatte sich nicht einmal damit aufgehalten, es ihm schonend beizubringen. Er hatte kaum begriffen, dass seine Schwägerin am Telefon war, als sie ihn auch schon mit der Nachricht konfrontierte. Ohne Vorrede und ohne Setz-dich-erst-einmal-hin-Warnung. Nur die kalten Fakten, präsentiert in Evelyns gewohntem Flüsterton. „Richard ist tot", sagte sie zu ihm, „ermordet worden. Von einer Frau ..."

Und dann im nächsten Atemzug: Ich brauche dich, Chase. Diesen Teil der Nachricht hatte er nicht erwartet. Chase war der Außenseiter, der Tremain, den anzurufen man sich nicht die Mühe machte. Er war derjenige, der seine Sachen gepackt und der Stadt und Familie für immer verlassen hatte. Der Bruder mit der peinlichen Vergangenheit. Chase, der Ausgestoßene. Chase, das schwarze Schaf.

Chase, der Erschöpfte, dachte er, während er den Schlaf abwehrte, der seine Fäden wie eine Spinne um ihn spann. Er öffnete ein Fenster und inhalierte die kalte Luft, die von draußen herein strömte, den Geruch von Pinien und Meer. Der Geruch von Maine, der ihm, wie nichts sonst auf der Welt, die Erinnerungen seiner Kindheit zurückbrachte, als er über die Felsen am Strand kletterte und bis zu den Knöcheln im Seegras stand. Frisch gesammelte Muscheln klapperten im Eimer gegeneinander. Das Geräusch des Nebelhorns. All das kam mit diesem Lufthauch zurück, dem Duft seiner Kindheit, gute Zeiten, die frühen Jahre, als er noch gedacht hatte, Richard sei der mutigste, cleverste und der allerbeste Bruder, den man nur haben konnte. Die Tage, bevor er Richards wahre Natur begriffen hatte.

Ermordet. Von einer Frau.

Der letzte Teil dieser Nachricht überraschte Chase nicht. Er fragte sich, wer sie war und was sie so zur Weißglut gebracht hatte, dass sie seinem Bruder ein Messer in die Brust gestoßen hatte. Oh, eigentlich war das leicht zu erraten. Eine unglückliche Liebesbeziehung. Das Verhältnis hatte sich getrübt. Eifersucht auf eine neue Geliebte. Die unvermeidliche Trennung. Gefolgt von der Wut, benutzt und betrogen worden zu sein. Eine Wut, die jegliche Logik, jeglichen Selbstschutz außer Kraft gesetzt hatte. Chase konnte sich das ganze Szenario vorstellen. Es fiel ihm sogar leicht, sich die Frau auszumalen, eine Frau wie alle anderen in Richards Leben. Sie war von einer natürlichen Attraktivität. Darauf hatte sein Bruder bestimmt geachtet. Doch da gab es sicher auch einen Haken an der Sache, etwas, das mit ihr nicht stimmte. Vielleicht war ihr Lachen zu laut oder ihr Lächeln zu künstlich oder die Fältchen um ihre Augen verrieten, dass es sich um eine Frau handelte, die kurz vor dem Verblühen war. Ja, er konnte sich ein klares Bild von ihr machen. Ein Bild, das gleichzeitig Mitleid und Ablehnung in ihm hervorrief. Und Wut. Egal, wie groß seine eigene Abneigung gegenüber Richard war, es änderte nichts daran, dass sie immerhin Brüder waren. Sie teilten dieselben Erinnerungen an Nachmittage im Meer, Spaziergänge an der Hafenmole, Streifzüge in der Nacht. Ihr letzter Streit war sehr heftig gewesen, aber Chase hatte immer im Hinterkopf behalten, dass sie ihn beilegen konnten. Da war noch Zeit dafür gewesen, die Dinge ins rechte Licht zu rücken, um wieder Freunde zu sein. Das hatte er gedacht, bis Evelyns Anruf kam. Sein Ärger wuchs und überflutete ihn wie die Springtide bei Vollmond. Eine verlorene Chance. Keine Möglichkeit mehr, ihm zu sagen: *Ich mag dich.* Nie wieder: *Weißt du noch?* Die Straße verschwamm vor seinen Augen. Er blinzelte und klammerte sich ans Lenkrad. So fuhr er weiter in den Morgen hinein.

Gegen zehn hatte er Bass Harbour erreicht. Um elf war er an Bord der *Jenny B.*. Sein Gesicht im Wind, umklammerte er die Reling der Fähre. In der Ferne erschien Shephard's Island als niedriger grüner Hügel im Nebel. *Jenny B.'s* Bug hob sich über den Wellenkamm, und Chase fühlte die ihm bekannte Übelkeit aus dem Magen aufsteigen, und den bitteren Geschmack in seinem Mund. Seekrank, wie immer, dachte er. In einer Familie von Seglern war Chase die Landratte, derjenige, der festen Boden unter den Füssen bevorzugte. Die Regattatrophäen gingen alle an Richard. Egal in welcher Bootsklasse, ob Katamaran oder Sloop, Richard gewann alles. Und das hier war das Gewässer, in dem er seine Fähigkeiten trainiert hatte, wenden, halsen, Segelwechsel, Befehle brüllen. Spinnacker hoch, Spinnacker runter. Für Chase war das alles ein Haufen Unsinn und dann immer diese schreckliche Übelkeit …

Chase inhalierte eine ordentliche Brise salziger Meeresluft und bemerkte, wie sich sein Magen beruhigte, als *Jenny B.* an der Pier anlegte. Er kehrte zu seinem Wagen zurück und wartete, bis die Reihe an ihm war, seinen Wagen die Rampe hinunter zu fahren. Es waren acht Wagen vor ihm dran. Jeder von ihnen mit einem Nummernschild von außerhalb. Halb Massachusetts schien im Sommer nach Norden unterwegs zu sein. Man konnte fast schon hören, wie Maine unter dem Gewicht dieser verdammten Karossen ächzte.

Der Fährmann winkte ihn heraus. Chase legte den Gang ein und fuhr über die Rampe auf Shephard's Island.

Es begeisterte ihn, wie wenig sich der Ort in all den Jahren verändert hatte. Dieselben alten Gebäudefassaden mit Blick zur See: die Insel-Bäckerei, die Bank, Fitz Gerald's Café, der Billige Jakob, Lappin's Kaufhaus . Ein paar neue Namen tauchten an alten Plätzen auf. Der Vogue Schönheitssalon hieß jetzt Gordon's Buchhandlung. Country Antiquitäten und ein Immobilienbüro ersetzten den alten Haushaltswarenladen. Gott, welche Veränderungen der Tourismus doch mit sich brachte. Er bog um die Ecke und fuhr die Limmerick Street hinauf. Auf der linken Seite befand sich immer noch im selben geklinkerten Gebäude der *Island Herald.* Er fragte sich, ob sich im Inneren irgend etwas verändert hatte. Chase konnte sich noch gut an alles erinnern: die dekorative Blechdecke, die ramponierten Tische, die Porträts der Verleger an den Wänden; jeder von ihnen ein Tremain. Er sah alles genau vor sich, bis hin zur Remington Schreibmaschine auf dem alten Schreibtisch seines Vaters. Natürlich war die Zeit der Remingtons lange vorbei. Jetzt gab es überall Computer, elegant, effizient und unpersönlich. So jedenfalls hatte Richard die Zeitung geleitet. Weg mit den alten Sachen und her mit den neuen.

Her mit dem nächsten Tremain.

Chase gab Gas und fuhr den Chestnut Hill hinauf. Nach einem halben Kilometer erreichte er den höchsten Punkt der Insel, von dem aus er das Anwesen der Tremains sehen konnte, das ihn wegen der viktorianischen ingwerplätzchenfarbenen Türmchen immer an eine monströse Hochzeitstorte erinnert hatte. Das Haus war inzwischen in einem edlen grau-weiß gestrichen. Es wirkte nun dezenter und unauffälliger, wie eine verblasste Schönheit. Fast sehnte Chase sich nach dem alten Hochzeitstortengelb.

Er parkte seinen Wagen, nahm seinen Koffer aus dem Kofferraum und ging die Auffahrt hinauf. Noch bevor er die Verandatreppen erreicht hatte, wurde die Tür von innen geöffnet, und Evelyn eilte ihm entgegen.

„Chase!“ rief sie. „Oh, Chase, du bist da. Gott sei Dank, dass du da bist.“

Sie fiel ihm in die Arme. Er drückte sie automatisch an sich und fühlte ihren zitternden Körper und die Wärme ihres Atems an seinem Hals. Sollte sie sich ruhig so lange an ihn klammern, wie es ihr gut tat.

Schließlich löste sie sich von ihm, um ihn anzusehen. Ihre leuchtenden grünen Augen waren noch immer bemerkenswert. Das schulterlange, honigblonde Haar hatte sie zu einem Pferdeschwanz zusammengebunden. Ihre Nase stach rot aus ihrem verquollenen Gesicht hervor. Sie hatte wohl versucht, sie mit Make-up abzudecken. An ihren Nasenflügeln klebten Reste eines pinkfarbenen Puders und auf ihren Wangen hatte die Wimperntusche schmutzige Spuren hinterlassen. Er konnte es kaum fassen, dass das seine sonst immer so makellos zurecht gemachte Schwägerin sein sollte. War es denn möglich, dass sie wirklich in Trauer war?

„Ich wusste, dass du kommen würdest“, flüsterte sie.

„Ich bin gleich losgefahren, nachdem du angerufen hast.“

„Danke, Chase. Ich wusste nicht, an wen ich mich sonst hätte wenden sollen …“ Sie trat einen Schritt zurück und betrachtete ihn. „Armer Kerl, du musst erschöpft sein. Komm rein, ich bringe dir einen Kaffee.“

Als sie die Eingangshalle betraten, war es, als ob er in seine Kindheit zurückgekehrt wäre, so wenig hatte sich verändert. Dieselben Eichenholzböden, dasselbe Licht, dieselben Gerüche. Er dachte fast, dass er, falls er sich umgedreht und durch die Tür ins Wohnzimmer hinein gesehen hätte, seine Mutter konzentriert arbeitend an ihrem Schreibtisch erblickt hätte. Die alte Dame benutzte keine Schreibmaschine; sie hatte zu Recht geglaubt, dass, wenn eine Kolumne nur saftig genug war, der Verleger sie auch auf Suaheli akzeptiert hätte. Und dann kam heraus, dass der Verleger nicht nur ihre Kolumnen genommen hatte, sondern sie gleich mit dazu. Alles in allem war es eine sehr pragmatische Ehe. Und das Maschinenschreiben hatte seine Mutter nie gelernt.

„Hallo, Onkel Chase.“

Chase schaute auf und sah einen jungen Mann und eine junge Frau am oberen Ende der Treppe stehen. Das konnten unmöglich die Zwillinge sein! Erstaunt betrachtete er das Pärchen, das die Stufen hinunter kam. Phillip ging voran. Das letzte Mal, als er seinen Neffen und seine Nichte gesehen hatte, waren sie linkische Halbwüchsige gewesen, zu denen die großen Füße noch nicht so richtig passten. Jetzt waren beide groß, blond und schlank, aber da endete ihre Ähnlichkeit auch schon. Phillip bewegte sich mit der geschmeidigen Sicherheit eines Tänzers, ein eleganter Fred Astaire mit seiner Partnerin – wenngleich die junge Frau nichts von einer Ginger Rogers hatte. Die, die da hinter seinem Neffen herunter kam, hatte mehr Ähnlichkeit mit einem Pferd.

„Ich kann nicht glauben, dass das Cassie und Phillip sein sollen", rief Chase.

„Du warst zu lange weg", erwiderte Evelyn.

Phillip ging auf Chase zu und schüttelte ihm die Hand, distanziert, wie ein Fremder. Seine Hand war schmal und fein wie die eines Gentleman. Er besaß die aristokratische Prägung seiner Mutter – gerade Nase, fein gemeißelte Wangenknochen, grüne Augen. „Onkel Chase", sagte er düster. „Das ist ein furchtbarer Anlass, nach Hause zurückzukommen, aber ich bin froh, dass du da bist."

Chase heftete seinen Blick auf Cassie. Als er seine Nichte zum letzten Mal gesehen hatte, war sie ein lebhaftes kleines Äffchen mit einem schier unendlichen Vorrat an Fragen gewesen. Er konnte kaum glauben, dass sie zu dieser verdrießlichen jungen Frau herangewachsen war. Konnte die Trauer diese Veränderung verursacht haben? Ihr schlaffes Haar war so straff nach hinten gebunden, dass es schien, als ob ihr Gesicht aus einer Ansammlung hervorspringender Kanten bestand; einer großen Nase, Hasenzähnen und einer quadratischen Stirn, die sie nicht mal unter einem Pony versteckte. Nur in ihren Augen fanden sich noch Spuren der Zehnjährigen. Sie schauten ihn direkt an und zeigten ihre scharfe Intelligenz.

„Hallo, Onkel Chase", begrüßte sie ihn in einem auffallend geschäftlichen Ton, der gar nicht zu einem Mädchen passte, dass gerade seinen Vater verloren hatte.

„Cassie", sagte Evelyn. „Kannst du deinem Onkel keinen Kuss geben? Er hat den ganzen Weg auf sich genommen, um bei uns zu sein."

Cassie ging auf ihn zu und küsste ihn spitz und flüchtig auf die Wange, zog sich jedoch schnell wieder von ihm zurück, offenbar verlegen wegen dieser falschen Demonstration von Zuneigung.

„Du bist wirklich groß geworden", meinte Chase und das war das schmeichelhafteste Zugeständnis, was er ihr machen konnte.

„Ja, das soll vorkommen."

„Wie alt bist du jetzt?"

„Fast zwanzig."

„Also geht ihr beide aufs College."

Cassie nickte. Auf ihren Lippen lag das erste Anzeichen eines Lächelns.

„Ich bin an der Universität von Southern Maine und studiere Journalismus. Es kann sein, dass der *Herald* demnächst jemanden benötigen wird, der …"

„Phillip ist in Harvard", unterbrach Evelyn sie. „So wie sein Vater."

„Cassie, wo gehst du hin?"

„Ich muss meine Wäsche waschen."

„Aber dein Onkel ist gerade erst angekommen. Komm zurück und setzt dich zu uns."

„Warum denn Mama?" fauchte sie über die Schulter zurück. „Du kannst ihn wunderbar allein unterhalten."

„Cassie!"

Das Mädchen drehte sich um und starrte sie verächtlich an. „Was?"

„Du verhältst dich unmöglich."

„Das ist ja nichts Neues."

Den Tränen nahe wandte Evelyn sich an Chase. „Siehst du, wie die Dinge stehen? Ich kann nicht einmal mit meinen eigenen Kindern rechnen. Chase, ich komme mit dem Ganzen nicht zurecht. Ich kann einfach nicht mehr …" Sie unterdrückte ihr Schluchzen und verschwand im Wohnzimmer.

Die Zwillinge sahen sich an.

„Du hast es wieder einmal geschafft", sagte Phillip. „Ein unpassender Zeitpunkt, um mit ihr zu streiten, Cassie. Tut sie dir denn gar nicht Leid? Kannst du denn nicht einmal versuchen, mit ihr auszukommen? Wenigstens für die nächsten Tage?"

„Es ist ja nicht so, als würde ich mich nicht bemühen. Aber sie bringt mich auf die Palme.“

„Okay, aber arbeite wenigstens an deinem Ton.“ Er machte eine Pause, bevor er ergänzte: „Du weißt, dass Vater es so gewollt hätte.“

Cassie seufzte. Resigniert stieg sie die Stufen hinunter, um ihrer Mutter ins Wohnzimmer zu folgen. „Ja, das bin ich ihm wohl schuldig …“

Phillip schüttelte den Kopf, während er Chase ansah. „Das ist nur eine weitere Episode aus dem Leben der wundervollen Tremains.“

„Geht das schon länger so?“

„Seit Jahren. Die Vorstellung eben war typisch. Vielleicht denkst du, dass wir nach letzter Nacht … nach Vaters Tod zusammenhalten müssten. Aber stattdessen scheint es uns erst recht auseinander zu bringen.“

Sie gingen gemeinsam ins Wohnzimmer, wo sie Mutter und Tochter in den entgegengesetzten Enden des Sofas vorfanden. Beide Frauen schienen ihre Fassung zurückgewonnen zu haben. Phillip setzte sich zwischen sie und bestätigte so seine Rolle als menschliche Pufferzone. Chase nahm auf einem Sessel in der Ecke Platz, was seiner Vorstellung von einem neutralen Territorium schon eher entsprach.

Die Sonne schien von der Meerseite hell durchs Fenster auf den glänzenden Holzboden. Die Stille wurde nur durch das Ticken der Uhr auf dem Kaminsims unterbrochen. Auch hier sieht alles noch genauso aus wie früher, dachte Chase. Dieselben Tischchen und dieselben Queen Anne-Stühle. Es war genauso, wie er es aus seiner Kindheit erinnerte. Evelyn hatte nicht das Geringste verändert. Dafür war er ihr dankbar. Dann wagte er einen Vorstoß, um die angespannte Stille zu unterbrechen. „Ich bin auf meinem Weg durch die Stadt am Verlag vorbeigekommen", sagte er. „Es hat sich nichts verändert."

„Genauso wenig wie die Stadt", erwiderte Phillip.

„Ja, alles so aufregend wie immer", ergänzte seine Schwester sarkastisch.

„Gibt es schon Pläne für den *Herald*?" fragte Chase.

„Phillip wird ihn nun übernehmen", sagte Evelyn. „Es wird sowieso Zeit. Ich brauche ihn zu Hause, jetzt wo Richard ..." Sie schluckte und blickte zu Boden. „Er ist bereit für den Job."

„Ich bin nicht sicher, Mama", warf Phillip ein. „Ich bin erst im zweiten Semester, und da gibt's auch noch ein paar andere Dinge, die ich gerne ..."

„Dein Vater war zwanzig, als dein Großvater ihn zum Redakteur machte. Stimmt's, Chase?"

Chase nickte.

„Also gibt es gar keinen Grund, weshalb du nicht gleich an die Spitze rücken könntest."

Phillip zuckte mit den Achseln. „Jill Vickery macht ihre Sache doch gut."

„Sie ist nur eine Angestellte, Phillip. Der *Herald* braucht einen echten Kapitän."

Cassie beugte sich nach vorne, ihre Augen blitzten. „Es

gibt auch noch andere, die den Job übernehmen könnten", sagte sie. „Warum muss es ausgerechnet Phil sein?"

„Dein Vater wollte Phillip. Und Richard wusste immer, was für den *Herald* am Besten war."

In der Pause, die darauf entstand, war nur noch das Ticken der Uhr auf dem Kaminsims zu hören.

Evelyn stieß einen kleinen Seufzer aus und stützte den Kopf in ihre Hände. „O Gott, es wirkt so kaltschnäuzig. Ich kann nicht glauben, dass wir darüber sprechen, wer seinen Platz einnehmen wird …"

„Früher oder später müssen wir sowieso darüber sprechen", erklärte Cassie, „wir müssen über viele Dinge sprechen."

Evelyn nickte und wandte ihren Blick ab.

Im Nebenzimmer läutete das Telefon.

„Ich geh ran", sagte Phillip und verließ den Raum.

„Ich kann einfach nicht klar denken", klagte Evelyn, während sie die Hände gegen ihre Schläfen presste. „Wenn doch nur mein Verstand wieder richtig arbeiten würde …"

„Es ist erst gestern passiert", versuchte Chase sie zu beruhigen. „Es braucht Zeit, um diesen Schock zu überwinden."

„Und dann muss ich auch noch an die Beerdigung denken. Sie wollten mir nicht einmal sagen, wann sie ihn …" Sie zuckte zusammen. „Ich weiß nicht, weshalb das so lange dauert. Wieso müssen sie ihn überhaupt so gründlich untersuchen? Ich meine, können sie denn nicht auch so sehen, was passiert ist? Ist es denn nicht offensichtlich?"

„Das Offensichtliche entspricht nicht immer der Wahrheit“, sagte Cassie.

Evelyn blickte auf ihre Tochter. „Was soll das heißen?“

Da kam Phillip ins Wohnzimmer zurück. „Mama, das war Lorne Tibbetts.“

Evelyn erhob sich unsicher. „Und?“

„Er will dich sehen.“

Sie erstarrte. „Jetzt sofort? Hat das nicht Zeit?“

„Du könntest es hinter dich bringen, Mama. Früher oder später wird er sowieso mit dir sprechen wollen.“

Evelyn sah sich hilfesuchend nach Chase um. „Ich kann das nicht alleine. Willst du nicht mitkommen?“

Chase hatte keine Ahnung, um was es hier ging, noch wusste er, wer Lorne Tibbetts war. Zudem sehnte er sich ohnehin nur noch nach einer heißen Dusche und einem Bett, auf das er sich hätte legen können. Aber beides musste offenbar warten.

„Aber natürlich, Evelyn“, antwortete er, wobei er sich widerstrebend erhob und seine von der langen Fahrt von Greenwich steif gewordenen Beine schüttelte.

Evelyn griff bereits nach ihrer Handtasche. Sie holte die Autoschlüssel heraus und gab sie Chase. „I…Ich bin zu nervös zum Fahren. Würdest du …?“

Er nahm die Schlüssel. „Wo müssen wir hin?“

Evelyn setzte sich mit zittrigen Händen die Sonnenbrille auf, um ihre vom Weinen verquollenen Augen hinter den dunklen Gläsern zu verstecken. „Zur Polizei“, sagte sie.

2. KAPITEL

Die Polizeistation von Shephard's Island befand sich in einem umgebauten ehemaligen Kaufhaus, das im Laufe der Jahre in eine Reihe von Räumen und Büros in der Größe von Kaninchenställen verwandelt worden war. In Chase Erinnerung erschien das Gebäude früher einmal imposanter, aber es war schließlich Jahre her, seitdem er es das letzte Mal von Innen gesehen hatte. Doch damals hatte die Polizeistation für ihn, den wilden Jungen, den Schlingel, eine schlichte Bedrohung bedeutet. An dem Tag, an dem sie ihn damals hierher geschleppt hatten, weil er – völlig unabsichtlich – Mrs. Gordimers Rosenbeete zertrampelt hatte, wirkten die Decken höher, die Räume größer und jede Tür wie das Tor zu einer unbekannten Hölle.

Jetzt sah er es so, wie es war – ein müdes altes Gebäude, das dringend einen neuen Anstrich benötigte.

Lorne Tibbetts, der neue Polizeichef, war für diese klaustrophobischen Hasenställe genau richtig gebaut. Falls eine Mindestgröße für den Polizeidienst vorgeschrieben war, dann hatte Tibbetts sie irgendwie knapp unterlaufen. Er war ein Gnom, der in einem ordentlichen, seiner Position angemessenen Sommerkhakianzug steckte, einem Aufzug, den eine gestärkte Kappe vervollständigte, unter der Chase eine kahle Stelle vermutete. Er erinnerte Chase an einen kleinen Napoleon in voller Montur.

Obwohl er äußerlich etwas zu kurz geraten war, verfügte

er dafür über großartige Manieren. Er bahnte sich seinen Weg durch die zusammengewürfelten Tische und Aktenschränke und begrüßte Evelyn mit der übertriebenen Fürsorge, die man einer Frau mit Evelyns sozialem Status schuldete.

„Evelyn! Es tut mir sehr Leid, dass ich Sie hierher bestellen musste." Er nahm freundschaftlich ihren Arm und drückte ihn mit einer beabsichtigt beruhigenden Geste, die Evelyn zusammenfahren ließ. „Es war sicher eine furchtbare Nacht für Sie, nicht wahr? Einfach schrecklich."

Evelyn zuckte mit den Achseln. Einerseits, um damit seine Frage zu beantworten und andererseits, um sich aus seinem Griff zu befreien.

„Ich weiß, dass es schwer ist, mit so etwas zurechtzukommen. Und ich wollte Sie auch nicht damit behelligen, zumindest nicht heute. Aber Sie wissen ja, wie es ist. Die ganzen Berichte, die geschrieben werden müssen." Er warf einen auffällig beifälligen Blick auf Chase. Wie Chase bemerkte, entging den scharfen Augen dieses kleinen Napoleons nichts.

„Das ist Chase", sagte Evelyn, während sie an ihrem Blusenärmel herumrieb, als wollte sie den Abdruck der Hand des Polizeichefs wegwischen. „Richards Bruder, er kam heute morgen aus Connecticut."

„Ach ja", meinte Tibbetts. Seine Augen verrieten, dass er sich sofort an diesen Namen erinnerte. „Ich habe in der Turnhalle der Highschool ein Foto von Ihnen gesehen." Er streckte Chase seine Hand entgegen. Sein Händedruck war beeindruckend fest und wirkte wie der Versuch eines Mannes, seine Körpergröße zu kompensieren. „Wissen Sie? Das im Baseball Trikot."

Chase schaute überrascht. „Das hängt immer noch da?"

„Es ist die hiesige Hall of Fame. Warten Sie mal, Sie gehörten zum 1971er Jahrgang. Mittelfeld, Uni Basketball, ist das richtig?"

„Ich bin überrascht, dass Sie das alles wissen."

„Ich habe selbst Basketball gespielt. Madison High School, Wisconsin. Rekordhalter im Freiwurf. Und nach Punktzahl."

Ja, jetzt sah Chase klar. Lorne Tibbetts, randalierender Zwerg auf dem Basketballfeld. Das hätte zu seinem knochenbrecherischen Handschlag gepasst.

Plötzlich ging die Tür der Polizeistation auf. Eine Frau rief: „Hey, Lorne?"

Tibbetts drehte sich um und wandte sich müde der Besucherin zu, die aussah, als sei sie gerade von der Straße herein geweht worden. „Wieder zurück Annie?"

„Wie der sprichwörtliche Bumerang." Die Frau packte ihre schäbige Tasche von einer Seite auf die andere. „Also, wann bekomme ich meine Erklärung, hm?"

„Wenn ich etwas zu erklären habe. Nun hau ab."

Die Frau wandte sich unbeeindruckt an Evelyn. Die beiden hätten ein feines Paar für die Fotostrecke eines Modemagazins abgegeben. Das Vorher/Nachher-Modell. Mit den ungepflegten Haaren, im lumpigen Sweatshirt hätte unter Annies Fotos ganz sicher „Vorher" gestanden. „Mrs. Tremain?"

sagte sie höflich, „Ich weiß, dass das jetzt nicht der richtige Augenblick ist, aber ich muss den Redaktionsschluss einhalten und würde gerne ein paar kurze Worte …“

„Um Himmels Willen, Annie!“ schnauzte Tibbetts. Er wandte sich an den diensthabenden Polizisten am Empfangstisch. „Ellis, schaff sie hier raus!“

Ellis sprang auf wie ein Stehaufmännchen. „Komm Annie, beweg dich, es sei denn du willst deine Story im Knast schreiben.“

„Ich geh ja schon. Ich geh ja schon.“ Annie riss die Tür auf. Im Rausgehen hörte man sie meckern: „Jesus, die lassen ein Mädchen nicht mal seinen Job machen …“

Evelyn schaute auf Chase. „Das war Annie Berenger. Eine von Richards Starreporterinnen. Jetzt allerdings Star-Nervensäge.“

„Man kann ihr nichts vorwerfen“, mischte sich Tibbetts ein, „dafür bezahlen sie sie, oder nicht?“ Er nahm Evelyns Arm. „Kommen Sie, wir fangen an. Ich führe sie in mein Büro, das ist der einzige ruhige Ort in diesem Affenkäfig.“

Lornes Büro lag am Ende eines Ganges hinter einer Reihe von Räumen, die nicht größer waren als ein kleines Badezimmer. Fast jeder Quadratzentimeter war mit Möbeln vollgestellt: einem Tisch, zwei Stühlen, einem Bücherregal und Aktenschränken. In der Ecke wucherte unbeobachtet ein Farn. Trotz der vollgestopften Enge war alles sauber, die Regale abgestaubt und alle Papiere fein säuberlich im Ausgangskörbchen aufeinander gestapelt. An einer prominenten Stelle an der Wand hing ein Plakat mit folgendem Spruch: *Je kleiner der Hund, desto größer der Kampf.*

Tibbetts und Evelyn saßen auf den beiden Stühlen. Ein dritter Stuhl wurde für die Sekretärin, die alles protokollieren sollte, gebracht. Chase stand an der Seite. Es tat gut zu stehen, gut, die verkrampften Beine auszustrecken.

Zumindest für zehn Minuten fühlte es sich gut an. Dann sackte er in sich zusammen und war kaum in der Lage, dem Gespräch zu folgen. Er fühlte sich wie dieser unglückliche Farn, der in der Ecke vor sich hin welkte.

Tibbetts stellte die Fragen und Evelyn antwortete in ihrer üblichen Flüsterstimme, die auf Chase noch einschläfernder wirkte. Sie gab eine detaillierte Zusammenfassung des nächtlichen Geschehens ab. Ein typischer Abend, sagte sie. Abendbrot um sechs für die ganze Familie. Lammkeule mit Spargel, Zitronensoufflé zum Dessert. Richard trank ein Glas Wein; wie immer. Die Unterhaltung drehte sich um das Übliche, Gerüchte bei der Zeitung. Verkaufszahlen runter, Druckkosten hoch. Sorgen wegen eines möglichen Verleumdungsprozesses. Tony Graffam über einen Artikel verärgert. Und dann Gespräche über Phillips Examen, Cassies Noten. Der Flieder, der in diesem Jahr wunderbar blühte. Dass die Auffahrt neu gepflastert werden sollte. Ein typischer Dialog am Abendbrottisch einer Familie.

Um neun verließ Richard das Haus, um noch ein paar Arbeiten im Büro zu erledigen; zumindest behauptete er das. Und Evelyn?

„Ich ging nach oben, ins Bett."

„Und Cassie und Phillip?"

„Sie gingen aus. Ich glaube, ins Kino."

„Also ging jeder seiner eigenen Wege?"

„Ja." Evelyn guckte auf ihren Schoß hinunter. „Und das war es. Bis halb eins, als der Anruf kam …"

„Lassen Sie uns noch einmal auf das Gespräch am Abendbrottisch zurückkommen."

Dann folgte noch einmal eine Wiederholung. Hier und da kamen ein paar ergänzende Details dazu, doch im Großen und Ganzen blieb es bei derselben Geschichte. Chase, dessen letzte Wachsamkeitsreserven schwanden, driftete in einen halben Dämmerzustand. Seine Beine schliefen ein, während er kurz davor war, im lang ersehnten Schlaf zu versinken. Der Boden begann ziemlich gemütlich auszusehen. Horizontal. Man hätte sich auf ihn legen können. Und dann spürte er, wie er wegrutschte …

Plötzlich schreckte er auf und stellte fest, dass alle ihn ansahen.

„Bist du in Ordnung, Chase?" fragte Evelyn.

„Entschuldigung", murmelte er. „Ich schätze, ich bin müder, als ich dachte." Er schüttelte den Kopf. „Könnte ich, äh, vielleicht irgendwo eine Tasse Kaffee bekommen?"

„Unten in der Halle", erklärte Tibbetts, „Da steht eine ganze Kanne voll und ein Sofa, falls Sie es benötigen. Warum warten Sie nicht da?"

„Geh schon", sagte Evelyn, „ich bin gleich fertig."

Mit einem Gefühl der Erleichterung floh Chase aus dem Büro und begab sich auf die Suche nach der erwähnten Kaffeekanne. Als er sich erneut im Korridor wiederfand, steckte er seinen Kopf durch die erste Tür in einen Waschraum. Die nächste Tür war verschlossen. Er ging weiter und schaute in einen dritten, unbeleuchteten Raum. Chase erkannte die Umrisse eines Sofas, ein paar Stühle und in der Ecke standen alle möglichen Möbel durcheinander. In der Seitenwand gab es ein Fenster. Es erregte seine Aufmerksamkeit, weil es nicht, wie ein normales Fenster, nach draußen ging, sondern in einen angrenzenden Raum. Durch die Glasscheibe beobachtete er eine Frau, die ganz alleine an einem schmalen Tisch saß.

Sie war sich seiner Anwesenheit nicht bewusst. Ihr Blick war nach unten auf die Tischplatte gerichtet. Aus irgendwelchen Gründen fühlte er sich magisch angezogen. Es lag etwas Rätselhaftes in ihrer tiefen Ruhe und Unbeweglichkeit. Er fühlte sich wie ein Jäger, der unerwartet auf junges Wild gestoßen war.

Er schlüpfte leise in den dunklen Raum hinein und schloss die Tür. Dann ging er zum Fenster, das – natürlich! – in Wirklichkeit ein Einwegspiegel war, durch das er sehr wohl, sie jedoch nicht hindurchsehen konnte. Sie hatte keine Ahnung, dass er da stand, obwohl nur ein halber Zentimeter Glas sie voneinander trennte. Er fühlte sich abscheulich, wie er dort so stand und sie heimlich beobachtete, aber er konnte nicht anders. Der alte Traum, sich unsichtbar machen zu können, nahm ihn vollständig gefangen. Und die Frau.

Eigentlich war sie nicht besonders hübsch. Weder Kleidung noch Frisur unterstrichen die Vorzüge, die sie besaß. Sie trug verwaschene Jeans und ein Boston Red Sox T-Shirt, das ihr ein paar Nummern zu groß war. Ihr haselnussbraunes Haar hatte sie nachlässig zu einem Zopf zusammengebunden. An den Schläfen hingen ein paar widerspenstige Strähnen hinunter. Sie trug wenig oder gar kein Make-up, aber sie besaß auch die Art von Gesicht, die so etwas nicht nötig hatte. Genauso wenig wie die Fotomodelle aus dem Katalog für ländliche Mode, die mit gesunden, von der Sonne geröteten Gesichtern Blätter zusammen harkten oder kleine Lämmer liebkosten. Ihre hellen graublauen Augen passten nicht recht zum Rest ihrer Erscheinung, und ihre geschwollenen Lider verrieten ihm, dass sie geweint hatte. Sogar jetzt wischte sie sich eine Träne von der Wange. Suchend blickte sie sich um. Schließlich griff sie frustriert nach einem Zipfel ihres T-Shirts, um sich das Gesicht damit abzuwischen. Eine hilflose Geste, wie etwas, das ein Kind tun würde. So wirkte sie noch verwundbarer. Er fragte sich, warum sie wohl so alleine in diesem Raum saß und trotzdem auf alle Welt wie eine verlorene Seele wirkte. War sie Zeugin oder Opfer?

Dann blickte sie auf einmal genau in seine Richtung, aber er wusste, dass sie ihn nicht sehen konnte. Sie sah nur ihr eigenes Spiegelbild, das ihr entgegen starrte. Sie schien ihr Bild mit ziemlicher Gleichgültigkeit hinzunehmen, so als ob sie dächte: *Da bin ich, ich sehe schrecklich aus, und es könnte mir nicht weniger egal sein.*

Plötzlich drehte sich ein Schlüssel im Schloss, und die Frau richtete sich auf. Ihr Körper sah angespannt aus. Sie wischte sich noch einmal über das Gesicht und reckte kampflustig das Kinn in die Höhe. Mochten ihre Augen auch verquollen, ihr T-Shirt von Tränen feucht sein, so versuchte sie trotzdem, die Aura der Verwundbarkeit abzuschütteln. Sie erinnerte Chase an einen Soldaten, der sich zwar für den Kampf rüstete, aber in Wirklichkeit eine wahnsinnige Angst davor hatte.

Die Tür ging auf. Ein Mann in einem grauen Anzug trat ein. Er trug zwar keine Krawatte, hatte aber dennoch etwas Offizielles an sich. Er nahm den Stuhl. Chase war erstaunt über das laute Geräusch, dass die über den Boden schabenden Beine verursachten, bis er feststellte, dass es ein Mikro in diesem Raum geben musste und der Krach aus einem schmalen Lautsprecher am Fenster kam.

„Ms. Wood?“ sagte der Mann fragend, „entschuldigen Sie, dass ich Sie habe warten lassen. Ich bin Leutnant Merrifield von der Staatspolizei.“ Er streckte ihr seine Hand hin und lächelte ein vielsagendes Lächeln, das wohl soviel bedeuten sollte wie: *Ich bin dein Freund. Dein bester Freund. Ich bin hier, um alles in Ordnung zu bringen.*

Die Frau zögerte, bevor sie die ausgestreckte Hand schüttelte.

Leutnant Merrifield machte es sich auf dem Stuhl bequem und schenkte ihr einen langen und wohlwollenden Blick. „Sie müssen völlig erledigt sein“, meinte er in seinem Ich-bindein-bester-Freund-Tonfall. „Fühlen Sie sich wohl? Sind sie bereit anzufangen?“

Sie nickte.

„Hat man Ihnen Ihre Rechte vorgelesen?“

Wieder ein Nicken.

„So wie ich verstanden habe, verzichten Sie auf das Recht, Ihren Anwalt zu rufen.“

„Ich habe keinen Anwalt“, erwiderte sie.

Ihre Stimme klang anders, als Chase es erwartet hatte. Sie war sanft und heiser. Eine Schlafzimmerstimme, die traurig erbebte.

„Wir können Ihnen einen besorgen“, schlug Merrifield vor. „Es könnte eine Weile dauern, das heißt, sie müssten Geduld haben.

„Bitte, ich möchte Ihnen erzählen, was passiert ist ...“

Über Merrifields Lippen huschte ein schnelles triumphierendes Lächeln.

„In Ordnung“, meinte er, „dann lassen Sie uns beginnen.“ Er stellte einen Kassettenrekorder auf dem Tisch auf und drückte eine Taste. „Sagen Sie mir Ihren Namen, Adresse und Beruf.“

Die Frau holte tief Luft, so, als nähme sie ihren ganzen Mut zusammen. „Ich heiße Miranda Wood. Ich lebe in der Willow Street Nummer 18 und ich arbeite als Redakteurin beim *Island Herald.*“

„Das ist Mr. Tremains Zeitung?“

„Ja.“

„Lassen Sie uns gleich auf die letzte Nacht zurückkommen. Auf die Ereignisse, die zum Tod von Mr. Richard Tremain führten.“

Chase hatte plötzlich das Gefühl, sein ganzer Körper würde taub. *Der Tod von Mr. Richard Tremain.* Er drückte sich gegen das kalte Glas, seinen Blick auf Miranda Woods Gesicht geheftet, wo er nichts als sanfte Unschuld erblickte. Eine perfekte Maske?

Das ist die Geliebte meines Bruders, fuhr es Chase durch den Kopf.

Die Mörderin meines Bruders.

Mit einer schrecklichen Faszination belauschte er das Geständnis.

„Lassen Sie uns ein paar Monate zurückgehen, Ms. Wood, zu dem Zeitpunkt, als sie Mr. Tremain zum ersten Mal begegneten. Schildern Sie mir ihr Verhältnis zu ihm.“

Miranda starrte auf ihre ineinander verschlungenen Hände auf dem Tisch, ein typisches, hässliches Behördenmöbelstück. Sie bemerkte, dass jemand die Initialen JMK in die Oberfläche geritzt hatte und fragte sich, was JMK bedeutete und, ob er oder sie unter denselben Umständen hier gesessen hatte und, ob er oder sie ebenfalls unschuldig gewesen war. Plötzlich fühlte sie sich sehr verbunden mit ihrem unbekannten Vorgänger, der auf demselben heißen Stuhl um sein Leben gekämpft hatte.

„Ms. Wood. Antworten Sie bitte auf meine Frage.“

Sie blickte hoch auf Leutnant Merrifield, den lächelnden Zerstörer. „Tut mir Leid“, sagte sie, „ich habe nicht zugehört.“

„Mr. Tremain. Wie haben Sie ihn kennen gelernt?“

„Beim *Herald.* Er hat mich vor ungefähr einem Jahr dort eingestellt. Wir haben uns bei der Arbeit kennen gelernt.“

„Und?“

„Und ...“ Sie holte tief Luft, „wir haben etwas miteinander angefangen.“

„Wer hat damit begonnen?“

„Er war es. Er fing an, mich zum Essen einzuladen. Geschäftlich, sagte er, um mit mir über den *Herald* zu reden, über Änderungen im Format.“

„Ist es nicht eher unüblich für einen Verleger, so eng mit den Redakteuren zusammenzuarbeiten?“

„Bei einer großen Zeitung vielleicht, aber der *Herald* ist eine kleine Lokalzeitung. Jeder im Team macht ein bisschen etwas von allem.“

„Also, Sie haben Herrn Tremain bei der Arbeit kennen gelernt?“

„Ja.“

„Wann begannen Sie, mit ihm zu schlafen?“

Diese Frage traf sie wie ein Schlag ins Gesicht. Sie richtete sich auf. „So war es nicht.“

„Haben Sie nicht mit ihm geschlafen?“

„Ich habe nicht ... ich meine, ja, ich habe, aber es passierte im Laufe von Monaten. Es war nicht so, als ob wir ... wir zum Essen gegangen und dann gleich miteinander ins Bett gefallen wären!"

„Aha, dann war es wohl eher, ähm, eine romantische Angelegenheit. Ist es das, was Sie mir zu sagen versuchen?"

Sie schluckte und nickte leise. So wie er es formulierte, hörte sich alles so dumm an. *Eine eher romantische Angelegenheit.* Jetzt, wo es jemand in dieser Umgebung laut aussprach, ging ihr auf, wie töricht alles gewesen war; die ganze schreckliche Affäre.

„Ich dachte, ich liebe ihn", flüsterte Miranda.

„Bitte? Ms. Wood?"

Sie wiederholte es noch einmal lauter. „Ich dachte, ich liebe ihn. Ich hätte nicht mit ihm geschlafen, wenn es anders gewesen wäre. Ich bin keine Frau für eine Nacht. Ich habe keine Affären."

„Sie hatten diese Affäre."

„Richard war anders."

„Anders als was?"

„Anders als andere Männer. Er interessierte sich nicht bloß für … Autos und Fußball. Er mochte dieselben Dinge wie ich. Diese Insel, zum Beispiel. Schauen Sie sich die Artikel an, die er schrieb … Sie werden merken, wie sehr er diesen Ort mochte. Wir sprachen stundenlang darüber, und es schien die natürlichste Sache der Welt zu sein, mit ihm …" Sie erschauderte vor Kummer und blickte zu Boden, bevor sie leise sagte: „Ich dachte, er sei anders. Wenigstens schien es so …"

„Er war aber auch verheiratet, und das wussten Sie."

Sie ließ ihre Schultern hängen. „Ja."

„Und Sie wussten, dass er zwei Kinder hatte?"

Sie nickte.

„Und trotzdem hatten Sie ein Verhältnis mit ihm. Bedeutete es Ihnen denn so wenig, Ms. Wood, dass drei unschuldige Menschen ..."

„Glauben Sie nicht, dass ich jeden Augenblick daran dachte?" Ihr Kinn schoss wütend in die Höhe. „Glauben Sie nicht, dass ich mich selbst dafür hasste? Ich habe *niemals* aufgehört, an diese Familie zu denken. An Evelyn und die Zwillinge. Ich fühlte mich schmutzig und böse. Ich fühlte mich ... ich weiß nicht." Sie machte eine hilflose Geste. „Gefangen."

„Von was?"

„Von meiner Liebe zu ihm. Oder dem, was ich für Liebe hielt." Sie zögerte. „Doch vielleicht ... vielleicht liebte ich ihn niemals wirklich. Zumindest nicht den wahren Richard."

„Und was führte Sie letztendlich zu dieser verblüffenden Erkenntnis?"

„Dinge, die ich über ihn erfahren habe."

„Welche Dinge?"

„Die Art und Weise, wie er Menschen benutzte, seine Angestellten, zum Beispiel. Wie er sie behandelte."

„Also, nachdem Sie den echten Richard Tremain erkannt hatten, entliebten Sie sich wieder?"

„Ja. Und ich habe Schluss mit ihm gemacht." Sie atmete erleichtert auf. Der schmerzhafteste Teil ihrer Aussage war vorbei. „Schon vor einem Monat."

„Waren Sie wütend auf ihn?“

„Eigentlich fühlte ich mich eher … betrogen von all den falschen Eindrücken.“

„Also, dann müssen Sie doch wütend gewesen sein?“

„Vermutlich war ich das.“

„Und Sie sind einen Monat lang wütend auf Mr. Tremain herumgelaufen.“

„Manchmal. Meist kam ich mir nur dumm und einfältig vor. Aber dann ließ er mich nie in Ruhe. Er rief laufend an, weil er wieder mit mir zusammen sein wollte.“

„Und das hat sie ebenfalls wütend gemacht?“

„Ja, natürlich.“

„Wütend genug, um ihn zu töten?“

Sie sah ihn scharf an. „Nein.“

„Waren Sie wütend genug, um ein Messer aus der Küchenschublade zu holen?“

„Nein!“

„Wütend genug, um ins Schlafzimmer zu gehen – Ihr Schlafzimmer, wo er nackt auf dem Bett lag – und ihm das Messer in die Brust zu stoßen?“

„Nein! Nein, nein, nein.“ Schluchzend schrie sie die Worte hinaus. Der Klang ihrer Stimme hallte wie der Schrei einer Außerirdischen von den Wänden dieses öden Raumes wider. Sie verbarg das Gesicht in den Händen und lehnte sich gegen den Tisch. „Nein“, flüsterte sie. Sie musste weg von diesem schrecklichen Mann mit seinen furchtbaren Fragen; deshalb erhob sie sich von ihrem Stuhl.

Setzen Sie sich hin, Ms. Wood. Wir sind noch nicht fertig."

Gehorsam ließ sie sich wieder auf dem Stuhl nieder. „Ich habe ihn nicht getötet", weinte sie. „Ich habe Ihnen doch schon gesagt, dass ich ihn auf meinem Bett fand. Ich kam nach Hause, und er lag da ..."

„Ms. Wood."

„Ich war am Strand, als es passierte. Ich saß am Strand. Doch das erzähle ich Ihnen allen schon die ganze Zeit, aber mir hört ja niemand zu. Niemand glaubt mir ..."

„Ms. Wood, ich habe noch mehr Fragen."

Sie antwortete nicht. Nur ihr Schluchzen war zu hören.

Schließlich schaltete Merrifield den Rekorder aus. „In Ordnung. Wir machen eine Pause. Eine Stunde und dann fassen wir noch einmal alles zusammen."

Miranda bewegte sich nicht. Sie hörte, wie er seinen Stuhl zurückschob, hörte, wie Merrifield den Raum verließ und die Tür hinter sich schloss, die ein paar Minuten später wieder geöffnet wurde.

„Ms. Wood, ich werde Sie nun wieder in Ihre Zelle zurückbringen."

Miranda erhob sich langsam und drehte sich dann zur Tür, wo ein junger Polizist mit einem freundlichen Lächeln in einem netten Gesicht auf sie wartete. Officer Snipe las sie auf seinem Namensschild. Sie erinnerte sich vage an ihn. O ja. An Weihnachten, in einer anderen Zeit, in ihrem Leben vor dem Gefängnis, hatte er einmal ihren Strafzettel zerrissen. Das war eine nette Geste gewesen, eine galante Geste für eine Dame. Sie fragte sich, was er nun wohl von dieser Dame halten mochte und ob er das Wort Mörderin in ihrem Gesicht geschrieben sah.

Sie ließ sich von ihm in den Korridor führen. An einem Ende entdeckte sie Lieutnant Merrifield, der in ein Gespräch mit Polizeichef Tibbetts vertieft war. Der höfliche Officer Snipe führte sie in die entgegengesetzte Richtung, weg von den beiden. Miranda war erst ein kurzes Stück gegangen, als sie plötzlich ins Stocken geriet.

Am anderen Ende des Flurs stand ein Mann, der sie beobachtete. Sie hatte ihn noch nie zuvor gesehen, denn falls sie ihm schon einmal begegnet wäre, dann hätte sie sich bestimmt an ihn erinnert. Er wirkte wie eine unüberwindliche Hürde, wie er da in dem engen Gang stand, die Hände in den Taschen vergraben und mit bedrohlich breiten Schultern. Er sah nicht aus wie ein Polizist. Bei der Polizei gab es Standards, was das Erscheinungsbild betraf, und davon war dieser Mann mit seinem unrasierten Gesicht, den ungekämmten Haaren und dem zerknitterten Hemd weit entfernt. Am meisten jedoch störte sie die Art, wie er sie ansah. Das war nicht der Blick eines unbeteiligten Zuschauers. Nein. Sein Blick enthielt etwas feindseliges. Diese dunklen Augen urteilten, prüften und befanden sie für schuldig.

„Gehen Sie weiter, Ms. Wood“, sagte Officer Snipe. „Es ist gleich um die Ecke.“

Miranda zwang sich dazu, direkt auf die furchteinflößende, menschliche Barriere zuzugehen. Der Mann trat einen Schritt zur Seite, um sie vorbei zu lassen. Als sie ihn passierte, spürte sie seinen brennenden Blick und hörte, wie er durch die Zähne scharf einatmete, als wollte nicht dieselbe Luft atmen wie sie, weil ihre Gegenwart die Atmosphäre irgendwie vergiftete.

In den letzten zwölf Stunden hatte man sie wie eine Kriminelle behandelt, sie in Handschellen abgeführt, ihre Fingerabdrücke genommen und mit Demütigungen überhäuft. Doch nicht ein Mal hatte sie sich so elend gefühlt wie in diesem Moment; wie eine Kreatur, die nichts anderes verdiente, als mit Misstrauen und Abneigung betrachtet zu werden. Plötzlich flammte Wut in ihr auf, eine Wut, die sie ganz und gar zu verzehren drohte.

Sie blieb stehen und starrte ihn an. Ihre Blicke trafen sich. *Hol' dich der Teufel!* dachte sie. *Wer auch immer du bist, sieh mich gut an! Sieh dir die Mörderin ganz genau an! Zufrieden?*

Die Augen, die auf sie hinab starrten, waren dunkel wie die Hölle und hart vor Missbilligung. Doch als sie sich in die Augen blickten, sah Miranda noch etwas anderes darin aufflackern; eine Spur von Ungewissheit, beinahe Verwirrung. So als ob das, was er sah, falsch war, als ob das Bild, das er sich gemacht hatte, nicht zu der Bildunterschrift passte.

Weiter hinten im Korridor schwang eine Tür auf. Man hörte Schritte, bis es auf einmal wieder still war.

„O Gott!" flüsterte eine Stimme.

Miranda drehte sich um.

Evelyn Tremain stand wie erstarrt in der Tür, die zu den Waschräumen führte.

„Chase“, flüsterte sie. „Das ist sie …“

Sofort war er bei ihr und reichte ihr seinen stützenden Arm. Evelyn umklammerte ihn mit beiden Händen, als sei er ihr einziger Strohhalm. „Oh, bitte“, murmelte sie hilflos. „Ich kann es nicht ertragen, sie anzusehen.“

Miranda bewegte sich nicht. Ihr schlechtes Gewissen lähmte sie. Was hatte sie dieser Frau und ihrer Familie bloß angetan? Auch wenn ihr Verbrechen nicht aus einem Mord bestand, so hatte sie sich doch immerhin gegen Evelyn versündigt, und das würde sie ewig büßen.

„Mrs. Tremain“, sagte sie leise. „Es tut mir Leid …“

Evelyn vergrub ihr Gesicht an der Schulter des Mannes.

„Chase, bitte. Lass uns hier weg.“

„Er liebte Sie“, erklärte Miranda. „Ich möchte, dass Sie das wissen. Ich will, dass Sie wissen, dass er nie aufgehört hat, Sie zu lieben …“

„Bringen Sie sie weg!“ brüllte Evelyn.

„Officer“, sagte Chase ruhig. „Bitte bringen Sie sie weg.“

Officer Snipe packte Miranda am Arm. „Gehen wir.“

Während man sie abführte, rief Miranda über ihre Schulter zurück: „Ich habe ihn nicht umgebracht, Mrs. Tremain! Das müssen Sie mir glauben …“

„Du Flittchen!“ schrie Evelyn. „Du dreckige Hure! Du hast mein Leben ruiniert.“

Als Miranda sich umdrehte, sah sie, dass die andere Frau sich losgemacht hatte und ihr hinterher blickte wie ein Racheengel. Ein paar blonde Strähnen hatten sich gelöst und fielen ihr über das immer schon blasse Gesicht, das nun kreidebleich geworden war.

„Du hast mein Leben zerstört!“ brüllte Evelyn.

Ihr anklagender Schrei hallte Miranda den ganzen Weg bis zur Gefängniszelle in den Ohren.

Widerstandslos betrat sie ihre Zelle. Als die Tür hinter ihr ins Schloss fiel, stand sie da wie zur Salzsäule erstarrt. Die Schritte des Officers entfernten sich. Sie war alleine und gefangen in diesem Käfig. Plötzlich hatte Miranda das Gefühl, ersticken zu müssen, wenn sie nicht sofort frische Luft atmen könnte. Sie kroch zu dem schmalen Fenster und versuchte, sich an den Gitterstäben hochzuziehen, aber es war zu hoch. Sie rannte zur Liege, schleifte sie quer durch die Zelle und stellte sich schließlich drauf. Doch auch so war sie kaum groß genug, um über das Fensterbrett zu gucken und einen tiefen Atemzug vom verlockenden Geschmack der Freiheit zu nehmen. Draußen schien die Sonne. Jenseits des Gefängnishofs entdeckte sie Ahornbäume, Dächer und ein paar am Himmel schwebende Möwen. Wenn sie tief genug inhalierte, konnte sie fast das Meer riechen. Wie schön das war! Wie unerreichbar! Sie umklammerte die Gitterstäbe fest, bis sie sich in die Handflächen gruben. Dann presste sie ihr Gesicht gegen das Fensterbrett und versuchte mit geschlossenen Augen, die Fassung zu bewahren und ihre Panik unter Kontrolle zu halten.

Ich bin unschuldig. Sie müssen mir glauben, dachte sie. Und dann: *Was, wenn sie es nicht tun?*

Nein verdammt! Denk nicht daran.

Sie zwang sich, sich auf andere Gedanken zu bringen. Sie dachte an den Mann im Korridor, den Mann bei Evelyn Tremain. Wie hatte Evelyn ihn genannt? Chase. Der Name erinnerte sie an etwas; Miranda hatte ihn schon einmal gehört. Voller Hoffnung hielt sie sich an dieser irrelevanten Gedankenübung fest und konzentrierte sich darauf, ihre Erinnerung zu durchforsten. Hauptsache, sie vertrieb die Ängste aus ihrem Kopf. Chase. Chase. Irgendwer hatte ihn schon einmal neulich erwähnt. Sie versuchte, sich die Stimme vorzustellen, um sie mit der Äußerung des Namens in Verbindung zu bringen.

Die Erkenntnis traf sie wie ein Schlag. Es war Richard, der ihn erwähnt hatte. *Ich habe meinen Bruder seit Jahren nicht mehr gesehen. Wir hatten einen heftigen Streit, als mein Vater starb. Aber Chase war schon immer das Problemkind der Familie gewesen …*

Verwirrt blinzelte Miranda in das Sonnenlicht. War das möglich? Es gab keine Ähnlichkeit zwischen ihnen, nicht den kleinsten Hinweis auf eine familiäre Bindung. Richard hatte blaue Augen, hellbraunes Haar und ein vom Wetter gegerbtes, ständig sonnengebräuntes Gesicht. Und dieser Chase war nur dunkel, nur Schatten. Es fiel schwer zu glauben, dass die beiden Brüder sein sollten. Doch das erklärte seine kalte Art und den verächtlichen Blick. Er dachte, sie hätte Richard umgebracht, und als er der Mörderin seines Bruders Auge in Auge gegenüberstand, fühlte er nur Ablehnung.

Miranda sank langsam auf die Liege zurück, und während sie dort lag, sah sie ein Stückchen blauen Himmel und Wolken. August. Es war ein heißer Tag. Ihr T-Shirt klebte feucht vor Schweiß an ihrer Haut.

Sie schloss die Augen und versuchte sich vorzustellen, eine am Himmel schwebende Möwe zu sein und die Insel weit unter sich zu sehen.

Doch stattdessen sah sie nur die anklagenden Augen von Chase.

3. KAPITEL

Er war bestimmt der hässlichste Hund der Welt.

Miss Lila St. John betrachtete ihr Haustier mit einer Mischung aus Liebe und Mitleid. Sir Oscar Henry San Angelo III, auch als Ozzie bekannt, gehörte zu der seltenen Rasse der Portugiesischen Wasserhunde. Miss St. John war sich über die Attribute dieser besonderen Rasse nicht ganz im Klaren. Sie vermutete, dass es sich um eine Art genetischen Witz handelte. Ihre Nichte hatte ihr diesen Hund geschenkt – damit er dir Gesellschaft leistet, Tantchen – und angepriesen. Seitdem grübelte Miss St. John darüber nach, was ihre Nichte gegen sie hatte. Nicht, dass Ozzie gar keine Werte besessen hätte. Er biss niemanden und ließ die Katze in Ruhe. Außerdem war er ein ganz passabler Wachhund. Doch er fraß soviel wie ein Pferd, war quirlig wie eine Maus, und er verzieh es einem nicht, wenn man nicht wenigstens viermal täglich mit ihm hinaus wollte. Dann stand er an der Tür und heulte. So wie jetzt.

Oh, Miss St. John kannte diesen Blick. Selbst, wenn sie die Augen des Biestes nicht hätte sehen können, hätte sie trotzdem gewusst, was dieser Blick bedeutete. Seufzend öffnete sie die Tür. Das schwarze Fellbündel schoss an ihr vorbei die Verandatreppen hinunter und verschwand in Richtung Wald. Miss St. John blieb keine andere Wahl, als ihm zu folgen, und so ging sie ebenfalls in den Wald.

Es war einer dieser warmen, ruhigen Abende, wo die Dämmerung von der Mittsommernacht verzaubert schien. Sie wäre nicht überrascht gewesen, wenn sie in dieser Nacht etwas besonderes entdeckt hätte; zum Beispiel ein Reh oder ein Rehkitz, vielleicht auch ein Fuchsjunges oder sogar eine Eule.

Festen Schrittes folgte sie ihrem Hund zwischen den Bäumen hindurch und stellte fest, dass sie sich auf dem direkten Weg zum Rose Hill Cottage, dem Sommerwohnsitz der Tremains befanden. Welch eine Tragödie der Tod Richard Tremains doch war! Sie hatte den Mann zwar nicht besonders gemocht, aber ihre Häuser waren die letzten beiden Cottages an dieser verlassenen Straße, und sie hatte ihn bei ihren gelegentlichen Spaziergängen oft hinter dem Fenster mit konzentriertem Blick an seinem Schreibtisch sitzen sehen. Er war immer freundlich zu ihr gewesen, und er war ihr respektvoll begegnet, auch, wenn sie dahinter eher Höflichkeit als echten Respekt vermutete. Er mochte mit älteren Damen nicht allzu viel anfangen können, aber er behandelte sie wenigstens anständig.

Soviel sie gehört hatte, war das bei jüngeren Damen etwas anders.

Die neuesten Enthüllungen um seinen Tod beunruhigten sie. Damit meinte sie nicht einmal seine Ermordung, sondern die Identität der Frau, die man verdächtigte. Miss St. John war Miranda Wood ein paar Mal begegnet. Sie hatten sogar miteinander gesprochen. Auf dieser kleinen Insel begaben sich im Winter nur Fanatiker von der Grünen Daumen Fraktion auf die eisige Straße, um an den Treffen des lokalen Kleingartenvereins teilzunehmen. Dort war Miss St. John auch Miranda begegnet. Sie hatten während eines Vortrags über triploide Ringelblumen zusammen gesessen und dann noch einmal bei einer Diskussion über die Kultivierung von Gloxinien. Miranda benahm sich freundlich und respektvoll, aber sie war wirklich so. Ein nettes Mädchen. Nicht die Spur von Unehrlichkeit in ihren Augen. Es schien Miss St. John, dass eine Frau, die sich so leidenschaftlich für Blumen und das Leben und Wachstum von Pflanzen einsetzte, einfach keine Mörderin sein konnte.

Das üble Gerede, das in diesen Tagen in der Stadt kursierte, störte sie. Miranda Wood, eine Mörderin? Miss St. Johns Instinkt sagte ihr, dass das nicht passte, und ihr Instinkt hatte sie noch nie betrogen.

Ozzie brach zwischen den letzten Bäumen hindurch und schoss ab in Richtung Rose Hill Cottage. Miss St. John folgte ihm resigniert. Dann sah sie ein Licht hinter den Bäumen flackern. Es kam aus dem Tremain Cottage. Doch genauso schnell, wie es aufgetaucht war, verschwand es auch wieder.

Sie erstarrte, weil ihr auf einmal ein unheimlicher Gedanke durch den Kopf ging. Gespenster? Richard war der Einzige, der dieses Cottage überhaupt nutzte. *Aber er ist tot.*

Da übernahm der vernünftige Teil ihres Gehirns die Kontrolle, der Miss St. John normalerweise durch den Tag führte. Da war jemand aus der Familie. Natürlich. Vielleicht Evelyn, um die Sachen ihres Mannes einzupacken.

Dennoch gelang es Miss St. John nicht, das ungute Gefühl abzuschütteln.

Sie überquerte die Straße und ging die Verandastufen hinauf. „Hallo?“ rief sie. „Evelyn? Cassie?“ Doch niemand antwortete auf ihr Klopfen.

Sie versuchte, durch das Fenster zu schauen, aber drinnen blieb es dunkel. „Hallo?“ rief sie noch einmal lauter. Sie glaubte ein dumpfes Geräusch irgendwo im Cottage zu hören. Dann folgte Stille.

Ozzie begann zu bellen. Er tanzte auf der Veranda herum. Seine Krallen klickten auf dem Holz.

„Schscht, sei doch ruhig!“, zischte Miss St. John. „Sitz!“

Der Hund winselte, machte Platz und bedachte sie mit einem deutlich beleidigten Blick.

Miss St. John stand noch einen Moment lang da und lauschte, doch sie hörte nichts, außer dem Flap-Flap von Ozzies Schwanz, der gegen die Verandabrüstung schlug.

Vielleicht sollte sie die Polizei rufen. Den ganzen Weg bis zu ihrem Cottage zurück, dachte sie darüber nach. Doch dort in ihrer behaglichen kleinen Küche erschien ihr diese Idee auf einmal verrückt und alarmierend. Es war eine gut halbstündige Fahrt bis zur Nordseite raus. Die örtliche Polizei würde ungern jemanden nur wegen eines Hirngespinsts so weit nach draußen schicken. Außerdem, was konnte es denn im Rose Hill Cottage schon so Interessantes für Räuber und Einbrecher geben?

„Es ist nur eine Einbildung. Oder meine nachlassende Sehfähigkeit. Schließlich muss man mit 74 schon einmal damit rechnen, dass das Denkvermögen seltsame Züge annimmt.“

Ozzie drehte sich einmal um sich selbst, bevor er sich hinlegte und prompt einschlief.

„Na großartig", sagte Miss St. John, „jetzt rede ich schon mit meinem Hund. Ich verhalte mich ja immer mehr wie ein kauziges, altes Weib. Welcher Teil meines Verstands wird wohl als nächstes aussetzen?"

Doch wie gewöhnlich kam von Ozzie keine Antwort.

Der Gerichtssaal war voll besetzt. Bereits ein Dutzend Menschen waren schon vor der Tür abgewiesen worden. Dabei ging es noch nicht einmal um die Verhandlung, sondern erst um die Anhörung, eine Formalität, die das Gesetz vorschrieb, damit man jemanden achtundvierzig Stunden lang einsperren durfte.

Chase, der mit Evelyn und deren Vater in der zweiten Reihe saß, vermutete, dass es sich um eine kurze Angelegenheit handeln würde. Die Fakten waren eindeutig und die Schuld der Verdächtigen unbestreitbar. Ein paar Worte des Richters, dann würde der Hammer fallen und sie wären alle wieder draußen. Die Mörderin würde in ihre Zelle zurück schleichen, wo sie auch hingehörte.

„Das ist ja ein verdammtes Affentheater", schimpfte Evelyns Vater, Noah DeBolt. Mit seinem silbernen Haar und dem Stiernacken war er für seine vierundsechzig Jahre eine noch immer imposante Erscheinung. Chase spürte den automatischen Drang, aufrecht zu sitzen und auf seine Manieren zu achten. In der Gegenwart von Noah DeBolt ließ man sich nicht gehen. Man war immer höflich und respektvoll, auch, wenn man längst erwachsen war.

Das galt offenbar auch für einen Polizeichef, wie Chase feststellte, als Lorne Tibbetts vor Noah DeBolt stehen blieb und sich höflich an den Hut tippte.

Die Hauptpersonen nahmen ihre Plätze ein. Der Staatsanwalt aus Bass Harbour saß an seinem Tisch und ging einen Stapel Papiere durch. Lorne und Ellis, die die halbe örtliche Polizeitruppe verkörperten, saßen in steifen Uniformen und mit ordentlich gekämmten Haaren links von ihm. Sie trugen sogar die Scheitel auf der gleichen Seite. Der Anwalt der Verteidigung, ein junger Mann in einem Anzug, der aussah, als hätte er ein doppeltes Jahresgehalt gekostet, spielte an dem Verschluss seiner ledernen Aktenmappe herum.

„Sie sollten den Saal räumen lassen", knurrte Noah DeBolt. „Wer zum Teufel hat all diese Zuschauer hereingelassen? Ich würde das als ein Eindringen in die Privatsphäre bezeichnen."

„Es ist eine öffentliche Anhörung, Daddy", entgegnete Evelyn schwach.

„Es gibt Zuschauer und *Zuschauer.* Diese Leute gehören hier nicht hin. Es geht sie verdammt noch einmal gar nichts an." Noah erhob sich und winkte, um Lornes Aufmerksamkeit zu erlangen, aber das mit Brillantine geglättete Haupt des Polizeichefs rührte sich nicht. Noah blickte sich nach einem Justizbeamten um, doch der Mann verschwand durch die Seitentür. Frustriert setzte Noah sich wieder hin. „Ich weiß nicht, was aus dieser Stadt noch werden soll", brummte er. „All diese neuen Leute. Kein Gefühl mehr für das richtige Maß."

„Ruhig, Daddy", murmelte Evelyn, bevor sie vor Wut schäumend fragte: „Wo sind die Kinder? Warum sind sie nicht hier? Ich will, dass der Richter sie sieht. Die armen vaterlosen Zwillinge."

Noah schnaubte. „Sie sind erwachsen und werden niemanden mehr beeindrucken."

„Da hinten sind sie", sagte Chase, als er Cassie und Phillip ein paar Reihen weiter entdeckte. Sie waren wohl erst später mit den anderen Zuschauern hereingeschlüpft.

Also, das Publikum ist bereit, dachte er. *Jetzt brauchen wir nur noch die beiden Hauptdarsteller: den Richter und die Angeklagte.*

Kaum hatte er das gedacht, öffnete sich wie auf Stichwort die Seitentür. Der Hüne von einem Justizbeamten erschien. Seine Hand umklammerte den Arm der viel kleineren Gefangenen.

Nach seinem zweiten Blick auf Miranda Wood war Chase überrascht darüber, wie viel blasser sie ihm jetzt erschien. Und viel zerbrechlicher. Sie reichte dem Justizbeamten gerade eben bis zur Schulter. Sie trug einen unauffälligen blauen Rock und eine einfache weiße Bluse, ein Outfit, zu dem ihr ohne Zweifel der Anwalt geraten hatte, um sie unschuldig erscheinen zu lassen, was auch gelang. Ihr Haar war sauber und ordentlich zu einem Pferdeschwanz zurückgebunden. So sah kein lüsterner mordender Vamp aus. Sie trug weder Schmuck noch Make-up. Ihre Wangen waren auch ohne Gesichtspuder blass.

Auf dem Weg zum Tisch des Verteidigers, blickte sie nur einmal in die Menge. Dabei hatte sie kurz Augenkontakt mit Chase, doch in diesen wenigen Sekunden spürte er ihre fragile Verfassung. Zwar sah er den Stolz auf ihrem Gesicht und doch bildete er sich ein, ihre Körpersprache deuten zu können: der gerade Rücken, das hoch erhobene Kinn. Jeder andere hier im Raum würde es ebenfalls bemerken und ihr den vermeintlichen Hochmut übelnehmen. Dreiste Mörderin, würden sie denken, eine Frau ohne Scham und Reue. Er wünschte, *er* würde dasselbe über sie denken. Das würde ihre Schuld wahrscheinlicher und ihre Bestrafung gerechter erscheinen lassen.

Doch er wusste, was sich hinter ihrer Maske verbarg. Er hatte es vor zwei Tagen in ihren Augen gesehen, als sie ihn durch den Einwegspiegel unwissentlich angesehen hatte. Es war die nackte Angst gewesen!

Und sie war zu stolz, es sich anmerken zu lassen.

Ab dem Moment, als Miranda den Gerichtssaal betrat, wirkte nichts mehr wirklich. Ihre Füße und Beine waren taub, und sie war beinahe dankbar für den festen Griff, mit dem der Justizbeamte ihren Arm packte, als sie durch die Seitentür eintraten. Sie sah die Gesichter des Publikums wie durch ein Kaleidoskop – falls man die Zuschauer in einem Gerichtssaal als Publikum bezeichnen konnte. Doch wie sollte man sie sonst nennen? Sie waren da, um ihren Auftritt zu verfolgen, ein Theaterstück aus ihrem Leben. Die eine Hälfte von ihnen war gekommen, um sie hängen zu sehen, die andere aus Sensationslust. Während sie den Blick langsam durch den Saal streifen ließ, entdeckte sie bekannte Gesichter. Da saßen zum Beispiel ihre Kollegen vom *Herald*: die geschäftsführende Redakteurin Jill Vickery, schneidig und professionell bis in die Haarspitzen, und die Reporter, Annie Berenger und Ty Weingart, beide im typisch schlampigen Schreiberlook. Es war schwer zu sagen, ob sie als Freunde gekommen waren, falls man sie jemals als Freunde bezeichnen konnte. Alle trugen einen vorsichtig neutralen Gesichtsausdruck zur Schau.

Mirandas Blick wanderte weiter und machte ein einziges freundliches Gesicht in der Menge aus – den alten Herrn Lanzo, ihren Nachbarn von nebenan. Stumm formte er mit den Lippen die Worte: *Ich halte zu dir, Süße!* Miranda hätte beinahe zurückgelächelt.

Dann blieb ihr Blick auf Chase Tremains versteinertem Gesicht hängen. Das Lächeln erstarb auf ihren Lippen. Von allen Gesichtern im Saal erschreckte sie seines am meisten. Sie hatte das Gefühl, auf Zwergengröße zusammenzuschrumpfen. Um seinem vernichtenden Blick zu entkommen, hätte sie sich am liebsten in einer dunklen, unerreichbaren Höhle versteckt. Die Gesichter an seiner Seite sprachen ebenfalls Bände. Evelyn Tremains Antlitz wirkte in der schwarzen Witwenkluft bleich wie eine Totenmaske. Neben ihr saß ihr Vater Noah DeBolt, einer der Patriarchen der Stadt, ein Mann, dessen stählerner Blick jedem, der es wagte, ihn zu beleidigen, zu verstehen gab, dass er erledigt war. Nun zielte er mit diesem giftigen Blick auf Miranda.

Die Hand des Justizbeamten zog Miranda zum Tisch des Verteidigers. Demütig ließ sie sich neben dem Anwalt nieder, der sie mit einem steifen Nicken begrüßte. Randall Pelham gehörte zur Ivy League und war perfekt für diesen Anlass gekleidet, aber wenn Miranda ihn ansah, dachte sie immer nur daran, wie jung er doch wirkte. Er schaffte es, dass sie sich mit ihren 29 Jahren bereits als reife Frau betrachtete. Dennoch hatte sie in dieser Hinsicht kaum eine andere Wahl gehabt. Es gab nur zwei Anwälte im Praktikum auf Shephard's Island. Der andere hieß Lee Hardee. Er war ein Mann mit Erfahrung, einem guten Ruf und einer angemessenen Honorarvorstellung. Leider standen die Namen DeBolt und Tremain auf seiner Klientenliste.

Bei Randall Pelham bestanden keine Interessenskonflikte. Er hatte ohnehin nicht viele Klienten. Als der Neue in der Stadt war er bereit, jeden zu verteidigen; selbst die hiesige Mörderin.

„Ist alles in Ordnung Mr. Pelham?" fragte sie leise.

„Lassen Sie mich reden. Bleiben Sie einfach hier sitzen und gucken Sie unschuldig."

„Ich bin unschuldig."

Randall Pelham gab darauf keine Antwort.

„Bitte erheben Sie sich für Euer Ehren Herbert C. Klimenko“, rief der Justizbeamte.

Alle standen auf.

Das Geräusch scharrender Füße kündigte die Ankunft von Richter Klimenko an, der sich wie einen Sack loser Knochen in den quietschenden Richterstuhl sinken ließ. Er klopfte seine Taschen ab, bevor er schließlich eine Brille hervorzauberte, die er sich auf die Nase setzte.

„Sie haben ihn aus dem Ruhestand geholt“, flüsterte jemand in der ersten Reihe. „Man sagt, er sei senil, wissen Sie?“

„Man behauptet auch, er sei taub“, schoss Richter Klimenko zurück und schlug mit dem Hammer auf den Tisch. „Die Sitzung ist eröffnet.“

Das war der Auftakt. Miranda folgte dem Rat ihres Anwalts und überließ ihm das Reden. Sie sprach fünfundvierzig Minuten lang kein Wort, während zwei Männer, von denen sie den einen kaum, den anderen gar nicht kannte, um ihre Freiheit stritten. Es ging nicht um Schuld oder Unschuld. Das würde erst in der Hauptverhandlung entschieden. Das Thema, das sie heute verhandelten, betraf sie viel unmittelbarer: Würde man sie bis zur Verhandlung freilassen?

Der Staatsanwalt hakte eine Liste von Gründen ab, weshalb die Angeklagte in Haft bleiben sollte. Beweislast. Gefahr für die Allgemeinheit. Mögliche Fluchtgefahr. Die brutale Art des Verbrechens, erklärte er, wies auf die Gefährlichkeit der Angeklagten hin. Miranda konnte nicht glauben, dass *sie* mit diesem Monster, auf das er sich bezog, gemeint war. *Denken sie so über mich?*, fragte sie sich, während sie die Blicke der Zuschauer in ihrem Rücken spürte. *Denken sie, dass ich böse bin? Dass ich wieder töten würde?*

Erst als man sie zum zweiten Mal aufforderte, für Richter Klimenkos Entscheidungsverkündung aufzustehen, lenkte sie ihre Aufmerksamkeit wieder auf die Gegenwart. Zitternd erhob sie sich und blickte in ein Augenpaar, das über den Rand der Gläser auf sie hinunter sah.

„Die Kaution wird auf 100.000 Dollar in bar oder 200.000 Dollar versichertes Eigentum festgelegt." Dann fiel der Hammer. „Die Sitzung ist beendet."

Miranda war fassungslos. Selbst als die Zuschauer hinter ihr begannen, aufzustehen und nach draußen zu strömen, stand sie vor Verzweiflung da wie erstarrt.

„Es ist das Beste, was ich tun konnte", flüsterte Pelham.

Es hätte genauso gut eine Million sein können. Sie wäre niemals dazu in der Lage gewesen, diese Summe aufzubringen.

„Kommen Sie Ms. Wood", sagte der Justizbeamte, „es wird Zeit zurückzugehen."

Schweigend ließ sie sich an den neugierigen Blicken vieler Augenpaare vorbei durch den Saal begleiten. Sie blieb nur einen Moment lang stehen, um Chase Tremain einen Blick über ihre Schulter zuzuwerfen. Als ihre Blicke sich trafen, dachte sie für einen kurzen Moment, sie sähe etwas darin aufflackern, das sie vorher nicht gesehen hatte. Doch es war genauso schnell wieder verschwunden.

Mit den Tränen kämpfend, wandte sie sich um und folgte dem Justizbeamten durch die Seitentür.

Zurück ins Gefängnis.

„Das wird sie eine Weile hinter Gittern halten“, sagte Evelyn.

„Einhunderttausend?“ Chase schüttelte den Kopf. „Das klingt so unmöglich nicht.“

„Nicht für uns, vielleicht. Aber für jemanden wie sie?“ schnaubte Evelyn. Der befriedigte Ausdruck, der sich auf ihrem makellos zurechtgemachten Gesicht abzeichnete, hatte etwas Ungehöriges. „Nein. Nein, ich glaube Ms. Miranda Wood wird genau da bleiben, wo sie auch hingehört. Hinter Gitter.“

„Sie hat sich keinen Millimeter bewegt“, sagte Lorne Tibbetts. „Wir befragen Sie nun bereits seit einer Woche, aber sie bleibt bei ihrer Version.“

„Das macht nichts“, erwiderte Evelyn. „Fakten sind Fakten. Die kann sie nicht widerlegen.“

Sie saßen draußen auf Evelyns Veranda. Die Hitze hatte sie an diesem Morgen aus dem Haus gejagt, weil die durch die Fenster hereinströmende Sonne die Zimmer in einen Backofen verwandelt hatte. Chase hatte diese heißen Augusttage vergessen. In seiner Erinnerung war Maine immer kühl und immun gegen das Elend des Sommers gewesen. Soviel zum Thema Kindheitserinnerungen. Er schenkte sich ein weiteres Glas Eistee ein und gab den Krug an Tibbetts weiter.

„Also, was denken Sie, Lorne?“ fragte Chase. „Haben Sie genug, um sie zu überführen?“

„Vielleicht. Doch es gibt Beweislücken.“

„Welche?“ wollte Evelyn wissen.

Chase wunderte sich, wie kühl und beherrscht sie wirkte; genauso wie er sich aus ihrer Kindheit an sie erinnerte. Evelyn, die Eiskönigin.

„Da ist zum Beispiel die Sache mit den Fingerabdrücken“, sagte Tibbetts.

„Was meinen Sie damit?“ fragte Chase. „Waren keine auf dem Messer?“

„Das ist das Problem. Der Messergriff wurde abgewischt, und das ergibt für mich nun keinen Sinn. Sehen Sie, auf der einen Seite haben wir ein Verbrechen aus Leidenschaft. Sie benutzt ihr eigenes Messer. Pure Impulshandlung. Aber warum macht sie sich die Mühe, die Fingerabdrücke abzuwischen?“

„Sie muss wohl schlauer sein, als Sie denken“, meinte Evelyn Nase rümpfend. „Sie hat Sie bereits durcheinander gebracht.“

„Nein, das passt einfach nicht zu einem Impulsmord. Außerdem hat sie hat den Lügendetektortest bestanden.“

„War sie verpflichtet, sich ihm zu unterziehen?“ wollte Chase wissen.

„Im Gegenteil: Sie bestand darauf. Es hätte ihren Fall nicht verschlimmert, wenn sie durchgefallen wäre. Aber so verbessert es ihre Position etwas. Auch wenn der Test nicht als zuverlässiges Beweismittel gilt.“

„Also, warum sollte es dann *Ihre* Meinung ändern?" fragte Evelyn jetzt.

„Tut es nicht. Es stört mich nur."

Chase starrte aufs weite Meer hinaus. Auch er war irritiert. Nicht von den Fakten, sondern von seinen eigenen Instinkten.

Logik und Beweise sagten ihm, dass Miranda Wood die Mörderin war. Doch warum fiel es ihm so schwer, daran zu glauben?

Die Zweifel hatten vor einer Woche begonnen, auf dem Gang der Polizeistation. Er hatte das ganze Verhör beobachtet und gehört, wie sie alles abgestritten hatte; ihre stereotypen Erklärungen. Er hatte nicht geschwankt, aber als sie sich im Korridor Auge in Auge gegenübergestanden hatten und sie ihm direkt in die Augen sah, hatte er die ersten Anflüge des Zweifels gespürt. Hätte eine Mörderin seinen Blick so unerschrocken erwidert? Wäre sie einem Ankläger mit dieser Courage begegnet? Selbst als Evelyn aufgetaucht war, hatte Miranda sich nicht versteckt. Stattdessen hatte sie etwas sehr Unerwartetes gesagt. *Er liebte Sie. Ich will, dass Sie das wissen.* Von allen Dingen, die eine Mörderin möglicherweise gesagt haben könnte, war das das Überraschendste. Es war ein Akt der Liebenswürdigkeit, ein aufrichtiger Versuch, die Witwe zu trösten. Es brachte ihr keine Punkte, auch nicht vor Gericht. Sie hatte einfach vorbeigehen und Evelyn ignorieren, sie ihrer Trauer überlassen können. Stattdessen hatte Miranda ihr Mitleid für die andere Frau ausgedrückt.

Chase verstand das nicht.

„Keine Frage, dass die Beweislage gegen sie spricht“, sagte Tibbetts. „Der Richter dachte offensichtlich so. Betrachten Sie nur einmal die Kaution, die er festlegte. Er wusste, dass sie niemals soviel Geld würde aufbringen können. Also wird sie so schnell nicht wieder aus dem Gefängnis heraus kommen; es sei den, sie hätte noch irgendwo einen reichen Onkel versteckt.“

„Kaum“, sagte Evelyn. „Eine Frau wie sie konnte nur auf der Schattenseite geboren sein.“

Schattenseite, dachte Chase, das bedeutete arm, aber nicht automatisch Abschaum, soviel hatte er durch den Spiegel erkennen können. Abschaum war billig, leicht zu verbiegen und käuflich. Miranda Wood war keine von denen.

Ein Wagen von der Shephard's Island Polizei stoppte in der Auffahrt.

Tibbetts seufzte. „Jesus, sie lassen einen nie in Ruhe, nicht einmal an meinem freien Tag.“

Ellis Snipe, der spindeldürr in seiner Polizeiuniform wirkte, stieg aus. Seine Stiefel knirschten auf dem Kies, während er sich der Gruppe näherte. „Hey, Lorne“, rief er zur Veranda hinauf. „Ich dachte mir schon, dass du hier bist.“

„Es ist Samstag, Ellis.“

„Ja, ich weiß, Lorne. Aber wir haben so eine Art Problem bekommen.“

„Wenn es wieder der Waschraum ist, dann ruf einfach den Klempner an. Ich unterschreibe das Anforderungsformular.“

„Nein, es ist …“ Ellis schaute unbehaglich zu Evelyn. „Es geht um diese Frau, Miranda Wood.“

Tibbetts erhob sich und trat an die Verandabrüstung. „Was ist mit ihr?“

„Sie haben doch von den hunderttausend Dollar Kaution gehört?“

„Ja?“

„Jemand hat sie bezahlt.“

„*Was?*“

„Jemand hat sie bezahlt. Wir sollen sie freilassen.“

Auf der Veranda entstand eine lange Pause, bis Evelyn leise und in einem giftigen Ton sagte: „*Wer* hat sie bezahlt?“

„Keine Ahnung“, meinte Ellis. „Aus dem Gericht heißt es, das sei anonym. Die Kaution wurde über einen Anwalt aus Boston gestellt. Also, Lorne, was machen wir?“

Tibbetts atmete hörbar aus. Er rieb seinen Nacken und verlagerte sein Gewicht ein paar Mal von einem Bein auf das andere. Dann sagte er: „Es tut mir leid, Evelyn.“

„Lorne, das können Sie nicht tun!“ schrie sie.

„Ich habe keine andere Wahl.“ Er wandte sich an den Polizisten. „Du hast den Gerichtsbefehl, Ellis. Lass sie laufen.“

„Ich verstehe nicht“, sagte Miranda und starrte verwirrt zu ihren Anwalt hinüber. „Wer sollte denn so etwas für mich tun?“

„Offenbar ein Freund“, war Randall Pelhams trockene Antwort. „Ein sehr *guter* Freund.“

„Aber ich habe keine Freunde mit so viel Geld. Niemand, der hunderttausend erübrigen könnte."

„Nun, jemand kommt für die Kaution auf. Mein Rat ist, schauen Sie einem geschenkten Gaul nicht ins Maul."

„Wenn ich nur wüsste, wer es war ..."

„Die Angelegenheit wurde von einem Bostoner Anwalt geregelt, der sagt, dass sein Klient anonym bleiben will."

„Warum?"

„Vielleicht wäre es dem Spender unangenehm ..."

Einer Mörderin zu helfen, ergänzte sie in Gedanken.

„Es ist sein – oder ihr – Recht, anonym zu bleiben. Ich würde sagen, nehmen Sie an. Die Alternative wäre im Gefängnis zu bleiben. Nicht unbedingt der komfortabelste Ort, an dem man sich aufhalten kann."

Sie stieß geräuschvoll Luft aus. „Nein, das ist es nicht." Es war tatsächlich schrecklich düster in der Zelle gewesen. Sie hatte die letzte Woche damit verbracht, auf das Fenster zu starren und sich nach einem einfachen Vergnügen wie einem Spaziergang am Meer zu sehnen. Oder nach einem ordentlichen Essen. Oder auch nur nach wärmenden Sonnenstrahlen auf ihrem Gesicht. Und nun war all das in Reichweite.

„Ich wünschte, ich wüsste, wem ich das zu verdanken habe", sagte sie leise.

„Ich denke, diesen Wunsch kann ich Ihnen nicht erfüllen, Miranda. Akzeptieren Sie es einfach als einen Gefallen." Er schloss seine Aktentasche.

Plötzlich irritierte er sie, dieses Kind, kaum aus den Windeln, und so smart und schick in seinem grauen Anzug. Herr Randall Pelham.

„Die Vorkehrungen sind getroffen. Am Nachmittag können Sie gehen. Werden Sie in Ihrem Haus bleiben?"

Sie hielt inne und erschauderte bei dem Gedanken an Richards Körper auf ihrem Bett. Das Haus war inzwischen gesäubert worden. Ihr Nachbar, Mr. Lanzo, hatte sich darum gekümmert und ihr gesagt, das jetzt wieder alles in Ordnung war, so als ob in diesem Schlafzimmer nie etwas geschehen wäre. Die Spuren der Gewalt waren getilgt. In der Realität jedenfalls. In ihrer Erinnerung nicht.

Sie nickte. „Ja, ich glaube, ich werde nach Hause gehen." Wo auch hätte sie sonst hin gekonnt?

„Sie kennen die Prozedur, ja? Sie dürfen das Land nicht verlassen. Genau genommen dürfen Sie schon die Stadtgrenze von Bass Harbour nicht passieren. Bleiben Sie die ganze Zeit in Kontakt und laufen Sie nicht herum, ich wiederhole; laufen Sie nicht herum, um Ihren Fall zu diskutieren. Mein Job ist auch so schon schwer genug."

„Und wir wollen unsere Fähigkeiten nicht überstrapazieren, oder?" murmelte sie vor sich hin.

Er schien den Kommentar nicht gehört zu haben. Vielleicht ignorierte er sie auch nur. Er schritt aus der Zelle und warf ihr noch einmal einen Blick zu. „Wir können uns immer noch mit der Anklage einigen."

Sie sah ihm in die Augen. „Nein."

„Auf diese Weise könnten wir den Schaden begrenzen. Sie

könnten mit zehn Jahren davonkommen anstatt mit fünfundzwanzig."

„*Ich habe ihn nicht getötet.*"

Pelham erwiderte ihren Blick, bis er sich mit einem ungeduldigen Schulterzucken von ihr abwandte. „Einigen Sie sich mit der Gegenseite", sagte er, „das rate ich Ihnen. Denken Sie darüber nach."

Sie *dachte* den ganzen Nachmittag, als sie in der düsteren Zelle saß und auf ihre Entlassungspapiere wartete, darüber nach. Doch sobald sie aus dem Gebäude heraustrat und als freie Frau im Sonnenschein wandelte, erschien ihr selbst der Handel um zehn Jahre ihres Lebens als unvorstellbar. Sie stand auf dem Bürgersteig und blickte in den Himmel, während sie die süßeste Luft, die sie in ihrem Leben je eingeatmet hatte, tief inhalierte.

Dann entschied sie sich, den einen Kilometer bis zu ihrem Haus zu Fuß zu gehen.

Als nach einer Weile ihr Vorgarten in Sicht kam, waren ihre Wangen gerötet und die Muskeln angenehm entspannt. Das Haus sah genauso aus wie immer, ein Schindeldach-Cottage mit einem gepflegten Rasen – den irgend jemand offensichtlich während ihrer Abwesenheit gewässert hatte – einem gepflasterten Fußweg, einer Hecke aus Hortensienbüschen, die von einem weißen Blütenteppich bedeckt war. Das Haus war nicht groß, aber es gehörte ihr.

Sie ging den Fußweg entlang und entdeckte die bösartigen Worte, die jemand auf die Fensterscheibe geschmiert hatte, erst, als sie die Veranda betrat. Zutiefst verletzt von der Grausamkeit dieser Botschaft blieb sie stehen.

Mörderin

In einem plötzlichen Wutanfall, wischte sie mit ihrem Ärmel über das Glas. Die anklagenden Worte verwandelten sich in schmierige Streifen. Wer konnte so etwas Schreckliches geschrieben haben? Bestimmt keiner ihrer Nachbarn. Kinder. Ja, so musste es gewesen sein. Ein Haufen Punks. Oder Sommerfrischler. Nicht aber die Leute, die sie täglich umgaben, die das ganze Jahr hier wohnten.

An der Haustür zögerte sie, beinahe ängstlich, doch schließlich drehte sie den Türknauf und ging hinein.

Zu ihrer Erleichterung stellte sie drinnen fest, dass alles in Ordnung war, so wie es eben sein sollte. Am Ende des Tisches lag eine Rechnung von der Reinigungsfirma. „Komplettreinigung", las sie auf der Arbeitsanweisung für das Personal. „Besondere Aufmerksamkeit auf das Schlafzimmer richten. Flecken entfernen." Die Anweisung war von ihrem Nachbarn unterschrieben worden. Gesegnet sei Mr. Lanzo. Dann begab sie sich langsam auf Inspektionstour. Sie schaute in die Küche, das Badezimmer, das Gästezimmer. Ihr Schlafzimmer ließ sie aus, weil es ihr zu schmerzhaft war, sich damit zu konfrontieren. Sie stand in der Diele und nahm das ordentlich gemachte Bett, den gewachsten Boden und den fleckenfreien Teppich in Augenschein. Es gab keine Anzeichen eines Mordes; keine Anzeichen von Tod, sondern nur ein sonniges Schlafzimmer mit schlichten Bauernmöbeln. Sie stand da und nahm alles bedächtig in sich auf. Sie bewegte sich nicht einmal, als das Telefon im Wohnzimmer klingelte. Nach einer Weile hörte es auf.

Sie ging ins Schlafzimmer und setzte sich aufs Bett. Jetzt wirkte alles, was sie hier gesehen hatte, wie eine schlechter Traum. *Wenn ich mir nur genug konzentriere, dann wache ich auf*, dachte sie. *Ich werde herausfinden, dass es nur ein Albtraum war.* Dann starrte sie auf den Boden und entdeckte am Fußende des Bettes einen braunen Fleck auf den Eichendielen.

Sie stand sofort auf und verließ das Zimmer, gerade als das Telefon im Wohnzimmer erneut klingelte. Da griff sie automatisch nach dem Hörer. „Hallo?"

„Lizzi Borden schlägt die Axt, bis Mama der Schädel knackst. Als sie sieht, was sie getan, kommt auch noch der Vater dran!"

Miranda ließ den Hörer fallen. Sie sprang vor Schreck einen Schritt zurück und starrte auf den herunter hängenden Hörer. Der fremde Anrufer lachte. Sie konnte das Gekicher hören. Es klang grausam und kindisch. Dann hastete sie nach vorne, packte den Hörer und warf ihn auf die Gabel.

Da klingelte das Telefon erneut.

Sie nahm ab.

„Lizzie Borden schlägt die Axt …"

„Hör auf!" schrie sie. „Lass mich in Ruhe."

Sie legte auf, und es begann wieder zu läuten.

Diesmal ging sie nicht dran. In Tränen aufgelöst rannte

sie zur Küchentür hinaus in den Garten. Da sank sie in einen Grashaufen auf dem Rasen. Über ihrem Kopf zwitscherten Vögel. Der Geruch von warmer Erde und Blumen erfüllte süßlich den Nachmittag. Sie begrub ihr Gesicht im Gras und weinte.

Drinnen klingelte das Telefon immer weiter.

4. KAPITEL

Miranda stand alleine und unbeobachtet vor dem Friedhofstor. Durch die schmiedeeisernen Stäbe konnte sie die Trauernden sehen, die sich um ein frisch ausgehobenes Grab scharten. Es war eine große Versammlung, wie es sich für ein respektiertes Mitglied der Gesellschaft gehörte. *Respektiert, vielleicht,* sagte sie zu sich selbst, *aber war er auch beliebt? Hatte irgend jemand von ihnen, inklusive seiner Frau, ihn wirklich geliebt? Ich dachte, ich hätte. Einmal …*

Die Stimme von Pfarrer Marriner war kaum mehr als ein Murmeln. Vieles ging im Rascheln der Fliederbüsche über ihr verloren. Sie strengte sich an, die Worte zu verstehen. „Liebender Ehemann … wird uns ewig fehlen … grausame Tragödie … Gott vergib …"

Vergib.

Sie flüsterte die Worte, als spräche sie ein Gebet, das sie irgendwie aus den Klauen der Schuld befreien konnte. Aber wer würde ihr vergeben?

Gewiss niemand dieser Trauergemeinschaft.

Sie erkannte beinahe jedes Gesicht dort. Ihre Nachbarn waren darunter, ihre Kollegen von der Zeitung und ihre Freunde. *Sag lieber ehemalige Freunde,* dachte sie verbittert. Dann waren da noch diejenigen, die zu hochtrabend waren, um ihre Bekanntschaft zu machen und die, die sich in sozialen Schichten bewegten, zu denen Miranda niemals Zutritt bekommen würde.

Sie entdeckte den grimmigen, aber gefassten Noah DeBolt, Evelyns Vater und auch Forrest Mayhew, den Präsidenten der hiesigen Sparkasse, vorschriftsmäßig in Anzug und Krawatte gekleidet. Miss Lila St. John gehörte in eine Kategorie für sich. Die örtliche Blumen- und Gartenfee schien seit Jahren auf das Alter von vierundsiebzig abonniert zu sein. Außerdem waren da natürlich die Tremains. Sie gaben ein tragisches Bild ab, wie sie da so selbstsicher neben dem offenen Grab standen. Evelyn zwischen ihrem Sohn und Chase Tremain, als ob sie beide Männer als Stütze benötigte. Ihre Tochter Cassie hielt sich fast aufsässig abseits. Ihr geblümtes pfirsichfarbenes Kleid bildete einen schockierenden Kontrast zu dem Grau und Schwarz der anderen Trauergäste.

Ja, Miranda kannte sie alle. Und sie kannten Miranda.

Sie hätte alles Recht gehabt, dort bei ihnen zu stehen. Schließlich war sie einmal Richards Freundin gewesen; sie war es ihm schuldig, auf Wiedersehen zu sagen. Sie sollte ihrem Herzen folgen, zum Teufel mit den Konsequenzen.

Doch ihr fehlte der Mut.

Also blieb sie an der Peripherie, einem einsamen und stimmlosen Exil und beobachtete, wie sie den Mann, der einst ihr Liebhaber gewesen war, zur letzten Ruhe betteten.

Als es vorbei war, stand sie immer noch da, auch als die Trauergemeinde den Friedhof langsam und stetig durch die Tore zu verlassen begann. Sie sah ihre überraschten Blicke, hörte sie nach Luft schnappen und ihr Gemurmel „Seht mal, da ist sie.“ Ruhig begegnete sie ihren Blicken. Fliehen hätte wie ein Akt der Feigheit ausgesehen. *Ich mag zwar nicht mutig sein, aber ich bin kein Feigling.* Die meisten von ihnen gingen schnell und mit gesenktem Blick an ihr vorbei. Nur Miss Lila St. John erwiderte den Augenkontakt, wobei sie Miranda weder freundlich noch unfreundlich, sondern eher nachdenklich musterte. Einen Moment lang glaubte Miranda, ein Lächeln in Miss Lila St. Johns Augen aufflackern zu sehen, doch dann ging auch sie weiter.

Ein scharfer Atemzug ließ Miranda sich umdrehen.

Die Tremains waren am Tor stehen geblieben. Evelyn erhob langsam die Hand und deutete auf Miranda. „Sie haben kein Recht“, flüsterte sie, „kein Recht hier zu sein.“

Mama, vergiss es“, sagte Phillip, während er sie am Arm packte und wegzog. „Lass uns einfach nach Hause gehen.“

„Sie gehört nicht hierher.“

„Mama ...“

„*Verschwinden Sie!*“ Evelyn stürzte sich auf Miranda und ging mit den Fäusten auf sie los.

Da trat Chase dazwischen. Er zog Evelyn an sich und hielt ihre Hände fest. „Evelyn, nicht! Ich werde mich darum kümmern, in Ordnung? Ich werde mit ihr reden. Geh einfach nach Hause. Bitte.“ Er sah die Zwillinge an. „Phillip, Cassie! Kommt, bringt Eure Mutter nach Hause. Ich werde später nachkommen.“

Jeder der Zwillinge nahm einen Arm und Evelyn erlaubte ihnen, sie wegzuführen. Doch als sie am Wagen angekommen waren, drehte sie sich noch einmal um und brüllte: „Lass dich nicht von der Hure täuschen, Chase! Sie wird dir den Kopf genauso verdrehen, wie Richard!“

Die Wucht der anklagenden Worte drohten Miranda aus dem Gleichgewicht zu bringen. Sie stolperte, spürte, wie das Tor hinter ihrem Rücken nachgab und ertappte sich, wie sie Halt suchend danach griff. Das kalte Eisen schien das einzig Solide zu sein, woran sie sich klammern konnte. Plötzlich durchbrach das Quietschen der Scharniere ihre Verwirrung. Erst da bemerkte sie, dass sie mitten in einem Beet Gänseblümchen stand, dass die anderen gegangen, und dass sie und Chase Tremain als Einzige auf dem Friedhof zurückgeblieben waren.

Er beobachtete sie, nur ein paar Schritte von ihr entfernt und doch so, als ob er sich hüten würde, ihr näher zu kommen; als ob sie ein gefährliches Tier wäre. Sie konnte das Misstrauen in seinen dunklen Augen und die Spannung in seiner Haltung sehen. Wie aristokratisch er heute in seinem kohlschwarzen Anzug aussah, so unnahbar und unberührbar. Das Jackett unterstrich seine perfekten breiten Schultern und seine schmale Taille. Maßanfertigung, natürlich. Ein echter Tremain dachte nicht einmal an Kleidung von der Stange.

Trotzdem hatte sie Schwierigkeiten zu glauben, dass dieser Mann mit den Zigeuneraugen und dem schwarzen Haar ein Tremain war.

Ein Jahr lang hatte sie auf diese Portraits im Verlagsgebäude geschaut. Sie hingen an der gegenüberliegenden Wand ihres Schreibtisches: fünf Generationen Tremain Männer und alle mit rosigen Gesichtern und blauen Augen. Richards genauso blauäugiges Portrait hatte gut dazu gepasst. Chase Tremain dagegen hätte deplaziert gewirkt.

„Warum sind Sie hergekommen, Ms. Wood?“ fragte er.

Sie reckte ihr Kinn. „Warum sollte ich nicht?“

„Es ist unangemessen, um es mal so auszudrücken.“

„Es ist sehr angemessen. Ich mochte ihn. Wir waren … wir waren befreundet.“

„*Befreundet?*“ Seine Stimme erhob sich in spöttischem Unglauben. „So nennen Sie das also?“

„Sie wissen nichts über uns.“

„Ich weiß, dass Sie mehr als befreundet waren. Wie sollen wir Ihre Beziehung nennen, Ms. Wood? Ein Verhältnis? Eine Romanze?“

„Hören Sie auf!“

„Eine heiße kleine Nummer auf der Couch des Chefs?“

„Hören Sie auf, verdammt noch einmal! So war es nicht.“

„Nein, natürlich nicht. Sie waren nur *befreundet.*“

„In Ordnung! In Ordnung …“ Sie wandte den Kopf ab, damit er ihre Tränen nicht sehen konnte, um dann leise zu sagen: „Wir waren ein Paar.“

„Endlich. Ein Wort dafür.“

„Und Freunde. Vor allem, Freunde. Ich wünschte bei Gott, es wäre dabei geblieben.“

„Das wünschte ich auch. Dann wäre er wenigstens noch am Leben.“

Sie erstarrte. „Ich habe ihn nicht umgebracht“, sagte sie nach einer Weile.

Er seufzte. „Natürlich nicht.“

„Er war schon tot. Ich fand ihn …“

„In Ihrem Haus in Ihrem Bett.“

„Ja, in meinem Bett.“

„Sehen Sie, Ms. Wood. Ich bin weder Richter noch Geschworener. Verschwenden Sie ihren Atem nicht an mich. Ich bin nur hier, um Ihnen mitzuteilen, dass Sie sich von der Familie fernhalten sollen. Evelyn ist schon genug durch die Hölle gegangen. Sie braucht keine ständige Erinnerung daran. Wenn nötig, werden wir einen Gerichtsbefehl erwirken, um Sie von uns fernzuhalten. Ein falscher Schritt und Sie wandern wieder ins Gefängnis … wo Sie auch hin gehören.“

„Ihr seid alle gleich“, entgegnete Miranda bitter. „Ihr Tremains und DeBolts. Alle aus dem gleichen Holz geschnitzt. Nicht wie der Rest von uns, der weggeschoben werden kann. Genau dahin, wo wir hingehören.“

„Es hat nichts damit zu tun, aus welchem Holz wir geschnitzt sind. Hier handelt sich um einen kaltblütigen Mord.“ Er machte einen Schritt auf sie zu. „Was genau ist passiert?“ fragte er und kam noch näher. „Hat Richard ein heiliges Versprechen gebrochen? Abgelehnt, seine Frau zu verlassen? Oder war er einfach nur zur Vernunft gekommen und hatte beschlossen, Sie zu verlassen?“

„Nichts dergleichen.“

„Also, was geschah dann?“

„Ich habe *ihn* verlassen!“

Chase blickte auf sie hinunter. Skepsis sprach aus jeder einzelnen Falte seines Gesichts. „Warum?“

„Weil es vorbei war. Weil alles falsch war, alles zwischen uns. Ich wollte weg. Ich hatte sogar die Zeitung verlassen.“

„Er hat Sie gefeuert?“

„Ich habe gekündigt. Sehen Sie in den Unterlagen nach, Mr. Tremain. Dort werden Sie meine Kündigung finden. Es ist gut zwei Wochen her. Ich war dabei, die Insel zu verlassen. Ich wollte irgendwohin, wo ich ihn nicht jeden Tag hätte sehen müssen. Irgendwohin, wo ich nicht ständig an all das Leid erinnert würde, das ich seiner Familie angetan hatte.“

„Wo hatten Sie denn vor, hinzugehen?“

„Das war mir egal. Einfach nur weg.“ Sie sah hoch, an den Grabsteinen vorbei. Weit hinter dem Friedhof lag das Meer. Durch die Bäume konnte sie Blicke darauf erhaschen. „Ich bin fünfzig Kilometer von hier aufgewachsen. Auf der anderen Seite der Bucht. Diese Bucht ist mein zu Hause. Ich habe sie immer geliebt. Und trotzdem dachte ich nur noch daran wegzugehen.“

Sie drehte sich zu ihm um. „Ich war bereits von ihm losgekommen. Auf dem halben Weg, wieder glücklich zu sein. Warum sollte ich Richard töten?“

„Warum war er in Ihrem Haus?“

„Er bestand darauf, mich zu treffen. Ich wollte ihn nicht sehen. Also ging ich weg und machte einen Spaziergang. Als ich zurückkam, fand ich ihn.“

„Ja, ich habe Ihre Version gehört. Wenigstens bleibt Ihre Geschichte immer dieselbe.“

„Es ist auch die Wahrheit.“

„Wahrheit, Erfindung.“ Er zuckte mit den Achseln. „In Ihrem Fall vermischt sich das alles, oder nicht?“ Abrupt wandte er sich von ihr ab und steuerte auf die Friedhofsauffahrt zu.

„Was, wenn *alles* wahr ist?“ rief sie hinter ihm her.

„Halten Sie sich von der Familie fern, Ms. Wood!“ schrie er über die Schulter hinweg warnend. „Oder ich sehe mich gezwungen, Lorne Tibbetts anzurufen.“

„Ziehen Sie es doch nur einmal für einen Moment lang in Betracht, dass ich ihn nicht getötet habe! Dass jemand anderes es getan hat!“

Er entfernte sich immer weiter.

„Vielleicht war es jemand, den Sie kennen!“ rief sie. „Denken Sie mal darüber nach! Oder wissen Sie es bereits und wollen mir nur die Schuld in die Schuhe schieben? Sagen Sie mir, Mr. Tremain! Wer hat Ihren Bruder *wirklich* umgebracht?“

Das veranlasste Chase plötzlich dazu, stehenzubleiben. Er wusste, dass er weitergehen sollte. Er wusste, dass es ein Fehler war, diese Frau dazu zu animieren, mit ihrem kranken Dialog fortzufahren. Es *war* krank. Oder sie war krank. Trotzdem konnte er nicht einfach weitergehen. Noch nicht. Was sie gerade gesagt hatte, eröffnete zu viele Furcht erregende Möglichkeiten.

Langsam wandte er ihr sein Gesicht zu. Sie stand absolut ruhig da und fixierte ihn mit ihrem Blick. Die Nachmittagssonne verlieh ihrem Haar einen kupferfarbenen Glanz. Das wundervolle Haar schien ihr Gesicht zu überfluten. In ihrem schwarzen Kleid wirkte sie überraschend zerbrechlich, so als ob ein starker Windhauch sie hätte weg wehen können.

War das möglich?, fragte er sich. *Konnte diese Frau wirklich nach einem Messer gegriffen haben? Die Klinge über Richards Körper erhoben haben? Es ihm mit so viel Wut und so viel Kraft in die Brust gestoßen haben, dass die Spitze das Rückgrat streifte.*

Er ging langsam auf sie zu. „Wenn Sie ihn nicht umgebracht haben“, sagte er, „wer hat es dann getan?“

„Ich weiß es nicht.“

„Das ist eine enttäuschende Antwort.“

„Er hatte Feinde …“

„Wütend genug, um ihn zu töten?“

„Er leitete eine Zeitung. Er wusste Dinge über gewisse Leute in dieser Stadt. Und er hatte keine Angst, die Wahrheit zu drucken.“

„Welche Leute? Über welche Art von Skandal reden wir?“

Er sah, dass sie zögerte und fragte sich, ob sie sich eine neue Lüge ausdachte.

„Richard schrieb einen Artikel“, sagte sie, „über einen ortsansässigen Bauunternehmer. Er heißt Tony Graffam und seine Firma Stone Coast Trust. Richard sagte, er hätte Beweise für einen Betrug …“

„Mein Bruder hatte bezahlte Reporter in seiner Mannschaft. Warum sollte er sich die Mühe machen, selbst zu schreiben?"

„Es war sein persönlicher Kreuzzug. Er hatte sich vorgenommen, Stone Coast zu ruinieren. Er brauchte nur noch einen letzten Beweis. Dann wollte er es drucken."

„Und hat er?"

„Nein. Der Artikel hätte vor zwei Wochen erscheinen sollen. Aber er erschien nicht."

„Wer hat das verhindert?"

„Ich weiß es nicht. Da müssen Sie mit Jill Vickery sprechen."

„Die Chefredakteurin?"

Miranda nickte. „Sie wusste, dass der Artikel in Arbeit war, aber sie war nicht gerade begeistert von der Idee. Richard war die treibende Kraft. Er war sogar bereit, eine Verleumdungsklage zu riskieren. Tatsächlich hatte Tony Graffam bereits damit gedroht."

„Also haben wir einen passenden Verdächtigen. Tony Graffam. Sonst noch jemand?"

Sie zögerte. „Richard war kein beliebter Mann."

„*Richard?*" Er schüttelte den Kopf. „Das bezweifle ich. Ich war der Bruder mit dem Beliebtheitsproblem."

„Vor zwei Monaten hat er die Gehälter beim *Herald* stark gekürzt und ein Drittel der Mannschaft vorübergehend entlassen."

„Ah, dann haben wir noch mehr Verdächtige."

„Er verletzte Menschen. Familien …"

„Inklusive seiner eigenen.“

„Sie wissen nicht, wie schwer es heutzutage ist! Wie verzweifelt die Leute nach Arbeit suchen. Oh, er hatte eine gute Geschichte parat. Darüber, wie Leid es ihm tat, Leute entlassen zu müssen und dass es ihn genauso sehr schmerzte wie die Betroffenen. Das war *Schwachsinn.* Ich hörte ihn später mit seinem Buchhalter darüber sprechen. Er sagte: ‚Ich habe die toten Äste weggeschnitten, genau wie Sie mir geraten haben.‘ Tote Äste. Diese Angestellten hatten seit Jahren für den *Herald* gearbeitet. Richard hatte Geld. Er hätte den Verlust tragen können.“

„Er war ein Geschäftsmann.“

„Richtig. Genau das war er.“ In einem Windstoß tanzten ihre Haare wie Flammen um ihren Kopf. Sie war wie ein wildes, loderndes Feuer voller Wut auf ihn, auf Richard und auf die Tremains.

„Also haben wir noch ein paar Verdächtige mehr“, sagte er. „All diese armen Seelen, die ihre Jobs verloren haben und ihre Familien. Warum nicht auch noch Richards Kinder? Sein Schwiegervater? Seine Frau?“

„Ja, Evelyn. Warum auch nicht?“

Chase schnaubte vor Abscheu. „Sie sind sehr gut, wissen Sie das? Im Nebelwerfen. Doch mich haben Sie nicht überzeugt. Ich hoffe, die Geschworenen sind auch so schlau. Himmel, ich hoffe, sie durchschauen Sie und lassen Sie dafür büßen.“

Sie betrachtete ihn schweigsam. Plötzlich war das ganze Feuer und ihr ganzer Mut aus ihrem Körper verschwunden.

„Ich habe schon dafür gebüßt", flüsterte sie. „Und ich werde den Rest meines Lebens dafür büßen. Weil ich schuldig bin. Nicht, weil ich ihn getötet habe. Ich habe ihn nicht umgebracht." Sie schluckte und wandte ihre Blick von ihm ab. Er konnte ihr Gesicht zwar nicht mehr sehen, aber er konnte ihre gequälte Stimme hören. „Mich trifft die Schuld, dumm zu sein. Und naiv. Die Schuld, Vertrauen zum falschen Mann gehabt zu haben. Ich dachte wirklich, ich liebte Ihren Bruder. Aber das war, bevor ich ihn kannte. Und dann, als ich ihn kannte, versuchte ich, von ihm loszukommen. Ich wollte es tun, so lange wir noch Freunde … waren."

Er sah, wie ihre Hand nach oben schnellte und wie sie sich rasch das Gesicht abwischte. Plötzlich durchzuckte ihn der Gedanke, wie tapfer sie doch auch war. Nicht dreist, wie er zuerst gedacht hatte, als er sie heute sah, sondern wirklich herzzerreißend mutig.

Sie hob den Kopf. Ihr Blick blieb auf gleicher Höhe mit seinem. Die Tränen, die sie versucht hatte wegzuwischen, glänzten immer noch auf ihren Lidern. Er spürte ein plötzliches, unerklärliches Bedürfnis danach, ihr Gesicht zu berühren und ihr die Tränen zu trocknen. Und wie absurd es auch sein mochte, er spürte die Lust eines Mannes herauszufinden, wie ihre Lippen schmeckten und wie sich ihr Haar anfühlte. Sofort trat er einen Schritt zurück, als ob er sich vor einer gefährlichen Flamme in Sicherheit bringen wollte. *Jetzt weiß ich, warum du ihr verfallen warst, Richard. Unter anderen Umständen wäre mir dasselbe passiert.*

„Zum Teufel“, murmelte sie voller Abscheu. „Was spielt es für eine Rolle, was ich empfand? Für Sie oder für sonst irgendwen?“ Sie ließ ihn, ohne sich noch einmal umzuschauen, stehen und ging die Auffahrt entlang. Ihr abrupter Aufbruch schien eine nicht zu füllende Lücke zu hinterlassen.

„Ms. Wood!“ schrie er. Sie ging weiter. „Miranda!“ rief er. Da blieb sie stehen. „Ich habe eine Frage an Sie“, sagte er. „Wer hat Sie aus dem Gefängnis geholt?“

Sie wandte sich langsam um und sah ihn an. „Sagen Sie es mir“, meinte sie.

Und damit ließ sie ihn stehen.

Es war ein langer Spaziergang bis zum Verlagsgebäude. Er führte Miranda an bekannten Straßen und Schaufenstern vorbei und, was das Schlimmste war, an bekannten Gesichtern. Sie spürte, wie man sie hinter den Schaufenstern anstarrte und sah, wie sie in Grüppchen zusammenfanden und miteinander tuschelten. Keiner von ihnen kam auf sie zu. Niemand richtete das Wort an sie. Das mussten sie auch nicht. *Was mir noch fehlt,* dachte sie, *ist ein auf meiner Brust angenähter, scharlachroter Buchstabe.* M *für Mörderin.*

Sie richtete ihren Blick nach vorne und ging die Limerock Street hinauf. Das Verlagsgebäude des *Herald* ragte vor ihr auf, ein Wall aus Ziegeln und Schiefer, der ihr Schutz vor neugierigen Blicken bot. Sie huschte durch die Doppelglastüren in den Nachrichtenraum hinein.

Drinnen schien plötzlich alles stillzustehen.

Miranda sah sich einem Bombardement überraschter Blicke ausgesetzt.

„Hallo, Miranda“, ertönte eine kühle Stimme.

Miranda wandte sich um. Jill Vickery, die Chefredakteurin, kam aus ihrem Büro geschlichen. Sie trug immer noch dieselbe Kleidung wie bei der Beerdigung. An der schwarzhaarigen Jill Vickery mit dem elfenbeinfarbenen Teint sah Schwarz sehr elegant aus. Ihr kurzer Rock rieb an ihren Strümpfen, als sie quer durch den Raum stolzierte.

„Kann ich irgendetwas für dich tun?“ fragte Jill sie freundlich.

„I…Ich bin gekommen, um meine Sachen abzuholen.“

„Ja, klar.“ Jill warf den gaffenden Mitarbeitern einen missbilligenden Blick zu. „Arbeiten wir alle so effizient, dass wir nichts mehr zu tun haben?“

Betreten konzentrierten sich die Angesprochenen wieder auf ihre Arbeit, und Jill sah erneut zu Miranda. „Ich habe mir bereits erlaubt, deinen Schreibtisch auszuräumen. Es ist alles unten in einer Kiste.“

Miranda war Jill dankbar für diesen Akt der Höflichkeit, die sie ihr erwies, dass sie kaum Verärgerung darüber verspürte, dass ihr Schreibtisch so kaltblütig geleert worden war.

„Ich habe auch noch ein paar Dinge in meinem Spind.“

„Die müssten noch da sein. Hol sie dir einfach.“ Die Stille, die darauf folgte, schien für beide schwer auszuhalten. „Ich wünsche dir Glück“, sagte Jill schließlich. „Egal was passiert.“ Dann kehrte sie in ihr Büro zurück.

„Jill?“, rief Miranda hinter ihr her.

„Ja?“

„Ich frage mich, was mit dem Artikel über Tony Graffam geschehen ist. Warum habt ihr ihn nicht gebracht?“

Jill musterte sie mit echter Verblüffung. „Was spielt das für eine Rolle?“

„Nur so.“

Jill zuckte mit den Achseln. „Es war Richards Entscheidung. Er zog die Geschichte zurück.“

„Richard? Aber er hat Monate daran gearbeitet.“

„Ich kann dir seine Gründe nicht nennen. Ich kenne sie nicht. Er zog sie einfach zurück. Und außerdem glaube ich nicht, dass er die Geschichte wirklich geschrieben hat.“

„Aber er hat zu mir gesagt, sie sei so gut wie fertig.“

„Ich habe seine Unterlagen überprüft.“ Damit wandte Jill sich ab und ging auf ihr Büro zu. „Ich bezweifle, dass er jemals über die Recherche hinausgekommen ist. Du weißt doch, wie er war, Miranda. Ein Meister der Übertreibung.“

Verwirrt starrte Miranda ihr hinterher. Ein Meister der Übertreibung. Es tat weh, es zugeben zu müssen, aber an dieser Behauptung war eine Menge Wahres.

Die Leute begannen erneut, sie zu beobachten.

Sie ging die Treppen hinunter und schob sich in die Damen Lounge zu ihrem Spind, wo sie auf Annie Berenger stieß, die sich gerade ihre Sportschuhe zuband. Annie trug ihre übliche ausgebeulte Cargohose mit Gummizug und ein ungebügeltes Baumwollhemd. In ihrem Schrank sah es genauso unordentlich aus. Da türmte sich ein Berg aus zerknüllten Kleidungsstücken, Handtüchern und Büchern.

Annie schaute hoch und begrüßte sie mit einem Kopfnicken. „Du bist zurück."

„Nur, um meine Sachen zu holen." Miranda fand den Karton mit ihren Unterlagen in eines der unteren Regale gestopft und zog ihn heraus.

„Ich habe dich bei der Beerdigung gesehen", sagte Annie. „Das erforderte Mumm, Mensch."

„Ich weiß nicht, ob Mumm dafür das richtige Wort ist."

Annie schob ihre Spindtür zu und stieß erleichtert Luft aus. „Endlich bequem. Ich musste einfach aus diesem Beerdigungsfummel herauskommen. Ich kann in diesen blöden hochhackigen Schuhen nicht denken. Das unterbricht irgendwie die Blutzufuhr zu meinem Gehirn." Sie band sich den letzten Schnürsenkel zu. „Also, was geschieht jetzt als nächstes? Mit dir, meine ich?"

„Keine Ahnung, ich weiß es nicht. Ich weigere mich, über den nächsten Tag hinaus zu denken." Miranda begann nun, auch ihre anderen Habseligkeiten aus dem schmalen Schrank in die Kiste zu werfen.

„Ein Gerücht sagt, du hättest einflussreiche Freunde."

„Was?"

„Jemand hat die Kaution bezahlt und dich aus dem Gefängnis geholt, richtig?"

„Ich weiß nicht, wer es war."

„Du musst doch eine Ahnung haben? Oder ist das ein

Trick deines Anwalts, um dich als die Unschuldige dastehen zu lassen?“

Miranda klammerte sich an die Spindtür. „Nicht, Annie. Bitte.“

Annie legte ihren Kopf schief. Die Falten und Sommersprossen in ihrem Gesicht verrieten, dass sie viele Sommer in der Sonne verbracht hatte. „Ich bin fies, oder? Entschuldigung. Es ist nur, weil Jill mich auf das Verfahren angesetzt hat. Ich mag es nicht, wenn ich eine alte Kollegin auf die Titelseite bringen soll.“ Sie beobachtete, wie Miranda den Spind leerte und die Tür schloss. „Also, kann ich eine Erklärung von dir bekommen?“

„Ich habe es nicht getan.“

„Die habe ich bereits gehört.“

„Willst du den Pulitzerpreis gewinnen?“ Miranda drehte sich um und sah ihr fest ins Gesicht. „Hilf' mir herauszufinden, wer es war.“

„Du musst mir erst einen Ansatzpunkt liefern.“

„Ich habe keinen.“

Annie seufzte. „Das ist das Problem. Ob du es nun getan hast oder nicht, du bist immer noch die Hauptverdächtige.“

Miranda nahm die Kiste und ging die Treppe hinauf. Annie trottete hinterher.

„Ich dachte, echte Reporter seien hinter der Wahrheit her“, sagte Miranda.

„Diese Reporterin“, meinte Annie, „ist hauptsächlich faul und auf den Vorruhestand aus.“

„In deinem Alter?“

„Ich werde nächsten Monat siebenundvierzig. Ich denke, das ist ein gutes Alter, um in Rente zu gehen. Wenn ich dann auch noch Irving dazu bringe, mir die entscheidende Frage zu stellen, wird mein Leben nur noch aus Bonbons und Fernsehserien bestehen.“

„Du würdest es hassen.“

„Oh, ja.“ Annie lachte. „Es wäre einfach schrecklich.“

Die beiden betraten den Nachrichtenraum, und sofort spürte Miranda, wie sie wieder alle Blicke auf sich zog. Annie, die das Publikum gar nicht wahrnahm, ging zu ihrem Schreibtisch, warf ihre Spindschlüssel in die Schublade und holte ein Päckchen Zigaretten heraus. „Hast du zufällig Feuer?“ fragte sie Miranda.

„Das fragst du mich immer und ich habe nie welches.“

Annie wandte sich um und brüllte „Miles!“

Der Sommerpraktikant seufzte resigniert und warf ihr ein Feuerzeug zu. „Gib es einfach zurück“, sagte er.

„Du bist sowieso zu jung zum Rauchen“, frotzelte Annie.

„Das waren Sie auch mal, Berenger.“

Annie grinste Miranda an. „Ich mag diese wunderbaren Jungen. Sie sind so verdammt bockig.“

Miranda konnte nicht anders; sie lächelte. Sie saß auf dem Schreibtisch und schaute auf ihre Ex-Kollegin. Annie war wie immer von einer Wolke Zigarettenqualm umgeben. Die Raucherei war nur zum einen Teil Sucht und zum anderen gehörte sie zu Annies Schau. Sie hatte ihre Reportermeriten in einer

Bostoner Nachrichtenagentur geerntet, wo es hieß, dass der Boden zentimeterdick von Zigarettenkippen bedeckt war.

„Du glaubst mir doch, oder?“ fragte Miranda leise, „du denkst nicht wirklich …?“

Annie blickte ihr direkt in die Augen. „Nein. Ich glaube es nicht. Und ich habe nur Spaß damit gemacht, dass ich faul sei“, sagte sie. „Ich habe nachgeforscht, und ich werde etwas herausfinden. Nicht, dass ich es aus Freundschaft oder so tue. Ich meine, ich könnte Dinge herausfinden, die dich verletzen könnten. Aber das muss ich tun.“

Miranda nickte. „Dann fang damit an.“

„Was?“

„Finde heraus, wer meine Kaution bezahlt hat.“

Annie zog an ihrer Zigarette. „Das ist ein vernünftiger erster Schritt.“

Da wurde die Tür des hinteren Büros aufgestoßen. Jill Vickery kam heraus und blickte sich in der Redaktion um. „Seenotruf. Wassereinbruch auf einem Segelboot. Wer will die Geschichte?“

Annie duckte sich in ihrem Sessel.

Miles sprang auf. „Ich nehme sie.“

„Die Küstenwacht ist schon auf dem Weg. Wenn nötig, leih dir ein Schlauchboot. Los, mach dich auf den Weg. Du willst doch die Rettung nicht verpassen.“ Dann drehte Jill sich um und schaute auf Annie. „Bist du im Moment beschäftigt?“

Annie zuckte mit den Achseln. „Ich bin immer beschäftigt, Jill.“

Jill deutete mit dem Kopf auf Miles. „Er wird dir helfen. Geh mit dem Kleinen.“ Dann kehrte sie in ihr Büro zurück.

„Ich kann nicht.“

Jill blieb stehen und drehte sich nach Annie um. „Lehnst du meinen Auftrag ab?“

„Ja, so ungefähr.“ Annie stieß eine lange Rauchwolke aus. „Ich werde immer seekrank.“

„Ich wusste, dass sie dich verwirren würde, Chase. Ich wusste es einfach. Du verstehst sie nicht auf die Art, wie ich es tue.“

Chase sah vom Verandastuhl hoch, wo er in der letzten Stunde grübelnd gesessen hatte. Er bemerkte, dass Evelyn ihr schwarzes Kleid gegen ein unanständig leuchtendes, limonengrünes eingetauscht hatte. Er wusste, dass ihm seine Schwägerin Leid tun sollte, aber im Moment sah Evelyn so aus, als ob sie eher einen ordentlichen Drink als sein Mitleid benötigte. Er konnte sich nicht helfen, aber er verglich sie mit Miranda Wood. Miranda mit ihrem schlechtsitzenden schwarzen Kleid und den vom Wind zerzausten Haaren, so alleine auf diesem Friedhofshügel. Er fragte sich, ob Richard je gewusst hatte, wie sehr er ihr geschadet hatte und ob ihn das überhaupt interessiert hätte.

„Du hast noch kein Wort gesprochen, seit du wieder zu Hause bist“, beschwerte sich Evelyn. „Was ist bloß los mit dir?“

„Wie gut kennst du Miranda Wood?“ fragte er.

Sie saß da und legte übereifrig die Falten ihres grünen

Kleids zurecht. „Ich habe ein paar Dinge gehört. Sie wuchs in Bass Harbour auf. Ging auf eine ... eine staatliche Universität. War auf Stipendien angewiesen, weil sie es sich anders nicht hätte erlauben können. Wirklich keine gute Familie."

„Was heißt das?"

„Fabrikarbeiter."

„Ah, der Bodensatz der Welt."

„Was ist denn mit dir los, Chase?"

Er erhob sich. „Ich muss einen Spaziergang machen."

„Ich komme mit dir." Sie erhob sich ebenfalls, wobei die ganzen hübsch zurechtgelegten Falten ihres Kleids sofort wieder auseinander fielen.

„Nein. Ich würde lieber eine Weile alleine sein, falls es dir nichts ausmacht."

Evelyn sah so aus, als machte es ihr eine ganze Menge aus, aber sie schaffte es, diesen Umstand elegant zu verbergen. „Ich verstehe, Chase. Wir müssen alle auf unsere eigene Art trauern."

Er spürte eine gewisse Erleichterung, als er sich von dieser Veranda entfernte. Das Haus hatte begonnen, in zu bedrücken, so als ob das Gewicht der Erinnerungen, die ihn ihm steckten, sich in der Luft ausgebreitet hätte. Eine halbe Stunde lang wanderte er ziellos umher. Erst als seine Füße ihn an die Stadtgrenze herangetragen hatten, begann er sich zielgerichtet zu bewegen.

Er ging direkt auf das Verlagsgebäude zu.

Jill Vickery, die schneidige und attraktive Chefredakteurin, begrüßte ihn. Es sah Richard ähnlich, sich mit wunderbaren Frauen zu umgeben. Chase war ihr an diesem Tag bereits bei der Beerdigung begegnet. Dort, wie auch jetzt, spielte sie ihre professionelle Rolle perfekt.

„Mr. Tremain", sagte sie und streckte ihm ihre Hand entgegen. „Welch ein Vergnügen, Sie wieder zu sehen. Darf ich Ihnen den Verlag zeigen?"

Ohne zu antworten, schaute er sich in der Redaktion um, die im Moment offenbar nur von einem geringen Teil der Mannschaft besetzt war; ein paar Leute aus der Grafik, jemand, der unverwandt auf den Bildschirm seines Computers starrte, und diese schlampige Reporterin, die eine Zigarette rauchte, während sie telefonierte.

„Ich würde mir gern ein paar der Unterlagen meines Bruders ansehen", sagte Chase schließlich.

„Geschäftliche oder private?"

„Beides."

Sie zögerte, führte ihn dann aber über die Flure zu einem Büro, an dessen Tür stand: Richard Tremain, Verleger. „Sie verstehen, dass dies nicht alle seine Unterlagen sind. Die meisten bewahrte er hier auf, aber manche hatte er auch zu Hause oder im Cottage."

„Sie meinen Rose Hill?"

„Ja. Er mochte es, gelegentlich da draußen zu arbeiten." Sie deutete auf den Schreibtisch. „Der Schlüssel ist in der oberen Schublade. Bitte lassen Sie mich wissen, wenn Sie etwas mitnehmen wollen."

„Das hatte ich nicht vor."

Sie machte eine Pause, so als sei sie unsicher, ob sie ihm vertrauen sollte. Doch hatte sie eine andere Wahl? Er war immerhin der Bruder des Verlegers. Schließlich wandte sie ihm ihren Rücken zu und ließ ihn alleine.

Chase wartete, bis sich die Tür hinter ihr schloss, und dann öffnete er den Aktenschrank. Er blätterte sofort bei *W* nach und fand Miranda Woods Unterlagen.

Chase trug sie zum Schreibtisch und schlug sie auf. Wie sich herausstellte, handelte es sich lediglich um eine normale Personalakte. Die Bewerbung war gut ein Jahr alt. Miranda war damals achtundzwanzig gewesen. Als Adresse war die Willow Street Nr. 18 angegeben. Auf dem beiliegenden Foto lächelte Chase eine zuversichtliche junge Frau entgegen, deren ganzes Leben noch vor ihr lag. Es tat ihm beinahe weh zu sehen, wie glücklich sie aussah. Ihre Abschlusszeugnisse von der Universität waren hervorragend. Wenn überhaupt, dann war sie für den Job als Redakteurin überqualifiziert. Unter die Frage „Warum interessieren Sie sich für diesen Job?" hatte sie geschrieben: „Ich bin in der Nähe der Penobscot Bucht aufgewachsen und mehr als alles andere will ich in der Nähe des Ortes, den ich mein zu Hause nenne, leben und arbeiten." Er blätterte durch die Seiten und überflog die halbjährliche Beurteilung, die Jill Vickery unterzeichnet hatte. Sie war ausgezeichnet. Er blätterte auf die letzte Seite – und fand die zwei Wochen alte Kündigung.

Gerichtet an Richard Tremain, Verleger, *Island Herald.*

Sehr geehrter Mr. Tremain,
ich möchte Sie hiermit von meiner Kündigung als Redakteurin in Kenntnis setzen. Meine Gründe dafür sind rein privater Natur. Über ein Empfehlungsschreiben von Ihnen würde ich mich sehr freuen, da ich plane, mir anderweitig eine Arbeit zu suchen.
Mit freundlichen Grüßen, Miranda Wood.

Das war alles. Keine Erklärungen, kein Bedauern, nicht einmal ein Hinweis auf eine Anklage.

Also hat sie mir die Wahrheit gesagt, dachte er, *sie hat ihren Job wirklich aufgegeben.*

„Mr. Tremain?" Jill Vickery war wieder zurück und stand abwartend auf der Schwelle. „Suchen Sie etwas Bestimmtes? Vielleicht kann ich Ihnen behilflich sein."

„Vielleicht können Sie das."

Sie trat ein und ließ sich elegant auf dem gegenüberliegenden Stuhl nieder. Ihr Blick fiel plötzlich auf die Akte, die auf dem Schreibtisch lag. „Ich sehe, dass Sie Mirandas Personalakte gefunden haben."

„Ja, ich versuche zu verstehen, was passiert ist. Warum sie es getan hat."

„Ich denke, Sie sollten wissen, dass sie gerade vor ein paar Minuten hier war."

„Hier im Verlag?"

„Sie kam, um ihre Sachen abzuholen. Ich bin froh, dass es nicht zu einer … hm … unerwarteten Begegnung kam."

Er nickte. „Das bin ich auch.“

„Lassen Sie mich etwas sagen. Die Sache mit Ihrem Bruder tut mir sehr Leid. Er war ein wunderbarer Mann und ein außergewöhnlicher Autor. Er glaubte wirklich an die Macht des gedruckten Wortes. Wir werden ihn sehr vermissen.“

Es war eine einstudierte Rede, aber Jill Vickery brachte sie mit einer solchen Ernsthaftigkeit vor, dass Chase fast davon überzeugt war, sie meinte die Worte ernst. Dieser Frau verstand gewiss etwas von PR.

„Ich habe gehört, Richard hatte eine Geschichte in der Pipeline“, sagte er. „Irgendwas über eine Firma namens Stone Coast Trust. Sagt Ihnen das etwas?“

Jill seufzte. „Warum kommt ausgerechnet dieser Artikel laufend zur Sprache?“

„Ist noch jemand daran interessiert?“

„Miranda Wood. Sie fragte gerade danach. Ich sagte ihr, dass diese Geschichte, soweit ich weiß, niemals geschrieben wurde. Zumindest sah ich sie nie.“

„Aber ihr Erscheinen war geplant?“

„Bis Richard es rückgängig machte.“

„Warum?“

Sie lehnte sich zurück und schob langsam ihr Haar nach hinten.

„Ich weiß es nicht. Ich vermute, er hatte nicht genügend Beweise, um sie zu veröffentlichen.“

„Was genau steckt hinter dieser Geschichte über Stone Coast Trust?“

„Ehrlich gesagt, Kleinstadtkram. Nicht sehr interessant für Außenstehende."

„Versuchen Sie es mir zu erklären."

„Es hatte mit Landerschließung zu tun. Stone Coast hat Eigentum an der Nordseite gekauft. In der Nähe von Rose Hill, um genau zu sein. Sie wissen auch, wie schön es da oben ist. Unberührte Küstenstreifen, Bäume. Tony Graffam – er ist der Präsident von Stone Coast – behauptete, die Gegend schützen zu wollen. Dann hörten wir Gerüchte über ein High Class Landerschließungsprojekt. Und vor einem Monat wurde das Naturschutzgebiet plötzlich in Bauland umgewandelt. Jetzt ist es offen für die Erschließung."

„Und das ist alles, worum es in diesem Artikel ging?"

„Die Insel ist klein. Darf ich Sie fragen, warum Sie sich dafür interessieren?"

„Es hat mit etwas zu tun, dass mir Miranda Wood erzählte, über andere Menschen, die ein Motiv hätten, meinen Bruder umzubringen."

„In diesem Fall übertreibt sie." Jill erhob sich. „Aber man kann ihr schwer einen Vorwurf daraus machen, dass sie es versucht hat. Sie hat wirklich nicht viel, woran sie sich festhalten könnte."

„Denken Sie, dass sie verurteilt wird?"

„Ich würde nicht darauf wetten. Doch nach allem, was mein Nachrichtenteam mir berichtet, hört es sich ganz danach an."

„Meinen Sie diese Reporterin, Annie Sowienoch?"

„Annie Berenger. Ja, sie ist mit dieser Geschichte nun beauftragt."

„Kann ich mit ihr sprechen?"

Jill runzelte die Stirn. „Warum?"

Er schüttelte den Kopf. „Ich weiß nicht. Ich vermute, ich versuche einfach nur zu verstehen, wer diese Miranda Wood wirklich ist. Warum sie töten würde." Er lehnte sich zurück und fuhr sich mit der Hand durch die Haare.

„Ich kann die Teile immer noch nicht zusammensetzen. Ich dachte, vielleicht jemand, der diesen Fall beobachtet, jemand, der sie persönlich kennt ..."

„Natürlich, ich verstehe." Ihre Worte klangen freundlich, aber ihre Augen blieben unbeteiligt. „Ich werde Ihnen Annie vorbeischicken, damit sie mit Ihnen spricht."

Sie verließ das Büro und schon einen Moment später erschien die Reporterin.

„Kommen Sie rein", forderte Chase sie auf. „Nehmen Sie Platz. Annie schloss die Tür hinter sich und setzte sich in den gegenüberliegenden Sessel. Ihre ganze Erscheinung – das krause rote Haar mit den einzelnen grauen Strähnen, der scharfe Blick, die zerknitterten Klamotten, der Geruch nach Zigaretten – das alles erinnerte Chase an seinen Vater. Fehlte nur noch die leichte Whiskeyfahne und der gute alte Reportergeruch wäre perfekt gewesen.

Sie beobachtete ihn mit unverhohlenem Misstrauen. „Die Chefin sagt, sie wollen über Miranda sprechen."

„Sie kannten sie gut?"

„Das korrekte Wort heißt *kennen.* Präsens. Ja, ich kenne sie."

„Was halten Sie von ihr?"

Ihr Mund verzog sich zu einem Lächeln. „Stellen Sie Ihre eigenen privaten Ermittlungen an?"

„Nennen Sie es meine Suche nach der Wahrheit. Miranda Wood leugnet, meinen Bruder umgebracht zu haben. Was glauben Sie?"

Annie zündete sich eine Zigarette an. „Wissen Sie, ich war in Boston für die Polizeiberichte zuständig."

„Sie kennen sich mit Mordfällen also aus?"

„Sozusagen." Sie lehnte sich zurück und blies eine Rauchwolke aus. „Miranda hatte ein Motiv. Oh, wir wissen alle von der Affäre. Es ist schwer so etwas in der Redaktion zu verheimlichen. Ich versuchte, na ja, ihr davon abzuraten. Aber, wissen Sie, sie folgt ihrem Herzen. Und das brachte sie in Schwierigkeiten. Das heißt aber nicht, dass sie ihn umgebracht hat." Annie schnippte Asche von ihrer Zigarette. „Ich glaube nicht, dass sie es war."

„Wer war es dann?"

Annie zuckte mit den Achseln.

„Denken Sie, es hat etwas mit dieser Tony Graffam Geschichte zu tun?"

Annies zog die Augenbrauenhoch. „Sie graben die Dinge schnell aus. Muss in der Familie liegen, die Spürnase."

„Miranda Wood sagt, Richard wollte eine Story darüber bringen. Ist das wahr?"

„Er sagte es. Ich weiß, dass er sie schrieb. Er hatte noch ein paar Details zu überprüfen, bevor sie gedruckt werden sollte."

„Welche Details?"

„Finanzielle Daten über Stone Coast Trust. Richard hatte gerade Zugriff auf ein paar Buchhaltungsinformationen."

„Warum wurde der Artikel nicht gedruckt?"

„Meine ehrliche Meinung?" Annie schnaubte. „Weil Jill Vickery keine Verleumdungsklage riskieren wollte."

Chase runzelte die Stirn. „Aber Jill sagt, der Artikel existiere nicht, Richard habe ihn nie geschrieben."

Annie stieß Rauch aus, bevor sie den Zigarettenstummel im Aschenbecher ausdrückte. „Ich erzähl ihn mal eine alte Reporterweisheit, Mr. T.", sagte Annie und sah ihm in die Augen. „Traue niemals deinem Redakteur."

Existierte dieser Artikel oder existierte er nicht?

Chase verbrachte die nächste Stunde damit, Richards Büro nach Unterlagen zu durchsuchen. Er fand nichts unter G für Graffam oder S für Stone Coast Trust. Er probierte noch ein paar andere Stichwörter, aber nichts funktionierte. Hatte Richard die Unterlagen zu Hause?

Es war später Nachmittag, als er endlich nach Hause zurückkehrte. Zu seiner Erleichterung waren Evelyn und die Zwillinge nicht da, und er hatte das Haus für sich. Er ging schnurstracks in Richards Arbeitszimmer und setzte seine Suche nach der Graffam-Unterlage fort.

Er fand sie nicht, obwohl sowohl Annie als auch Miranda behaupteten, dass sie existierte.

Chase spürte, dass irgendetwas an der Sache faul war, etwas, das sich zu seinen Zweifeln an Mirandas Schuld hinzufügte. In seinem Kopf ging er alle Lücken in der Anklage noch einmal durch. Das Fehlen der Fingerabdrücke auf der Tatwaffe. Die Tatsache, dass sie den Lügendetektortest bestanden hatte. Und die Frau selbst, die stolz und unbeirrbar an ihrer Unschuldserklärung festhielt, ohne sich in Widersprüche zu verstricken.

Er gab den Versuch auf, sich seinen nächsten Schritt ausreden zu wollen. Es gab keine andere Möglichkeit. Nicht, wenn er mehr wissen wollte. Nicht, wenn er die Zweifel ausräumen wollte.

Er musste mit Miranda Wood sprechen.

Chase zog sich seine Windjacke an und ging hinaus in die Abenddämmerung.

Fünf Häuserblöcke weiter bog er in die Willow Street ein. Es war genauso, wie er es in Erinnerung hatte, eine saubere mittelständische Gegend mit einladenden Veranden und ordentlichen geschnittenen Hecken. Im schwindenden Licht konnte er gerade noch die Hausnummern erkennen. Nur noch ein paar Häuser weiter …

Weiter oben in der Straße schlug eine Tür zu. Er sah eine Frau die Verandatreppen hinuntergehen und die Straße entlang auf ihn zukommen. Er erkannte ihre Silhouette, das dichte Haar und die schlanke Figur, die in Jeans steckte. Sie war erst ein paar Schritte gegangen, als sie ihn bemerkte und regungslos stehenblieb.

„Ich muss mit Ihnen reden“, sagte er.

„Ich habe ein Versprechen gegeben, erinnern Sie sich?“ antwortete sie. „Weder in Ihre noch in die Nähe Ihrer Familie zu kommen. Gut, ich halte das Versprechen.“ Sie drehte sich um und begann davonzugehen.

„Das ist etwas anderes. Ich muss mit Ihnen über Richard sprechen.“

Sie ging weiter.

„Werden Sie mir zuhören?“

„So bin ich in diesen ganzen Schlamassel hinein geraten!“ schimpfte sie über ihre Schulter hinweg. „Indem ich einem Tremain zuhörte!“

Frustriert beobachtete er, wie sie die Straße hinaufeilte. Es war zwecklos, sie zu verfolgen. Sie war nun bereits einen Block von ihm entfernt und an ihrer Schulterhaltung erkannte er, dass sie ihre Meinung auf keinen Fall ändern würde. Tatsächlich trat sie gerade vom Bürgersteig auf die Straße, um sie zu überqueren, als ob sie die Straße zwischen sich und ihm wissen wollte.

Vergiss sie, dachte er. *Wenn sie zu stur ist zuzuhören, dann soll sie eben ins Gefängnis gehen.*

Chase wandte sich ab und machte sich auf den Weg in die entgegengesetzte Richtung, als ein Auto vorbeifuhr. Es wäre ihm kaum aufgefallen, aber es fuhr ohne Licht. Es dauerte nur ein paar Schritte, bis Chase das registriert hatte. Er blieb stehen und drehte sich um. Weiter oben überquerte die schlanke Miranda die Straße.

Bis dahin hatte der Wagen bereits einen halben Block zurückgelegt.

Der Fahrer wird sie schon rechtzeitig sehen, dachte er. *Er muss sie sehen.*

Dann heulte der Motor plötzlich bedrohlich auf. Reifen quietschten. Der Wagen, schoss in einer verschwommenen Kombination aus Stahl und Rauch nach vorne und raste in den Schatten.

Sein Ziel war Miranda.

5. KAPITEL

Die Scheinwerfer leuchteten auf und hielten ihr Opfer im Lichtkegel gefangen.

„Pass auf!“ rief Chase.

Miranda wirbelte herum und sah sich von einer gleißenden Helligkeit geblendet. Selbst als der Wagen weiter auf sie zuschoss und die Lichter sie einzuschließen drohten, war sie starr vor ungläubigem Entsetzen. Zum Überlegen blieb ihr keine Zeit. Nur einen Augenblick, bevor die Tonne Stahl sich in ihren Körper rammen konnte, übernahmen Mirandas Reflexe die Kontrolle. Sie warf sich zur Seite, raus aus dem Bereich der sich nähernden Scheinwerfer.

Plötzlich flog sie, schwebte eine Ewigkeit in der sommerlichen Dunkelheit, als der Tod in einem Getöse aus Wind und Licht an ihr vorbei raste.

Und dann lag sie auf dem Gras.

Sie wusste nicht, wie lange sie dort gelegen hatte. Sie wusste nur, dass das Gras feucht war, ihr Kopf weh tat und zarte Hände ihr Gesicht streichelten. Jemand rief immer wieder ihren Namen. Sie kannte diese Stimme, eine Stimme, von der sie in diesem verwirrten Moment dachte, dass sie sie bereits ein Leben lang gekannt haben musste. Das Timbre schien sie mit Wärme und Sicherheit zu umhüllen.

Und wieder rief er ihren Namen. Diesmal hörte sie Panik in seiner Stimme. *Er hat Angst. Warum?*

Sie öffnete ihre Augen und richtete sie benommen auf

sein Gesicht. Das war der Moment, als sie registrierte, wer er war.

„Nicht“, sie schob seine Hand beiseite. „Fassen Sie mich nicht an.“

„Bleiben Sie ruhig liegen.“

„Ich brauche Sie nicht!“ Sie versuchte, sich aufzusetzen, merkte aber, dass das unter seinen festen Händen unmöglich war. Er drückte ihre Schulter ins Gras.

„Sehen Sie“, sagte er und seine Stimme klang ärgerlicherweise vernünftig. „Sie sind böse gestürzt. Sie könnten sich etwas gebrochen haben …“

„Ich sagte, fassen Sie mich nicht an!“ Misstrauisch schob sie ihn von sich und richtete sich auf. Pure Wut ließ sie sich auf ihre Knie stützen. Dann, als es schwarz vor ihren Augen wurde, sank sie zurück ins Gras. Dort saß sie und hielt sich ihren schwindelnden Kopf. „Oh Gott“, stöhnte sie. „Warum können Sie nicht einfach … einfach weggehen und mich alleine lassen.“

„Nie im Leben!“ lautete die grimmige und resolute Antwort.

Zu ihrer Verblüffung wurde sie plötzlich wie von Zauberhand in die Höhe gehoben. Trotz ihres Ärgers musste sie zugeben, dass es ihr gut tat, getragen zu werden, gut, festgehalten zu werden, selbst wenn der Mann, der sie hielt, Chase Tremain war. Sie schwebte wie ein Federgewicht durch die Dunkelheit. *Wohin?* fragte sie sich mit plötzlicher Besorgnis.

„Es ist genug“, protestierte sie. „Lassen Sie mich runter.“

„Nur noch ein paar Schritte."

„Ich hoffe, Sie heben sich einen Bruch."

„Wenn Sie so weiter zappeln, dann passiert das auch noch."

Er trug sie die Verandatreppen hinauf und zur Haustür hinein.

Mit einem untrüglichen Instinkt brachte er sie direkt ins Schlafzimmer und schaffte es sogar, den Lichtschalter zu betätigen. Der Raum – das Bett – kamen in Sicht. Das Bett, wo sie Richard gefunden hatten. Obwohl das Blut weg und die Matratze neu und ohne Flecken war, würde dieses Zimmer sie immer an den Tod erinnern. Sie hatte seit jener Nacht nicht mehr darin geschlafen und würde es auch nie wieder tun.

Sie erschauderte in seinen Armen. „Bitte", flüsterte sie und verbarg das Gesicht an seiner Brust. „Nicht hier. Nicht dieses Zimmer."

Er blieb einen Moment lang verständnislos stehen. Dann begriff er, trug sie ins Wohnzimmer und legte sie auf das Sofa. Sie fühlte, wie die Polster einsanken, als er sich neben sie setzte. „Tut Ihnen irgend etwas weh?" fragte er. „Ihr Rücken? Ihr Nacken?"

„Ja, meine Schulter, ein wenig. Ich glaube, ich bin drauf gefallen."

Sie schreckte vor der Berührung seiner Hände zurück. Er bewegte ihren Arm vorsichtig, überprüfte, inwieweit er sich bewegen ließ. Sie bemerkte die gelegentlichen Stiche kaum, die seine Berührungen in ihr verursachten. Ihre Aufmerksamkeit galt seinem Gesicht, das auf sie herab blickte. Noch einmal bemerkte sie, wie wenig er Richard ähnelte. Nicht nur äußerlich. Es war eher die Ruhe in seinen Gesten, die Art, wie er seine Gefühle zurückzunehmen schien. Das war kein Mann, der sich oder seine Geheimnisse leicht irgendjemandem preisgab.

„Es scheint nichts gebrochen", sagte er, während er sich aufrichtete. „Dennoch sollte ich besser einen Arzt rufen. Zu wem gehen Sie?"

„Dr. Steiner."

„Steiner? Praktiziert dieser alte Bock immer noch?"

„Hören Sie, ich bin in Ordnung. Ich brauche keinen Arzt."

„Lassen Sie uns auf Nummer sicher gehen." Er griff nach dem Telefon.

„Aber Dr. Steiner macht keine Hausbesuche", protestierte sie. „Er hat noch nie welche gemacht."

„Dann wird er jetzt damit anfangen", erwiderte Chase streng und wählte eine Nummer. „Ich schätze, wir werden heute in die Geschichte eingehen."

Lorne Tibbetts schenkte sich einen Kaffee ein und schaute Chase an. „Ich möchte gerne wissen, was um Himmels Willen Sie hier machen?"

Chase lehnte an Mirandas Küchentisch und rieb sich müde über das Gesicht. „Um Ihnen die Wahrheit zu sagen, Lorne", murmelte er. „Ich habe keine Ahnung."

„Oh."

„Ich vermute, ich dachte, ich könnte ... ein paar Dinge verstehen, die einen Sinn ergeben. Darüber, was passiert ist."

„Das ist unsere Aufgabe, Chase. Nicht Ihre."

„Ja, ich weiß. Aber ..."

„Sie glauben, dass ich der Aufgabe nicht genug Bedeutung beimesse?"

„Ich hatte einfach das Gefühl, dass es noch mehr gibt, als man auf den ersten Blick erkennen kann. Nun weiß ich, dass es so ist."

„Sie meinen diesen Wagen?" Lorne zuckte mit den Achseln. „Das beweist gar nichts."

„Aber er *hielt auf sie zu.* Ich habe es gesehen. Sobald sie die Straße betrat, gab er Gas."

„Er?"

„Er, sie. Es war dunkel. Ich habe den Fahrer nicht gesehen. Nur das Nummernschild. Und die Rücklichter. Großes Auto. Amerikanisches Fabrikat. Da bin ich mir ziemlich sicher."

„Farbe?"

„Dunkel. Schwarz. Vielleicht blau."

Lorne nickte. „Sie sind kein schlechter Zeuge, Chase."

„Was meinen Sie damit?"

„Ich habe Ellis das Nummernschild überprüfen lassen. Es gehört zu einem braunen achtundachtziger Lincoln, der auf einen Inselbewohner eingetragen ist."

„Auf wen?"

„Mr. Eddie Lanzo. Ms. Woods Nachbar."

Chase starrte ihn an. „Ihr Nachbar? Haben Sie ihn festgenommen?"

„Das Auto war gestohlen, Chase. Sie wissen, wie das hier so geht. Die Leute lassen die Schlüssel stecken. Wir fanden den Wagen unten an der Pier."

Chase lehnte sich verblüfft zurück. „Also ist der Fahrer nicht aufzufinden", sagte er. „Jetzt sieht es erst recht danach aus, als hätte er versucht, sie umzubringen."

„Es bedeutet nur, dass irgendein Verrückter sich einen Spaß machen wollte. Hatte seine Hände an diesem Steuer, wurde von den PS überwältigt und übermütig und trat zu stark aufs Gaspedal."

„Lorne, der war da draußen, um sie umzubringen."

Lorne setzte sich aufrecht hin und sah ihm in die Augen. „Und weshalb waren Sie da draußen?"

„Um die Wahrheit zu erfahren."

„Sie glauben also nicht, dass sie es getan hat?"

„Ich habe ein paar Dinge gehört, Lorne. Ein paar Namen, ein paar Motive. Tony Graffam, zum Beispiel."

„Wir haben das überprüft. Graffam war nicht auf der Insel, als Ihr Bruder getötet wurde. Ich habe ein halbes Dutzend Zeugen, die das bestätigen."

„Er könnte jemanden angeheuert haben."

„Graffam steckte in großen Schwierigkeiten wegen dieses Nordküsten-Landentwicklungsprojektes. Es liegen Anklagen wegen Bestechung der Planungskommission vor. Der

Artikel wäre möglicherweise der letzte Nagel an seinem Sarg gewesen. Trotzdem, wie passt das mit dem zusammen, was heute Nacht passiert ist? Warum sollte er hinter Miranda Wood her sein?“

Chase wusste keine Antwort auf diese Frage. Er konnte ebenfalls kein Motiv erkennen. Vielleicht gab es noch mehr Menschen in der Stadt, die Miranda Wood nicht mochten, aber wer würde sich wirklich die Mühe machen, sie umzubringen?

„Vielleicht suchen wir am falschen Ende“, sagte Chase. „Lassen Sie mich eine grundsätzlichere Frage stellen. Wer hat die Kaution gestellt? Irgendwer wollte sie so dringend draußen haben, dass er einhunderttausend Dollar aufgebracht hat.“

„Ein heimlicher Verehrer?“

„Im Gefängnis ist sie sicher. Draußen aber gibt sie eine hervorragende Zielscheibe ab. Haben Sie eine Idee, wer sie freigekauft hat, Lorne?“

„Nein.“

„Die Spur des Geldes könnte verfolgt werden.“

„Ein Anwalt wickelte den Geldtransfer ab. Alles in bar. Es stammte von einem Bostoner Konto. Nur die Bank kennt die Identität des Kontoinhabers. Und die sagen nichts darüber.“

„Laden Sie jemanden von der Bank vor. Finden Sie den Namen des Kontoinhabers heraus.“

„Das wird einige Zeit dauern.“

„Tun Sie es, Lorne. Bevor noch mehr passiert.“

Lorne ging zum Waschbecken und spülte seine Kaffeetasse aus. „Ich verstehe immer noch nicht, warum Sie sich da einmischen“, sagte er.

Chase wusste die Antwort selber nicht. Erst heute morgen hatte er Miranda Wood hinter Gittern sehen wollen. Und jetzt war er sich nicht mehr sicher, was er wollte. Dieses unschuldige Gesicht, ihr vehementes Abstreiten der Tat, irritierten ihn zu sehr.

Er sah sich in der Küche um und dachte, dass sie nicht wie die Küche einer Mörderin *aussah.* Da hingen Pflanzen neben dem Fenster, um die sich offensichtlich liebevoll gekümmert wurde. Die Tapete war mit zierlichen Wildblumen vor einem eierschalfarbenen Hintergrund bedruckt. Am Kühlschrank hingen Schnappschüsse von zwei kleinen Jungen – Neffen, vielleicht? –, ein Terminplan der Treffen des hiesigen Gartenvereins und eine Einkaufsliste. Am Ende der Liste stand „Zimttee“. Welche Art von Getränken würde eine Mörderin trinken? Er konnte sich Miranda nicht mit einem Messer in der einen und einem Kräutertee in der anderen Hand vorstellen.

Chase schaute sich immer noch um, als Dr. Steiner in die Küche schlurfte. Manche Dinge auf dieser Insel änderten sich nie, und dieser alte Miesepeter war eines davon. Er sah haargenau so aus, wie Chase ihn aus seiner Kindheit kannte, sogar bis hin zu dem zerknitterten braunen Anzug und der Arzttasche aus Krokodilleder. „So ein Gehabe, so etwas Unnötiges“, sagte der Doktor missbilligend, „für eine lächerliche Muskelzerrung.“

„Sind Sie sicher?" fragte Chase. „Sie war eine Minute lang ziemlich benommen. Gleich nachdem das passiert war."

„Ich habe sie mir genau angeschaut. Ihr fehlt nichts, medizinisch gesehen. Behalten Sie sie heute nacht im Auge, junger Mann. Und stellen Sie sicher, dass sie nicht in Schwierigkeiten kommt. Sie wissen schon, Kopfschmerzen, doppelt sehen, Verwirrung ..."

„Ich kann nicht."

„Was können Sie nicht?"

„Ich kann nicht hier bleiben und auf sie aufpassen. Das ist ungünstig, wenn man bedenkt ..."

„Vielleicht wäre es genau das Richtige", murmelte Lorne.

„Ich bin nicht für sie verantwortlich", sagte Chase.

„Tun Sie, was Sie meinen tun zu müssen", grunzte Dr. Steiner und ging zur Küchentür. „Und übrigens", sagte er dann und blieb im Türrahmen stehen, „ich mache generell keine Hausbesuche." Dann schlug er die Tür hinter sich zu.

Chase wandte sich um und sah, dass Lorne ihn fixierte. „Was ist?"

„Nichts", erwiderte Lorne. Er griff nach seinem Hut. „Ich gehe jetzt auch nach Hause."

„Und was zum Teufel soll ich nun machen?"

„Das", sagte Lorne mit einem allwissenden Blick, „ist Ihr Problem."

Miranda lag auf dem Wohnzimmersofa und starrte an die Decke. Sie konnte Stimmen aus der Küche hören und den Klang einer Tür, die sich öffnete und wieder schloss. Sie fragte sich, was Chase ihnen erzählt und ob Tibbetts irgendetwas davon geglaubt hatte. Sie selbst konnte ja kaum fassen, was geschehen war. Doch sie brauchte nur die Augen zu schließen, und schon war die Erinnerung wieder da: das Aufheulen des Motors und die beiden Scheinwerfer, die auf sie zu rasten.

Wer hasst mich dermaßen, dass er mich umbringen will?

Es war nicht schwer, eine Antwort darauf zu finden. Die Tremain Familie. Evelyn, Phillip und Cassie …

Und Chase.

Nein, das war völlig unmöglich. Sein Warnruf hatte ihr das Leben gerettet. Wenn er nicht gewesen wäre, dann läge sie jetzt bereits auf der Totenbank in Ben LaPortes Beerdigungsinstitut.

Dieser Gedanke jagte ihr einen Schauer über den Rücken. Sie schlug die Arme um sich und vergrub sich auf der Suche nach einem sicheren, kleinen Winkel, wo sie sich verstecken konnte, tiefer in die Sofakissen. Sie hörte, wie die Küchentür geöffnet und wieder geschlossen wurde und dann knarrende Schritte, die ins Wohnzimmer und auf ihre Couch zukamen. Sie schaute hoch und sah Chase.

In seinen Augen lag Erschöpfung und Ungewissheit, als ob er noch nicht entschieden hätte, was er als Nächstes tun sollte. Oder was als Nächstes gesagt werden sollte. Er zog seine Windjacke aus. Sein Chambray-Hemd hatte das praktische, verwaschene Blau eines gern getragenen Lieblingsstücks. Das Hemd erinnerte sie an ihren Vater und daran, wie es sich anfühlte, wenn sie ihr Gesicht an seiner Schulter verbarg. Es erinnerte sie auch an die wundersamen Kindheitsgerüche nach Waschmittel, Pfeifentabak und Sicherheit. Das alles verband sie mit diesem ausgewaschenen Hemd, und sie sehnte sich danach.

Natürlich würde sie dergleichen bei diesem Mann niemals finden.

Chase saß im Sessel. Einen ausreichenden Sicherheitsabstand von ihr entfernt, wie sie bemerkte.

„Fühlen Sie sich besser?“ fragte er.

„Es geht mir gut.“ Ihre Stimme klang dabei wie seine – unbeteiligt und neutral. „Wenn Sie wollen, können Sie gerne gehen.“

„Nein, noch nicht.“ Ich werde eine Weile hier warten, falls das in Ordnung ist. Solange, bis Annie kommt.“

„Annie?“

„Ich wusste nicht, wen ich sonst hätte anrufen sollen. Sie sagte, sie könnte die Nacht über bleiben. Sie sollten jemanden da haben, der ein Auge auf Sie hat, falls Ihnen doch plötzlich übel wird oder Sie das Bewusstsein verlieren.“

Sie lachte müde auf. „Ein Koma würde sich jetzt gerade ziemlich gut anfühlen.“

„Das ist nicht lustig.“

Sie schaute an die Decke. „Sie haben Recht. Das ist es nicht.“

Dann entstand eine lange Pause, bis er schließlich sagte: „Das war kein Unfall, Miranda. Er hat versucht, Sie umzubringen.“

Sie antwortete nicht, lag nur da und kämpfte gegen den Kloß in ihrem Hals. *Warum sollte dir das etwas ausmachen?*, dachte sie. *Vor allem dir?*

„Vielleicht haben Sie es noch nicht gehört“, meinte er, „Der Wagen gehört ihrem Nachbarn, Mr. Lanzo.“

Sie sah ihn scharf an. „Eddie Lanzo würde mich niemals verletzen! Er ist der Einzige, der zu mir hielt. Mein einziger Freund in dieser Stadt.“

„Ich sagte nicht, dass er es war. Lorne glaubt, dass der Fahrer Mr. Lanzos Wagen gestohlen hat. Sie fanden das Auto verlassen an der Pier.“

„Armer Eddie“, murmelte sie. „Ich vermute, es war das letzte Mal, dass er die Schlüssel im Wagen gelassen hat.“

„Also, wenn es nicht Eddie war, wer möchte Sie dann tot sehen?“

„Ich habe eine wilde Vermutung“ Sie betrachtete ihn. „So wie Sie.“

„Meinen Sie Evelyn?“

„Sie hasst mich. Sie hat jedes Recht, mich zu hassen. Genau wie ihre Kinder.“ Sie machte eine Pause. „Und wie Sie.“

Er schwieg.

„Sie denken immer noch, dass ich ihn getötet habe, oder nicht?“

Seufzend fuhr er sich mit den Fingern durch das Haar. „Ich weiß nicht, was ich noch denken soll. Über Sie oder über irgendwen. Ich weiß nur sicher, was ich heute Abend sah.

Und es hat alles miteinander zu tun, das ganze blutige Durcheinander. Es muss miteinander zu tun haben."

Er sieht so müde aus, so durcheinander, dachte sie. *Beinahe so durcheinander wie ich.*

Vielleicht sollten Sie ein paar Tage lang woanders wohnen", schlug er vor. „So lange, bis die Dinge geklärt sind."

„Wo soll ich hingehen?"

„Sie müssen doch Freunde haben."

„Ich hatte." Sie wandte ihren Blick von ihm ab. „Zumindest dachte ich das, aber es hat sich alles geändert. Wenn ich ihnen auf der Straße begegne, grüßen sie mich nicht einmal oder sie wechseln die Straßenseite und tun so, als ob sie mich nicht gesehen hätten. Das ist das Schlimmste von allem, weil ich langsam anfange zu denken, ich existiere überhaupt nicht." Nun blickte sie ihn an. „Das ist eine sehr kleine Stadt, Chase." Entweder man passt sich an oder man gehört nicht dazu. Und es gibt keine Möglichkeit, dass eine Mörderin jemals dazugehören könnte." Sie lehnte sich ins Polster zurück und starrte an die Decke. „Außerdem ist das mein Haus. *Mein* Haus. Ich habe wie verrückt gespart, um mir die Anzahlung leisten zu können. Ich werde es nicht verlassen. Es ist nicht groß, aber wenigstens gehört es mir."

„Das kann ich verstehen. Es ist ein schönes Haus."

Er klang zwar aufrichtig, aber dennoch empfand sie seine Worte als herablassend. Der Gutsherr pries den Charme einer Schäferhütte.

Plötzlich verärgert, richtete sie sich auf. Die abrupte Bewegung sorgte dafür, dass das Zimmer sich um sie herum zu drehen und es in ihrem Kopf zu pochen begann. Sie fasste sich mit beiden Händen an den Kopf, darauf wartend, dass der Schwindel vorüberging.

„Hören Sie, lassen Sie uns offen miteinander reden", murmelte sie. „Es ist nur ein Cottage mit vier Zimmern. Der Keller ist feucht, die Wasserleitungen quietschen, und es gibt ein Leck im Dach über der Küche. Es ist nicht die Chestnut Street."

„Um ehrlich zu sein", sagte er in ruhigem Ton, „Ich fühlte mich in der Chestnut Street nie zu Hause."

„Warum nicht? Sie sind dort aufgewachsen."

„Aber es war kein richtiges Zuhause. Nicht wie dieses Haus."

Sie schaute verblüfft zu ihm auf. Es traf sie, wie rauh und kantig er wirkte, ein dunkler, zerzauster Fremder, der in ihrem mauvefarbenen Sessel noch klobiger schien. Nein, es stimmte, dieser Mann passte nicht ganz in die Chestnut Street. Er gehörte in die Docks oder auf das windige Deck eines Schoners und nicht in ein stickiges viktorianisches Wohnzimmer.

„Sie wollen mir doch nicht weismachen, dass Sie ein Cottage in der Willow Street dem Familienanwesen vorziehen würden."

„Ich vermute, es klingt … ich weiß nicht … kitschig. Aber es ist wahr. Wissen Sie, wo ich als Kind die meiste Zeit verbrachte? Im Türmchen, wo ich mit Koffern und alten Möbeln herumspielte. Das war der einzige Ort in diesem Haus, an dem ich mich wohl fühlte. Der einzige Raum, den nie jemand aufsuchte."

„Sie klingen wie der Außenseiter der Familie."

„Auf gewisse Art war ich das."

Sie lachte. „Ich dachte, alle Tremains gehörten per Definition *dazu.*"

„Man kann einen Familiennamen haben und trotzdem kein Teil davon sein. Oder haben Sie sich noch nie so gefühlt?"

„Nein. Ich war immer ein Teil meiner Familie. Was an Familie da war." Ihr Blick driftete zum Klavier, wo eine gerahmte Fotografie ihres Vaters stand. Es war ein grobkörniges Foto, eines der wenigen, die sie von ihm besaß. Sie hatte es selbst mit ihrer alten Kodak Brownie aufgenommen. Er, ein kahler, kleiner Gnom im Blaumann, grinste sie über das Verdeck seines Chevys an. Sie stellte fest, dass sie sein Lächeln auf dem Foto erwiderte.

„Ihr Vater?" fragte Chase.

„Ja, in Wirklichkeit Stiefvater. Aber er war in jeder Hinsicht mindestens so wunderbar wie ein richtiger Vater."

„Ich hörte, er arbeitete in der Fabrik."

Sie runzelte die Stirn. Es störte sie, dass Chase dieses Detail aus ihrem Leben so selbstverständlich erwähnte. Ein Detail, das ihn überhaupt nichts anging. „Ja", sagte sie. „Meine Eltern arbeiteten beide dort. Was haben Sie noch über mich gehört?"

„Denken Sie nicht, dass ich Nachforschungen über Sie angestellt habe."

„Aber das haben Sie doch, oder nicht? Sie und Ihre Familie haben meinen Namen vermutlich durch irgendein Computerprogramm gejagt. Leumund, Familiengeschichte, Bankauskunft ...“

„So etwas haben wir nicht getan.“

„Privatleben. Alle heißen Details.“

„Wo würde ich die finden?“

„Versuchen Sie es mit meiner Polizeiakte.“ Irritiert erhob sie sich von der Couch und ging hinüber zum Kamin. Da blieb sie stehen und konzentrierte sich auf die Uhr auf dem Kaminsims. „Es wird spät, Mr. Tremain. Annie müsste jeden Augenblick hier sein. Es steht Ihnen frei zu gehen, also, warum tun Sie es nicht?“

„Warum setzen Sie sich nicht wieder hin? Es macht mich nervös, wenn Sie ständig aufspringen.“

„Ich mache *Sie* nervös?“ Sie wandte sich zu ihm um. „Sie haben die Karten in der Hand. Sie wissen alles über mich. Womit meine Eltern ihr Geld verdienten. Wo ich zur Schule ging. Mit wem ich geschlafen habe. Ich mag das nicht.“

„Waren es denn so viele?“

Seine Entgegnung traf sie wie ein Schlag. Da ihr keine Antwort auf so eine brutale Frage einfiel, blieb ihr nichts anderes übrig, als ihn wütend anzustarren.

„Sagen Sie nichts!“ bat er. „Ich möchte es nicht wissen. Ihr Liebesleben geht mich nichts an.“

„Da haben Sie recht. Es geht Sie verdammt noch einmal nichts an.“ Sie wandte sich von ihm ab und klammerte sich ärgerlich am Kaminsims fest. „Egal, was Sie über mich erfahren haben, es wird gut zu dem Bild passen, das Sie von einer Fabrikarbeitertochter haben, stimmt's? Ich schäme mich nicht für meine Herkunft. Meine Eltern verdienten ihren Lebensunterhalt mit ehrlicher Arbeit. Sie hatten kein Treuhandvermögen, um in Saus und Braus zu leben wie andere Familien, die ich kenne", ergänzte sie, wobei ihr Tonfall keinen Zweifel daran ließ, auf welche Familie sie sich dabei bezog.

Er begegnete dieser Beleidigung lediglich mit einem kurzen Schweigen.

„Ich bin überrascht, dass Sie sich in Richard verliebten", sagte er. „Vor allem, wenn man ihre Haltung gegenüber den Besitzern von Treuhandvermögen betrachtet."

„Bevor ich Richard kennen lernte, *hatte ich kein*e Haltung zu diesem Thema." Sie drehte sich um und sah ihn an. „Und dann lernte ich ihn kennen. Ich sah, was das Geld bei ihm anrichtete. Mit ihm. Er musste niemals kämpfen. Er hatte immer diesen Puffer, der ihn beschützte. Es machte ihn unbekümmert und immun gegen die Sorgen anderer Menschen." Ihr Kinn schob sich in stolzer Verachtung nach vorne. „Genau wie Sie."

„Das ist nichts weiter als eine Unterstellung."

„Sie sind ein Tremain."

„Ich bin wie Sie. Ich habe einen Job, Miranda. Ich arbeite."

„Das hat Richard auch getan. Es hat ihn amüsiert."

„In Ordnung, vielleicht haben Sie Recht, was Richard anbelangt.“ Er brauchte nicht zu arbeiten. Der *Herald* war eher ein Hobby für ihn, ein Grund, morgens aufzustehen. Und es hat ihn begeistert, seinen Freunden in Boston zu erzählen, er sei Verleger. Aber so war Richard. Mir können Sie den Titel eines reichen Jungen nicht anhängen. Er wird nicht halten. Ich bin schon vor Jahren aus der Familie ausgeschlossen worden. Ich besitze weder ein Treuhandvermögen noch eine eigene Villa. Aber ich habe einen Job, um meine Rechnungen zu bezahlen. Und ja, es freut mich.“

Er versuchte, sich zu beherrschen, und doch war ihm ein Ärger deutlich anzumerken. *Ich habe seinen wunden Punkt getroffen,* dachte sie. *Einen ziemlich heiklen Punkt.*

Zurechtgewiesen, setzte sie sich in einen Sessel vor dem Kamin. „Ich vermute ... ich vermute, ich habe ein paar Dinge zuviel angenommen.“

Er nickte. „Das haben wir beide.“

Sie sahen sich schweigend an. Wenigstens herrschte jetzt eine Art Waffenstillstand zwischen ihnen, wenn auch mit Unbehagen.

„Sie sagten, Sie wurden aus der Familie ausgeschlossen? Warum?“ fragte sie.

„Ganz einfach. Ich habe geheiratet.“

Sie sah ihn verblüfft an. Er hatte diese Worte ohne Emotionen ausgesprochen, in einem Ton, in dem man jemandem das Wetter beschrieben hätte. „Ich nehme an, sie war nicht die passende Braut.“

„Nicht, wenn es nach meinem Vater ging.“

„Die falsche Herkunft?“

„Sozusagen. Mein Vater war an diese Dinge gewöhnt.“

Natürlich, dachte sie. „Und hat ihr Vater Recht behalten mit den Mädchen falscher Herkunft?“

„Das war nicht der Grund, warum ich von ihr geschieden wurde.“

„Warum wurden Sie geschieden?“

„Christine war zu … ehrgeizig.“

„Das ist kaum ein Makel.“

„Doch, weil ich die Sprosse auf der sozialen Leiter sein sollte, die sie erklimmen wollte.“

„Oh.“

„Wir hatten ein paar magere Jahre. Ich habe die ganze Zeit gearbeitet und …“ Er zuckte mit den Achseln und eine Pause füllte den Raum zwischen ihnen.

„Richard hat mir nie erzählt, womit Sie sich beschäftigen.“

Er lehnte sich zurück, während die Spannung aus seinem Gesicht wich. Dann brach er in ein unerwartetes Lachen aus. „Vielleicht, weil ihm das, was ich mache, so verdammt langweilig erschien. Meine Partner und ich, wir entwerfen Gebäude.“

„Sind Sie Architekt?“

„Hochbauingenieur. Den kreativen Part übernehmen meine Partner, und ich stelle sicher, dass die Mauern nicht zusammenbrechen.“

Ein Ingenieur. Nicht unbedingt eine steile Karriere, dachte sie, *aber eine echte und ehrliche Arbeit. So wie die ihres Vaters.*

Sie schüttelte den Kopf. „Es ist merkwürdig. Wenn ich Sie ansehe, dann kann ich nicht ganz glauben, dass Sie sein Bruder sind. Ich nahm immer an …"

„Das wir gut zueinander gepasst hätten? Nein, wir waren definitiv verschieden. In vielerlei Hinsicht. Mehr als Sie jemals wissen werden."

Ja, je mehr sie über Chase erfuhr, um so weniger erschien er wie ein Tremain. Und um so mehr dachte sie, dass sie ihn mögen könnte.

„Was sahen Sie in meinem Bruder?" fragte er.

Seine Frage, obwohl mit sanfter Stimme geäußert, ging ihr auf die Nerven und erinnerte sie an die Gespenster, die noch immer über diesem Haus schwebten.

Sie seufzte. „Ich sah, was ich sehen wollte."

„Und was war das?"

„Einen Mann, der mich brauchte. Einen Mann, bei dem ich Retterin spielen konnte."

„Richard?"

„Oh, es *schien,* als ob er alles im Griff hatte. Doch er hatte auch diese … diese verletzliche Schwäche. Den Bedarf gerettet zu werden. Vor was, das weiß ich nicht. Vielleicht vor sich selbst."

Sie stieß ein bitteres Lachen aus. „Ich weiß nicht. Man denkt nicht viel über diese Dinge nach. Man fühlt einfach. Und dann ergibt man sich …"

„Sie meinen, Sie folgten Ihrem Herzen."

Sie schaute zu ihm hoch. „Ja", flüsterte sie.

„Es kam Ihnen nicht falsch vor?"

„Doch natürlich!"

„Aber?"

Ihr Körper sank unter dem Gewicht ihres Unglücks zusammen. „Ich konnte … meinen Ausweg nicht erkennen. Ich mochte ihn. Ich wollte für ihn da sein. Und er hat mich an der Nase herumgeführt. Er hat gesagt, dass alles gut ausgehen würde, solange wir beide daran glaubten." Sie sah auf ihre Hände hinunter, die ineinander verschlungen auf ihrem Schoß lagen. „Ich vermute, ich verlor meinen Glauben als Erste."

„An ihn? Oder an die Situation?"

„An ihn. Ich begann die Fehler zu sehen. Nach einer Weile kam heraus, wie er Menschen manipulierte und benutzte. Wenn er einen nicht brauchte, dann ignorierte er ihn einfach. Er benutzte Menschen, wie es ihm passte und war ein Experte darin, andere für ihn machen zu lassen, was er wollte."

„Und dann haben Sie Schluss gemacht. Wie reagierte er darauf?"

„Er konnte es nicht fassen. Ich vermute, dass noch niemand *ihn* verlassen hat. Er rief mich ständig an, ließ mich nicht in Ruhe, und ich begegnete ihm jeden Tag bei der Arbeit und musste so tun, als wäre nichts zwischen uns."

„Trotzdem wusste es jeder."

Sie zuckte mit den Achseln. „Wahrscheinlich. Ich bin

nicht sehr gut im Verstellen. Annie wusste es, weil ich es ihr erzählte und alle anderen müssen es erraten haben." Sie seufzte. In Wahrheit war es ihr zu der Zeit egal gewesen. Erst Liebe und später dann der Schmerz hatten sie gegenüber der Meinung anderer gleichgültig werden lassen.

Einen Augenblick lang sprach keiner von beiden. Sie fragte sich, was er jetzt von ihr dachte und ob es irgendeinen Unterschied machte. Auf einmal zählte es, was *er* von ihr hielt. Er war zwar kaum mehr als ein Fremder für sie, noch dazu ein ihr eher feindlich gesonnener, aber es war ihr wichtig.

„Wissen Sie, Sie waren nicht die erste", sagte er, „es gab auch andere Frauen."

Chase wusste, dass diese Enthüllung brutal für Miranda sein musste, und doch hatte er das Bedürfnis, ihr die Wahrheit zu sagen. Er wollte sie erschüttern, um die rosaroten Illusionen über Richard, die sie vielleicht immer noch in einer Ecke ihres Herzens mit sich herumtrug, zu zerstören. Sie mochte zwar behaupten, dass sie nichts mehr für Richard fühle, doch wer wusste, ob sie ihn tief in ihrem Inneren nicht doch noch liebte?

Als er ihr in die Augen sah, erkannte er, dass seine Worte den beabsichtigten Effekt erzielt hatten. Sofort bedauerte er, die Wunden aufgerissen zu haben. Doch sollte sie es mittlerweile nicht längst wissen? Sollte ihr noch niemand erzählt haben, wie naiv sie gewesen war?"

„Gab es viele?" fragte sie leise.

„Ja."

Sie wandte ihren Blick ab, als wollte sie ihren Schmerz vor seinen Augen verbergen.

„Ich ... Ich glaube, ich wusste es. Ja. Ich muss es gewusst haben."

„Er war einfach so", sagte Chase, „Er liebte es, angehimmelt zu werden. So war er schon als Kind."

Sie nickte. Diese Erkenntnis schien ihr nicht ganz fremd zu sein. Sie hatte seine unersättliche Gier nach Bewunderung wohl auf irgendeine Art geahnt und versucht, sie zu stillen. Ich sollte jetzt gehen, dachte er. Ich habe schon genug Schaden angerichtet. Wo zum Teufel blieb bloß Annie Berenger?

Miranda schien sich wieder selbst ins Leben zurückzuholen. Sie strich ihr Haar aus dem Gesicht, richtete sich auf und blickte ihn an. *In ihren Augen liegt so viel Qual,* dachte er, *und zur gleichen Zeit so viel Mut.*

„Sie haben mir nie erzählt, weshalb Sie hier sind?"

„Der Doktor dachte, dass Sie jemand im Auge behalten sollte."

„Nein, ich meine, warum sie überhaupt hierher gekommen sind?"

„Oh." Er lehnte sich zurück. „Ich war heute Nachmittag beim *Herald* und sprach mit Jill Vickery über den Stone Coast Artikel, den Sie erwähnten. Sie behauptet, er sei nie geschrieben worden. Dass Richard niemals so weit mit ihm gekommen war."

Miranda schüttelte den Kopf. „Das verstehe ich nicht. Ich

weiß, dass er die letzten Seiten geschrieben hat. Ich sah sie auf seinem Schreibtisch beim *Herald*.

„Gut, aber ich konnte keinen Artikel finden. Ich dachte, vielleicht wissen Sie, wo ich danach suchen soll. Oder vielleicht haben Sie ihn?"

Sie musterte ihn mit Befremden. „Warum sollte ich?"

„Ich nehme an, Richard war regelmäßig hier."

„Aber er hat seine Arbeit nicht mitgebracht. Haben Sie sein Büro zu Hause durchsucht?"

„Da ist nichts."

Sie dachte einen Augenblick lang darüber nach. „Manchmal", sagte sie, „fuhr er zur Nordküste hinauf, um zu schreiben. Er hatte ein Cottage ..."

„Sie meinen Rose Hill. Ja, ich glaube, da sollte ich morgen einmal nachsehen."

Ihre Blicke trafen sich. Sie sahen sich schweigend an. „Sie fangen an, mir zu glauben, oder?"

Er hörte die aufkeimende Hoffnung in ihrer Stimme, wenngleich sie auch noch schwach war, und ertappte sich dabei, dass er sie ihr auch nicht ganz nehmen wollte. Es war schwer, ihr *nicht* zu glauben, vor allem, wenn sie ihn auf diese Art ansah, mit diesem unerschütterlichen Blick aus ihren leuchtenden, feuchten grauen Augen. Diese Augen konnten einen Mann um den Verstand bringen. Sie konnten seine Beherrschung ins Mark erschüttern und neue, verstörende Gefühle in ihm wach rufen. Obwohl sie mehr als eine halbe Raumlänge von ihm entfernt saß, nahm er ihre Präsenz wie ein schweres Parfum wahr, das man unmöglich ignorieren konnte.

Sie fragte ihn noch einmal leise: „Glauben Sie mir?“

Da erhob er sich abrupt, um den gefährlichen Zauber, mit dem sie ihn eingesponnen hatte, abzuschütteln. „Nein“, sagte er. „Das kann ich nicht behaupten.“

„Aber sehen Sie denn nicht, dass es da etwas mehr gibt, als einfach nur ein … ein Verbrechen aus Leidenschaft?“

„Ich gebe zu, die Dinge passen nicht richtig zusammen, doch ich bin noch nicht so weit, Ihnen zu glauben. Noch lange nicht.“

In diesem Moment klopfte es an der Tür. Chase drehte sich erschrocken um und sah, wie Annie Berenger ihren Kopf zur aufschwingenden Tür hereinstreckte.

„Hallo, die Kavallerie ist da“, rief sie. Mit einem alten T-Shirt und Jogginghosen bekleidet, kam sie herein. An ihren Sportschuhen klebte feuchtes Gras. „Wie sieht es aus?“

„Es geht mir gut“, sagte Miranda.

„Aber sie braucht jemanden, der nach ihr sieht“, erklärte Chase. „Falls es irgendwelche Probleme gibt, Dr. Steiners Nummer liegt neben dem Telefon.“

„Sie gehen schon?“ fragte Annie.

„Man wird mich zu Hause erwarten.“ Er ging zur Tür, blieb kurz stehen und blickte auf Miranda zurück.

Sie hatte sich nicht gerührt, sondern saß einfach da. Er spürte das Bedürfnis, ihr etwas Tröstliches zu sagen, ihr mitzuteilen, dass das, was er vorher gesagt hatte, nicht so gemeint gewesen war, dass er tatsächlich *begann*, ihr zu glauben. Doch er konnte es ihr gegenüber nicht zugeben, weil er es sich selbst kaum eingestehen wollte. Außerdem war jetzt Annie da, die alles mit den Argusaugen einer Reporterin beobachtete.

Deshalb sagte er lediglich: „Gute Nacht, Miranda. Ich hoffe, es geht Ihnen bald besser. Und Annie, danke für Ihre Hilfe." Dann wandte er sich ab und ging hinaus.

Draußen brauchte er ein paar Minuten, um seine Augen an die Dunkelheit zu gewöhnen. Als er am Ende des Vorgartens angekommen war, konnte er endlich den Weg unter seinen Füßen erkennen und er erkannte auch die Silhouette eines Mannes, der mit gebeugten Schultern vor ihm auf dem Bürgersteig stand.

Chase blieb angespannt stehen.

„Is Sie in Ordnung?" fragte der Mann.

„Wer sind Sie?" wollte Chase von ihm wissen.

„Ich könnt Sie dasselbe fragen", erhielt er griesgrämig als Antwort.

„Ich … ich war zu Besuch", erklärte Chase.

„Also, wird Mo wieder auf die Beine kommen, oder was?"

„Mo? Oh, Sie meinen Miranda. Ja, es wird ihr wieder gut gehen, Mr. …"

„Eddie Lanzo. Ich wohn nebenan. Würd gern ein Auge auf sie behalten, wissen Sie? Is nicht gut für eine nette, junge Frau so ganz allein zu leben. Und all die Verrückten, die hier rumrennen und in die Fenster gucken. Nicht sicher für Frauen, dieser Tage."

„Es ist heute Nacht jemand bei ihr. Sie brauchen sich also nicht um sie zu sorgen."

„Gut. In Ordnung. Ich werd sie dann heut nicht stören." Eddie Lanzo wandte sich ab, um in sein Haus zurückzukehren. „Die ganze Insel geht zum Deibel, sag ich Ihnen", murmelte er. „Zu viele Verrückte. War das letzte Mal, dass ich die Schlüssel im Wagen gelassen habe."

„Mr. Lanzo?" rief Chase hinter ihm her.

„Ja?"

„Nur eine Frage. Waren Sie zufällig in der Nacht, in der Richard Tremain ermordet wurde, zu Hause?"

„Ich?" Eddie schnaubte. „Ich bin immer zu Hause."

„Haben Sie vielleicht irgendetwas gesehen oder gehört?"

„Ich hab Lorne Tibbetts schon gesagt, dass ich um Punkt neun ins Bett geh, bis zum nächsten Morgen auch nicht wieder aufsteh."

„Dann haben Sie einen festen Schlaf? Sie haben nichts gehört?"

„Wie könnt ich, wenn mein Hörgerät abgeschaltet is?"

„Oh." Chase beobachtete, wie der Mann in sein Haus zurückschlurfte, während er immer noch leise über Spanner und Autodiebe vor sich her schimpfte. Es überraschte Chase irgendwie, dass ein griesgrämiger alter Kerl wie Lanzo sich dermaßen um Miranda Wood sorgte. Eine nette, junge Frau, hatte er sie genannt.

Was zum Teufel weiß er? überlegte Chase. *Was wissen wir schon jemals über die anderen? Menschen haben ihre Geheimnisse. Ich habe meine und Miranda Wood hat ihre.*

Er wandte sich um und ging in Richtung Chestnut Street.

Für den Weg nach Hause brauchte er zwanzig Minuten. Der kühle Nachtwind belebte ihn. Als er schließlich das Foyer betrat, stellte er fest, dass außer in der Eingangshalle alle Lichter gelöscht waren. War denn sonst niemand nach Hause gekommen?

Doch da hörte er Evelyn seinen Namen rufen.

Er entdeckte sie alleine im Schaukelstuhl im dunklen Wohnzimmer sitzend, obwohl er sie in der Dunkelheit kaum ausmachen konnte. Das schwache Licht einer Straßenlaterne fiel durchs Fenster und umrahmte ihre Silhouette.

„Endlich bist du zu Hause.“, sagte sie.

Er steuerte auf einen der Lichtschalter zu, doch Evelyn hielt ihn zurück.

„Nein, Chase. Nicht. Ich mag die Dunkelheit. Ich habe sie immer gemocht.“

Er schwieg, unsicher darüber, was er jetzt sagen oder tun sollte.

„Ich habe auf dich gewartet“, murmelte sie. „Wo bist du gewesen, Chase?“

Er zögerte. „Ich war bei Miranda Wood.“

„Sie hat dich verzaubert, nicht wahr?“ flüsterte Evelyn nach einem Moment eisigen Schweigens.

„Es hat nichts mit Zauberei zu tun. Ich wollte ihr einfach nur ein paar Fragen über Richard stellen.“ Er seufzte. „Sieh mal, Evelyn, es war ein langer Tag für dich. Warum gehst du nicht nach oben und versuchst zu schlafen?“

Die Figur im Dunkeln bewegte sich immer noch nicht. Sie saß wie eine Statue vor dem Fenster. „In dieser Nacht, als ich dich anrief“, sagte sie, „in der Nacht, als er starb … da hoffte ich …“

„Ja?“

Es folgte eine längere Stille. Doch dann fuhr sie fort. „Ich habe dich immer gemocht, Chase. Schon als wir Kinder waren. Ich hatte immer gehofft, dass du derjenige sein würdest, der mir einen Heiratsantrag macht. Nicht Richard, sondern du.“ Der Schaukelstuhl knarrte leise. „Aber das hast du nie getan.“

„Ich war in Christine verliebt, erinnerst du dich?“

„Oh, Christine.“ Der missbilligende Ton in ihrer Stimme war nicht zu überhören. „Sie war nicht gut genug für dich. Aber das hast du ja schließlich selbst gemerkt.“

„Wir passten nicht zusammen, das ist alles.“

„So wie Richard und ich.“

Er wusste nicht, was er darauf erwidern sollte, doch er ahnte, worauf sie hinauswollte, und diese Wendung des Gesprächs missfiel ihm. In all den Jahren, in denen sie zusammen aufgewachsen waren, hatte er sich und Evelyn DeBolt niemals als ein Paar vorstellen können. Gewiss, sie war attraktiv, und sie passte allein vom Alter besser zu ihm als zu

Richard, doch er hatte ihr Talent, Menschen zu manipulieren und Gedanken und Herzen zu verdrehen, schon früh erkannt. Richard hatte dasselbe Talent besessen.

Trotzdem tat sie ihm Leid.

„Du bist einfach müde, Evelyn“, sagte er sanft. „Du hast eine schreckliche Woche hinter dir, aber das Schlimmste ist nun vorüber.“

„Nein. Das Schlimmste fängt gerade an. Die Einsamkeit.“

„Du hast deine Kinder …“

„Du wirst bald abreisen, nicht wahr?“

„In ein paar Tagen. Ich muss. Ich habe doch einen Job in Greenwich.“

„Du könntest hier bleiben. Übernimm den *Herald.* Phillip ist noch zu jung dafür.“

„Ich wäre ein lausiger Verleger. Das weißt du. Und ich gehöre nicht mehr länger hierher. Nicht auf diese Insel.“

Sie betrachteten sich einen Augenblick lang in der Dunkelheit.

„Also, das war es nun“, flüsterte sie, „für uns.“

„Ich fürchte …“

Er sah die Silhouette traurig nicken.

„Wirst du zurechtkommen?“

„Gut“. Sie stieß ein leises Lachen aus. „Es wird mir einfach prächtig gehen.“

„Gute Nacht, Evelyn.“

„Gute Nacht.“

Er ließ sie am Fenster sitzen und ging. Erst bei der Treppe fiel ihm plötzlich der saure Geruch auf, der in der Eingangshalle hing. Auf dem Tisch im Foyer stand ein leeres Glas neben dem Telefon. Er hob das Glas hoch und roch daran.

Whiskey.

Wir haben alle unsere Geheimnisse. Auch Evelyn.

Er stellte das Glas zurück, bevor er gedankenverloren die Treppe hinauf ins Bett ging.

6. KAPITEL

„Wo seid Ihr beide letzte Nacht gewesen?“ fragte Chase.

Die Zwillinge, die damit beschäftigt waren, Eier und Würstchen in einer Pfanne zu brutzeln, schauten gleichzeitig zu ihrem Onkel hoch.

„Ich war vorhin bei Zach Brewer“, sagte Phillip. „Du erinnerst dich doch an die Brewers, nicht wahr? Drüben in der Pearl Street.“

„Unser lieber Phil meint, dass er in Wirklichkeit Zachs Schwester abgepasst hat“, erklärte Cassie.

„Im Gegensatz zu dir verstecke ich mich wenigstens nicht in irgendwelchen Kellern und hoffe, dass mich jemand dort findet.“

„Ich bin nicht so beziehungsfixiert wie du. Ich war beschäftigt.“

„Oh, klar“, schnaubte Phillip.

„Beschäftigt? Womit?“ fragte Chase.

„Ich war drüben beim *Herald* und habe versucht, ein bisschen aufzuräumen“, sagte Cassie. „Weißt du, Papa hat alles in einer solchen Unordnung hinterlassen. Keine schriftlichen Pläne für seine Nachfolge. Kein Hinweis darauf, in welche Richtung die Zeitung sich entwickeln soll. Redaktionell gesehen.“

„Lass Jill Vickery sich darum kümmern“, meinte Phillip achselzuckend. „Dafür bezahlen wir sie schließlich.“

„Ich dachte, dass wenigstens du dich darum kümmern würdest, Phil. Als der offizielle Nachfolger.“

„Dieser Übergang muss sanft vollzogen werden.“ Gleichgültig schob sich Phillip eine Gabel Rührei in den Mund. Für ihn schien das Thema beendet zu sein.

„In der Zwischenzeit driftet der *Herald* führungslos in unwägbare Gewässer. Ich will nicht, dass aus der Zeitung eine weitere kirchliche und soziale Postille wird. Wir sollten sie in ein skandalträchtiges Blatt verwandeln. Dinge aus der Region aufdecken und die Menschen aufrütteln und verärgern. So wie Papa sie vor ein paar Monaten verärgert hat.“

„Wen hat er verärgert?“ fragte Chase.

„Diese Marionetten vom Planungsausschuss. Diejenigen, die dafür waren, die Nordküste wieder zu parzellieren. Pa sorgte dafür, dass sie ziemlich alt aussahen. Ich wette, Jill zitterte in ihren feinen italienischen Fummeln vor einer Verleumdungsklage.“

„Du scheinst eine Menge darüber zu wissen, was beim *Herald* los ist“, bemerkte Chase.

„Natürlich. Der Zweitbeste bemüht sich eben mehr.“

Sie sagte es so leicht dahin, doch Chase entging der Groll in ihrem Tonfall nicht. Er verstand genau, wie sie sich fühlte. Er war ebenfalls der Zweitbeste eines Geschwisterpaares, und er hatte seine Kindheit vergeblich damit verbracht, sich immer noch mehr anzustrengen. Richard war der Gesalbte gewesen. Genauso wie jetzt Phillip.

Es läutete an der Tür. „Das wird Großvater sein“, vermutete Phillip. „Er ist früh dran.“

Chase erhob sich. „Ich mache auf.“

Noah DeBolt stand auf der Veranda vor dem Haus. „Guten Morgen, Chase. Ist Evelyn fertig?"

„Ich glaube schon. Kommen Sie herein, Sir."

Das Sir schlüpfte ihm automatisch heraus. Er konnte diesen Mann einfach nicht beim Vornamen nennen. Alles an Noah verstrahlte eine unbezwingbare Autorität, von der aufrechten Haltung in dem eleganten Maßanzug bis zu den eisblauen Augen.

Noah blieb im Foyer stehen und sah sich kritisch im Haus um. „Es wird Zeit, dass wir hier einiges verändern. Eine neue Couch, neue Sessel. Evelyn musste es lange genug mit diesen alten Möbeln aushalten."

„Das waren die Lieblingsmöbel meiner Mutter", sagte Chase. „Antiquitäten ..."

„Ich weiß, was zum Teufel das ist. Plunder." Noahs Blick richtete sich auf die Zwillinge, die ihn durch die geöffnete Tür anstarrten. „Was? Seid ihr beide etwa immer noch beim Frühstück? Los, kommt! Es ist halb neun! Bei den Gebühren, die die Anwälte erheben, wollen wir uns natürlich nicht verspäten."

„Wirklich Mr. DeBolt", sagte Chase. „Ich kann uns alle zum Anwalt fahren. Sie hätten sich die Mühe nicht machen müssen ..."

„Evelyn bat mich zu kommen", erklärte Noah. „Und die Wünsche meiner Tochter sind mir Befehl." Er schaute zum oberen Treppenabsatz hinauf. Evelyn war gerade am Geländer aufgetaucht. „Ist es nicht so, mein Schatz?"

Mit hoch erhobenem Kopf stieg Evelyn die Treppenstufen hinunter. Es war das Erste, das Chase an diesem Morgen von ihr sah. Kein Zittern war zu spüren, keine alkoholbedingte Unkonzentriertheit. Sie wirkte kühl und unangreifbar. „Hallo, Papa", sagte sie, als sie unten angekommen war.

Noah umarmte sie. „Und nun", sagte er, „lasst uns gehen und dieses unerfreuliche Geschäft erledigen."

Sie fuhren in Noahs Mercedes. Evelyn und ihr Vater saßen vorne, Chase drängte sich mit den Zwillingen auf der Rückbank. Er fragte sich, wie Richard es die letzten Jahre nur ausgehalten hatte, mit diesem tyrannischen Schwiegervater in derselben Stadt zu leben. Doch der Preis, den man dafür zahlte, mit Noah DeBolts einzigem Kind verheiratet zu sein, bestand wohl aus ewiger Kritik und darin, ständig unter Beobachtung zu stehen. Wie froh musste Noah sein, jetzt, wo Richard tot war, das Leben seiner Tochter wieder unter Kontrolle zu haben?

Vor der Kanzlei hielten sie an, und Noah führte Evelyn am Arm in das Gebäude.

„Mrs. Tremain möchte Les sehen", sagte Noah. „Wir sind hier, um das Testament zu besprechen."

Die Rezeptionistin bedachte sie mit einem merkwürdigen Blick – Chase deutete ihn als panisch – und drückte eine Taste der Telefonanlage. „Mr. Hardee", sagte sie, „sie sind da."

Les Hardee kam sofort aus seinem Büro. Sein Anzug und die Krawatte wiesen ihn als einen adretten Menschen aus. Der Schweiß auf seiner Stirn passte nicht in dieses Bild. „Mr.

DeBolt, Mrs. Tremain“, begrüßte er sie mit einem beinahe schmerzhaften Tonfall in der Stimme. „Ich hätte Sie schon früher angerufen, aber ich habe erst jetzt ... das heißt, wir ...“ Er schluckte. „Es scheint ein Problem mit dem Testament zu geben.“

„Doch nichts, was nicht geregelt werden könnte“, meinte Noah.

„Sicher, aber ...“ Hardee öffnete die Tür zum Konferenzraum. „Ich denke, wir sollten uns erst einmal alle hinsetzen.“

Im Konferenzraum befand sich noch ein anderer Mann. Hardee stellte sie Vernon FitzHugh, einem Anwalt aus Bass Harbour, vor. FitzHugh sah aus wie die kämpferische Version von Hardee. Er war zwar ebenso redegewandt, wirkte aber wie einer, der Ecken und Kanten besaß, wie die Art von Mann, die hart arbeiten musste, um sich seine Ausbildung finanzieren zu können. Sie saßen alle zusammen am Konferenztisch; Hardee und FitzHugh jeweils am Kopfende.

„Also, was gibt es für ein kleines Problem mit Richards Testament?“ eröffnete Noah das Gespräch. „Und was haben Sie damit zu tun, Mr. FitzHugh?“

FitzHugh räusperte sich. „Ich fürchte, ich bin der Überbringer der schlechten Nachricht. Oder in diesem Fall, eines neuen Testaments.“

„Was?“ Noah wandte sich an Hardee. „Was soll der Blödsinn, Les? *Sie* waren Richards Anwalt.“

„Das dachte ich auch“, sagte Hardee verdrießlich.

„Wo kommt denn dann dieses andere Testament her?"

Alle blickten auf FitzHugh.

„Vor ein paar Wochen", erklärte FitzHugh, „kam Mr. Tremain in mein Büro. Er sagte, er wolle ein neues Testament aufsetzen, welches das vorher von Mr. Hardee gezeichnete Testament ersetzen sollte. Ich riet ihm, damit zu Mr. Hardee zu gehen, aber Mr. Tremain bestand darauf, dass ich das Testament aufnehmen sollte. Also, respektierte ich seinen Wunsch. Ich hätte es Ihnen schon eher zur Kenntnis gegeben, aber ich war ein paar Wochen lang nicht in der Stadt und habe erst gestern Abend von Mr. Tremains Tod erfahren."

„Das ist merkwürdig", sagte Evelyn. „Warum hätte Richard ein neues Testament aufsetzen sollen? Und woher sollen wir wissen, ob das wirklich Richard war?"

„Er war es", bestätigte Hardee. „Ich erkenne seine Unterschrift."

Es folgte eine lange Pause.

„Gut", meinte Evelyn schließlich. „Lassen Sie es uns hören, Les. Was wurde geändert?"

Hardee setzte seine Brille auf und begann laut vorzulesen. „Ich, Richard Tremain und im Vollbesitz meiner geistigen und körperlichen Kräfte ..."

„Oh, lassen Sie diesen Quatsch!" fauchte Noah. „Kommen Sie zum Punkt. Was ist neu an diesem Testament?"

Hardee sah auf. „Das meiste ist unverändert. Das Haus, gemeinsame Konten und das darauf befindliche Vermögen gehen an Mrs. Tremain. Dann gibt es einige großzügige Treuhandkonten zugunsten der Kinder und ein paar persönliche Dinge, die er seinem Bruder hinterlassen hat."

„Und was ist mit dem Rose Hill Cottage?" fragte Noah.

An dieser Stelle rückte Mr. Hardee seinen Stuhl. „Vielleicht sollte ich es doch vorlesen." Er blätterte sechs Seiten weiter und räusperte sich. „Die Landparzelle an der Nordküste, die sich inklusive der Zufahrtsstraße auf ungefähr vierzig Ar erstreckt, sowie das Gebäude, bekannt als Rose Hill Cottage, vermache ich ..." Hier machte Hardee eine Pause.

„Was ist mit Rose Hill Cottage?" drängte Evelyn.

Hardee holte tief Luft. „Vermache ich meiner lieben Freundin und Gefährtin, Miranda Wood."

„Zum Teufel", sagte Noah.

Draußen auf der Straße vor Hardees Büro saßen Noah und Evelyn schweigend nebeneinander im Wagen. Es herrschte eine angespannte Stille zwischen ihnen. Die anderen hatten zu Noahs Erleichterung beschlossen, den Weg nach Hause zu laufen. Er brauchte diese Zeit, um mit Evelyn alleine zu sein.

Schließlich fragte Noah leise: „Gibt es irgendetwas, das du mir sagen willst, Evelyn?"

„Was meinst du, Vater?"

„Irgendetwas. Über Richard."

Sie betrachtete ihren Vater. „Erwartest du, dass ich etwas zu sagen habe?"

„Du weißt, dass du mir alles sagen kannst. Wir sind eine

Familie und das ist alles, was zählt. Eine Familie hält zusammen. Wenn nötig sogar gegen Rest der Welt."

„Ich weiß nicht, wovon du sprichst."

Noah sah seiner Tochter in die Augen. Die Augen seiner Frau hatten denselben Grünton gehabt. Da saß der einzige Mensch auf der Welt, den er immer noch liebte. Ruhig und ohne das geringste Anzeichen von Unbehagen erwiderte seine Tochter seinen Blick. Ja, sie war stark. Sie konnte allem standhalten. In dieser Hinsicht war sie wirklich eine DeBolt.

„Ich würde alles für dich tun, Evelyn. Alles. Du musst mich nur darum bitten."

Sie richtete ihren Blick nach vorne. „Dann bring mich nach Hause, Dad."

Er startete den Wagen und steuerte ihn in Richtung Chestnut Street. Während der ganzen Fahrt sprach sie kein Wort. Sie war eine stolze Frau, seine Tochter. Obwohl sie ihn nie darum bitten würde, benötigte sie seine Hilfe. Und sie würde sie bekommen.

Was auch immer getan werden musste, dachte er. *Es wird erledigt.*

Immerhin war Evelyn sein Fleisch und Blut, und er konnte sein Fleisch und Blut nicht ins Gefängnis gehen lassen.

Selbst, wenn sie schuldig war.

Ihr Garten war immer schon ihr Zufluchtsort gewesen. Hier hatte Miranda Stockrosen und Rittersporn, Schleierkraut und Akeleien gepflanzt. Sie kümmerte sich nicht um Farb- oder Landschaftsgestaltung, sondern versenkte die Pflanzen einfach in der Erde, streute Samen und überließ ihren Garten dem Dschungel aus wildem Wein und Blumen. Sie waren in der letzten Woche vernachlässigt worden, die armen Dinger. Ein paar Tage ohne Gießen hatten staubige Blüten hinterlassen. Doch jetzt, wo sie zu Hause war, sahen ihre Babies schon wieder glücklicher aus, und seltsamerweise war *sie* ebenfalls glücklich. Die Sonne wärmte ihren Rücken, während ihre Hände den Lehmboden bearbeiteten. Das war alles, was sie brauchte. Frische Luft und Freiheit. *Wie lange werde ich beides noch haben?*

Sie verscheuchte diesen Gedanken schnell wieder und stach die Spitzhacke in die verhärtete Erde. Sie würde den Boden ein wenig umgraben und das Beet mit den Ganzjährigen um einen Meter erweitern. Dann lehnte sie die Spitzhacke gegen die Hauswand und kniete sich hin, um den verklumpten Boden zu lockern und die Steine auszusortieren.

Die Sonne machte sie schläfrig. Als sie dem Bedürfnis nach einem Nickerchen nicht länger widerstehen konnte, streckte sie sich auf dem Rasen aus. Da lag sie auf einem Kissen aus Gras, Hände und Knie mit Erde verschmiert. So sah ein perfekter Sommertag aus, genau wie die Tage, an die sie sich aus ihrer Kinderzeit erinnerte. Sie schloss die Augen und dachte an die Nachmittage, als ihre Mutter noch lebte. Ihr Vater hatte am Grill gestanden und gesungen, während er die Hamburger briet …

„Sie spielen ein raffiniertes Spiel", sagte da plötzlich eine Stimme.

Miranda fuhr hoch und sah Chase, der an ihrem weißen Gartenzaun stand. Er schob das Tor auf und kam in den Garten. Als er sich genähert hatte, fiel ihr auf, wie schlampig sie aussehen musste in Gartenshorts und T-Shirt. Umgeben von Sonnenschein und blauem Himmel, wirkte Chase makellos und unberührbar. Sie kniff die Augen zusammen, um seinen Gesichtsausdruck zu erkennen, aber sie sah nur ein dunkles Oval und sein im Wind wehendes Haar.

„Sie wussten es, oder?" fragte er.

Sie erhob sich und wischte den Dreck von ihren Händen weg.

„Was wusste ich?"

„Wie haben Sie das geschafft, Miranda? Haben Sie ihn becirct? Bedenke mich in deinem Testament und ich bin für immer dein?"

„Ich habe keine Ahnung, wovon Sie sprechen?"

„Ich komme gerade vom Anwalt der Familie, wo uns eine hässliche Überraschung erwartete. Vor zwei Wochen hat Richard ein neues Testament gemacht. Er hinterlässt Ihnen Rose Hill Cottage."

Ihre spontane Reaktion bestand aus fassungslosem Schweigen. Sie starrte ihn ungläubig an.

„Haben Sie gar nichts dazu zu sagen? Wollen Sie es nicht leugnen?"

„Ich hätte niemals erwartet ..."

„Ich glaube, Sie haben genau das erwartet!"

„Nein!" Verwirrt wandte sie sich von ihm ab. „Ich wollte niemals etwas, nicht das Geringste …"

„Ach, kommen Sie!" Er packte sie am Arm und drehte sie zu sich herum. „War es Erpressung? Eine Möglichkeit, dafür zu sorgen, dass Sie über die Affäre schweigen?"

„Ich weiß nichts von einem Testament! Oder vom Cottage! Abgesehen davon, wie kann er es mir hinterlassen? Geht es nicht an seine Frau? Evelyn gehört die Hälfte …"

„Nein, sie gehört ihr nicht."

„Warum nicht?"

„Rose Hill stammt aus dem Familienbesitz meiner Mutter. Ein Erbe, das direkt an Richard ging, deshalb kann Evelyn es nicht für sich beanspruchen. Richard konnte damit machen, was er wollte, und er hat entschieden, es Ihnen zu vererben."

Sie schüttelte den Kopf. „Ich kann mir das absolut nicht vorstellen."

„Das Cottage war der einzige Platz auf dieser Insel, an dem ihm wirklich etwas lag. Der einzige Platz, an dem uns beiden etwas lag", sagte Chase.

„In Ordnung!" brüllte sie. „Dann nehmen *Sie* es! Es gehört Ihnen. Ich unterschreibe noch heute eine Erklärung, dass ich es Ihnen überlasse. Ich will es nicht. Ich will nur eines, *in Ruhe gelassen werden.*" Sie blickte direkt in sein kaltes und unbewegliches Gesicht. „Und ich will nie wieder, niemals mehr solange ich lebe, einem Tremain begegnen."

Sie ließ ihn stehen und stürmte die Verandatreppen hinauf ins Haus. Die Tür schlug hinter ihr zu. Sie rannte in die Küche, wo sie plötzlich stehen blieb. Es gab nichts, wo sie hätte hinlaufen können. Wütend ging sie zum Spülbecken und drehte den Wasserhahn auf. Dort, von ihren Lieblingsfarnen umgeben, schrubbte sie sich wie wild den Dreck von den Händen.

Sie schrubbte immer noch, als sie hörte, wie die Tür langsam geöffnet wurde und leise wieder zufiel. Lange Zeit sagte er gar nichts. Sie wusste, dass er hinter ihr stand und sie beobachtete.

„Miranda“, hob er schließlich an.

Zornig drehte sie den Wasserhahn ab. „Verschwinden Sie endlich.“

„Ich möchte Ihre Version hören.“

„Warum? Sie würden mir doch nicht glauben. Sie *wollen* mir nicht glauben. Aber wissen Sie was? Es interessiert mich nicht länger.“ Sie schnappte sich ein Küchenhandtuch und trocknete ihre Hände daran ab. „Ich gehe noch heute zum Anwalt und unterzeichne eine Verzichtserklärung oder wie auch immer das heißt. Ich würde das Cottage nie annehmen. Alles, was von ihm kommt, ist befleckt. Genau wie ich.“

„Sie täuschen sich, Miranda. Ich möchte Ihnen doch gerne glauben.“

Sie stand ganz ruhig da und hatte Angst, sich umzudrehen und ihm ins Gesicht zu sehen. Sie spürte, wie er sich ihr näherte, und trotzdem konnte sie sich nicht umdrehen und ihn ansehen. Sie brachte es lediglich fertig, auf die Klumpen nasser Gartenerde im Spülbecken zu starren.

„Aber Sie können es nicht, oder? Was ist so schwer daran?" fragte sie.

„Die Fakten sprechen dagegen."

„Und was, wenn ich Ihnen sage, dass die Fakten irreführend sind?" Sie drehte sich langsam nach ihm um. Er stand nun direkt vor ihr, so nah, dass sie sein Gesicht berührt hätte, wenn sie ihre Hand ausgestreckt hätte. „Was dann?"

„Dann wäre ich gezwungen, meinem Gefühl zu vertrauen. Aber in diesem besonderen Fall sind meine Gefühle an den Teufel verpfändet."

Sie starrte ihn an und war plötzlich verwirrt von den Signalen, die er aussandte, von den Signalen ihres eigenen Körpers. Er hatte sie ihrer Rückzugsmöglichkeiten beraubt, ihr Rücken stieß gegen die Küchenspüle. Sie musste ihren Kopf heben, um in seine Augen sehen zu können. Sein Anblick, seine Größe, seine Macht, war mehr als nur ein wenig beängstigend. Obwohl es nicht Angst war, was das Blut schneller durch ihre Adern pumpen ließ, sondern ein warmes und unerwartetes Gefühl der Begierde.

Sie entschlüpfte seiner Umzingelung und positionierte sich am entgegensetzten Ende der Küche. Sie brauchte den Abstand. Dringend. „Ich habe das, was ich sagte, auch so gemeint. Ich verzichte auf Rose Hill Cottage. Wir sollten besser gleich zum Notar gehen."

„Wollen Sie das wirklich?"

„Ich weiß, dass ich nichts von seinen Sachen will. Nichts, das mich an ihn erinnert."

„Sie würden das Cottage einfach aufgeben?"

„Es bedeutet mir nichts. Ich habe es noch nicht einmal gesehen."

Chase wirkte überrascht. „Er hat Sie nie nach Rose Hill mitgenommen?"

„Nein. Oh, er erzählte mir davon. Aber es war sein Refugium. Nicht die Art von Ort, die er mit mir geteilt hätte."

„Sie könnten ein Vermögen mit der Immobilie machen, wenn Sie sie verkaufen."

„Ich brauche Richards Geld nicht."

Er betrachtete sie mit zusammengekniffenen Augen. „Ich verstehe Sie nicht. Jedesmal, wenn ich denke, ich hätte begriffen, schlagen Sie eine andere Volte."

„Sie projizieren Dinge ich mich hinein, die mir nicht entsprechen."

„Sie haben es geschafft, Richard zu faszinieren."

„Ich war kaum die erste Frau, der das gelang."

„Aber Sie sind die erste, die ihn jemals verlassen hat."

„Da sehen Sie, wohin das geführt hat." Sie stieß ein bitteres Lachen aus. „Sie mögen es vielleicht nicht glauben, aber ich hielt mich immer für eine Frau mit einer hohen Moral. Ich habe meine Steuern bezahlt, bei jeder roten Ampel angehalten und alle Regeln befolgt." Sie drehte sich um und starrte aus dem Fenster. Dann sagte sie leise: „Und dann verliebte ich mich in Ihren Bruder. Plötzlich wusste ich nicht mehr, wie die Regeln lauteten. Ich schlitterte auf fremdem Territorium herum. Gott, das machte mir Angst. Zugleich fühlte ich mich aber … lebendig. Und das machte mir noch mehr Angst.“ Sie wandte sich nach ihm um. „Ich würde alles dafür geben, die Zeit zurückdrehen zu können. Mich wieder … unschuldig zu fühlen.“

Er kam langsam auf sie zu. „Manche Dinge können wir nicht noch einmal erleben, Miranda.“

„Nein.“ Sie blickte zu Boden. Ihre Wangen erröteten vor Scham. „ Manche Dinge verliert man für immer.“

Seine unerwartete Berührung ließ sie zurückschrecken. Seine Hand streichelte ihr sanft über die Wange. Verblüfft schaute sie zu ihm auf und begegnete seinem suchenden Blick, vor dem sie sich nirgendwo verstecken konnte. Sie hasste dieses Gefühl, nackt und durchsichtig zu sein, doch sosehr sie es auch gewollt hätte, sie konnte sich ihm nicht entziehen. Die Hand, die ihr Gesicht liebkoste, war so warm und überzeugend.

Da bin ich und tappe wieder in dieselbe alte Falle, dachte sie. Bei Richard habe ich meine Unschuld verloren. Was verliere ich bei diesem Mann? Meine Seele?

„ Ich habe meine Lektion von ihrem Bruder gelernt, Chase. Ich bin keine leichte Beute mehr.“ Dann wandte sie sich um und ging ins Wohnzimmer.

„Ich bin nicht Richard.“

Sie blickte zurück. „Es spielt keine Rolle, wer Sie sind. Wichtig ist, dass ich nicht mehr dieselbe alte, vertrauensvolle Seele bin, die ich vorher war.“

„Er hat Sie wirklich verletzt, nicht wahr?“ Er beobachtete sie von der Türschwelle aus. Seine Schultern schienen den Türrahmen auszufüllen.

Sie antwortete nicht, ließ sich aber in einen Sessel fallen und starrte auf ihre Dreck verschmierten Knie.

Chase beobachtete sie aus der Distanz. Sein ganzer Zorn, der sich seit dem Morgen in Les Hardees Büro in ihm aufgestaut hatte, war plötzlich verraucht. Stattdessen spürte er nun eine Wut auf Richard. Goldjunge Richard, der immer bekommen hatte, was er wollte. Richard, der Erstgeborene, mit dem typischen hellen Haar und den blauen Augen der Tremains, hatte alles, was er je begehrte, mit Charme und Witz erobert. Doch sobald er sein Ziel erreicht hatte, verlor er das Interesse daran.

Das war seine Art, mit Frauen umzugehen. Richard hatte Evelyn DeBolt gewollt, und er hatte sie bekommen. Natürlich hatte er sie heiraten müssen. Mit Noah DeBolts einzigem Kind spielte man keine Spielchen. Doch nachdem er den Preis gewonnen hatte, wurde es ihm langweilig mit seiner Frau. Das war Richard: immer alles haben, aber nie zufrieden sein.

Und da war die einzige Frau, der einzige Preis, den er nicht hatte halten können. Welch eine bescheidene Frau, dachte Chase und spürte einen merkwürdigen Knoten in seinem Hals. War es Mitleid oder Sympathie? Er konnte es nicht unterscheiden.

Er setzte sich in den Sessel ihr gegenüber. „Sie … wirken, als ob sie sich von der letzten Nacht erholt hätten.“

„Nur noch ein bisschen Muskelkater, das ist alles." Sie zuckte mit den Achseln, so als wüsste sie, dass es ihn unmöglich interessieren konnte, wie sie sich fühlte. Welches Durcheinander auch immer in ihrem Kopf herrschte, sie verbarg es geschickt. „Ich habe Annie heute Morgen nach Hause geschickt. Ich sah nicht ein, warum sie hätte hier bleiben sollen."

„Vielleicht aus Sicherheitsgründen?"

„Wovor sollte ich mich in Sicherheit bringen sollen?"

„Das, was gestern passiert ist, war kein Unfall."

Sie schaute hoch. „Im Moment bin ich nicht schrecklich beliebt in dieser Stadt, doch ich kann mir kaum vorstellen, dass einer dieser aufrechten Bürger jemanden überfahren möchte."

„Immerhin hat einer dieser aufrechten Bürger Mr. Lanzos Wagen gestohlen."

„Der arme Eddie." Sie schüttelte den Kopf. „Jetzt wird er erst recht keine Ruhe mehr finden. Er wittert doch ohnehin schon überall nur Verbrecher und Gauner."

„Ja. Er erwähnte es letzte Nacht bereits. Und irgendetwas über Spanner."

Sie lächelte. „Eddie wuchs in Chicago auf. Er hat die Angst vor der gefährlichen Großstadt nie abgelegt. Neulich schwor er, dass er einen Wagen gesehen hat, aus dem heraus jemand mein Haus beobachtet hat …" Plötzlich machte sie eine Pause und runzelte die Stirn. „Wissen Sie, ich habe seinen Geschichten nie viel Aufmerksamkeit gewidmet, aber jetzt, wo ich darüber nachdenke …"

„Wann hat er Ihnen das mit dem Wagen erzählt?"

„Vielleicht vor ein oder zwei Monaten."

„Vor Richards Tod also."

„Ja, es hat vermutlich nichts miteinander zu tun." Sie seufzte. „Es ist nur der arme, verrückte Eddie." Dann stand sie auf. „Ich werde mich umziehen. So wie ich aussehe, kann ich nicht zum Anwalt gehen."

„Möchten Sie das wirklich jetzt gleich erledigen?"

„Ich muss. Denn ich werde mich nicht sauber fühlen, bis ich es nicht getan habe. Und frei von ihm."

„Dann rufe ich den Anwalt an." Er blickte auf seine Armbanduhr. „Wir können die Fähre nach Bass Harbour gerade noch erreichen."

„Bass Harbour? Ich dachte, Les Hardee ist Richards Anwalt."

„Ist er, aber sein letzter Wille wurde von einem Anwalt namens Vernon FitzHugh aufgezeichnet. Kennen Sie ihn?"

„Nein, Gott sei Dank nicht." Sie wandte sich ab und ging in die Diele hinaus. „Sonst hätten Sie mich und Mr. FitzHugh vielleicht noch des Betrugs verdächtigt." Dann verschwand sie im Schlafzimmer.

Chase sah, wie die Tür hinter ihr zu fiel. „Ja", murmelte er, „dieser Gedanke ist mir tatsächlich in den Sinn gekommen."

Vernon FitzHugh erwartete sie bereits. Umso überraschter war er, als er den wahren Grund ihres Besuches erfuhr.

„Haben Sie das wirklich gründlich durchdacht, Ms. Wood? Wir sprechen hier über eine erstklassige Immobilie. Die Nordküste wurde gerade erst erschlossen, und ich erwarte, dass ihr Eigentum in ein paar Jahren viel wert sein wird. Mehr als …"

„Es hätte mir niemals zufallen dürfen", sagte Miranda. „Es gehört der Tremain Familie."

FitzHugh schaute besorgt auf Chase und bedachte ihn mit einem vielsagenden Blick. „Vielleicht sollten wir das unter vier Augen besprechen, Ms. Wood. Wenn Mr. Tremain so lange draußen warten …"

„Nein, ich möchte, dass er bleibt. Ich möchte, dass er jedes Wort hört." Sie schenkte FitzHugh einen bedeutungsvollen Blick. „Dann kann er uns nicht der geheimen Absprache bezichtigen."

„Geheime Absprache?" Alarmiert richtete FitzHugh sich auf. „Mr. Tremain, Sie glauben doch nicht, dass ich da mit hineingezogen werden wollte? Es ist eine schwierige Situation. Zwei Anwälte, zwei Testamente. Und dann die beunruhigenden Umstände des Todes meines Klienten."

Beflissen vermied er Mirandas Blick. „Ich versuche lediglich, Mr. Tremains letztem Willen Folge zu leisten, das heißt, sicherzustellen, dass das Rose Hill Cottage an Miranda Wood fällt."

„Ich will es nicht", sagte Miranda. „Ich möchte es zurückgeben."

FitzHugh schaute verstört von einem zum anderen. Er nahm seine Brille ab und legte sie vor sich auf den Schreibtisch. Es wirkte, als ob er mit dieser Geste gleichzeitig die Rolle des unbeteiligten Fachmannes ablegen wollte. Der flache Akzent des Ostküstenbewohners aus der Arbeiterklasse mischte sich in seinen Tonfall. Dieser Mann wusste nur zu gut, was es bedeutete, arm zu sein. Und dann saß da diese sture junge Frau und verzichtete auf ihre große Chance, ein sorgloses Leben zu führen.

„Richard Tremain", begann er, „kam mit einer Bitte zu mir. Ich bin gehalten, sie zu respektieren. Es gehört nicht zu meiner Aufgabe zu entscheiden, ob Sie schuldig oder unschuldig sind. Ich will einfach nur dafür sorgen, dass die Absicht des Testaments erfüllt wird. Und er wollte, dass Ihnen das Land zufällt. Wenn Sie verurteilt werden, erledigt sich das Problem von allein, denn dann sind Sie nicht erbberechtigt. Doch nehmen wir einmal an, Sie sind unschuldig und werden freigesprochen. Dann gehört Rose Hill fraglos Ihnen. Warten Sie ein paar Tage, Ms. Wood. Wenn Sie es wirklich nicht haben wollen, dann kommen Sie zurück und ich werde die Papiere aufsetzen, doch heute werde ich es noch nicht tun. Ich muss an Mr. Tremains letzten Willen denken. Schließlich war er mein Klient."

„Warum kam er damit zu Ihnen?" fragte Chase. „Mr. Hardee war seit Jahren Richards Anwalt."

FitzHugh betrachtete Chase und wog die möglichen Motive des Mannes ab. Gier, vermutete er. Die vermögende Tremain Familie setzte diese junge Frau, eine Außenseiterin, unter Druck, um ihr Erbe zurückzubekommen. Das war nicht richtig. Jemand musste für ihre Rechte streiten, selbst wenn sie es ablehnte, für sich zu kämpfen.

„Richard Tremain kam zu mir“, sagte FitzHugh, „weil er Les Hardee nicht einweihen wollte.“

„Warum nicht?“

„Mr. Hardee ist auch Noah DeBolts Anwalt. Ich vermute, Mr. Tremain befürchtete, dass sein Entschluss zu seinem Schwiegervater durchsickern könnte.“

„Und den Aufstand, den es dann gegeben hätte“, ergänzte Chase.

„Jetzt, wo ich Mr. DeBolt heute morgen getroffen habe, kann ich mir gut vorstellen, das er nicht klein beigegeben hätte.“

Chase beugte sich vor und fixierte den Anwalt. „An dem Tag, als Richard hier war, um sein Testament zu ändern, wie wirkte er da auf Sie? Ich meine, seine geistige Verfassung? Menschen gehen nicht einfach zum Anwalt und ändern grundlos Testamente, oder?“

FitzHugh runzelte die Stirn. „Also, er wirkte … wütend. Aber er schien keine Angst zu haben; er sagte nur, dass er einfach seine Sachen regeln wollte …“ Der Anwalt blickte auf Miranda und errötete wegen der unbeabsichtigt geäußerten Doppeldeutigkeit seiner Worte.

Miranda lief ebenfalls rot an, wich seinem Blick aber nicht aus.

„Sie sagten, er war wütend. Was meinen Sie damit?“ fragte Chase.

„Er wirkte zornig."

„Auf wen?"

„Wir haben nicht darüber gesprochen. Er kam einfach herein und sagte, dass er nicht wollte, dass das Cottage an Mrs. Tremain ging."

„Er bezog sich speziell auf Evelyn?"

„Ja, und er war nur um Rose Hill Cottage besorgt, nicht um das Bankkonto oder das restliche Vermögen. Ich nahm an, dass die anderen Vermögenswerte zum gemeinsamen ehelichen Besitz zählten, die er nicht weitervererben konnte. Aber Rose Hill gehörte ihm. Es war sein Erbe. Er konnte darüber verfügen, wie er es wünschte." FitzHugh sah Miranda an. „Und er wollte, dass es Ihnen gehört."

Sie schüttelte den Kopf. „Warum?"

„Ich nehme an, weil er Sie mochte. Ihnen Rose Hill zu vermachen, war seine Art, Ihnen zu zeigen wie sehr."

Still neigte Miranda den Kopf. Sie wusste, dass die beiden Männer sie beobachteten und fragte sich, welchen Ausdruck sie in Chase Augen gelesen hätte. Zynismus? Unglauben?

„Also, Ms. Wood?" sagte FitzHugh. „Sind Sie nicht auch der Meinung, dass Sie diesen Schritt überdenken sollten?"

Sie hob den Kopf und schaute den Anwalt über den Schreibtisch hinweg an. „Setzen Sie die Papiere auf. Ich will es jetzt hinter mich bringen."

„Möglicherweise wollen Sie das doch nicht", sagte Chase da ganz ruhig.

Miranda starrte ihn ungläubig an. „Was?"

„Mr. FitzHugh hat da ein paar Punkte angesprochen, die ich nicht in Erwägung gezogen hatte. Sie sollten wirklich noch einmal ein paar Tage darüber nachdenken.“ Ihre Blicke trafen sich erneut. Sie konnte erkennen, dass er von dem, was er hier gehört hatte, verwirrt war.

„Wollen Sie damit sagen, ich soll Rose Hill behalten?“

„Ich sage nur, dass Richard einen Grund hatte, sein Testament zu ändern, und bevor wir die Dinge wieder rückgängig machen, lassen Sie uns lieber herausfinden, warum er das tat.“

Vernon FitzHugh nickte. „Exakt das denke ich auch“, sagte er.

Auf der Fähre zurück nach Shephard's Island wechselten sie kein Wort miteinander. Erst als sie auf die Pier hinunter und auf die Shore Circle Road zufuhren, erwachte Miranda aus ihrer Erstarrung. „Wo fahren wir hin?“ fragte sie.

„Zur Nordküste.“

„Warum?“

„Ich möchte, dass Sie das Rose Hill Cottage sehen. Es ist nur fair, wenn Sie wissen, was Sie Evelyn zurückgeben.“

„Es macht Ihnen Spaß, oder?“ fragte sie. „Mich an der Nase herumzuführen und kleine Spielchen mit mir zu spielen. Einmal behaupten Sie, ich würde das Eigentum der Tremains stehlen, und als Nächstes versuchen Sie, mich zu überreden, genau das zu tun. Was soll das alles, Chase?“

„Es macht mich stutzig, was FitzHugh uns erzählt hat. Dass Richard Evelyn das Cottage wegnehmen wollte.“

„Aber es *sollte* ihr zufallen.“

„Rose Hill kam von der Seite meiner Mutter in die Familie, den Pruitts. Evelyn hat keinen Anspruch darauf.“

„Er hätte es Ihnen vermachen können.“

Chase lachte. „Das ist unwahrscheinlich.“

„Warum?“

„Wir standen uns als Brüder nicht gerade sehr nahe. Ich hatte sogar noch Glück, seine Sammlung rostiger Schwerter aus dem Bürgerkrieg zu bekommen. Nein, er wollte, dass Rose Hill jemandem gehört, den er liebte. Sie waren seine erste Wahl und vielleicht auch seine einzige.“

„Er liebte mich nicht, Chase“, sagte sie leise. „Nicht wirklich.“

Sie fuhren nach Norden und schlängelten sich vorbei an Sommerhäusern, an von Pinien bewachsenen Granitklippen und steinigen Stränden, wo die Wellen weiß schäumend an Land brachen. Möwen zogen ihre Kreise über ihnen und stürzten sich auf das blaugraue Meer.

„Warum sagen Sie das?“ wollte er wissen, „Warum sagen Sie, dass Richard Sie nicht liebte?“

„Weil ich es weiß. Ich glaube, ich habe es immer gewusst. Oh, möglicherweise *dachte* er, dass er mich liebte, aber für Richard bedeutete Liebe Mondlicht und andere Verrücktheiten. Ein Fieber, das irgendwann wieder nachlässt. Es war nur eine Frage der Zeit.“

„Das klingt tatsächlich nach Richard. Als Kind war er immer auf der Jagd nach der niemals endenden Hochstimmung.“

„Seid Ihr Tremains alle so?“

„Kaum. Mein Vater war mit seiner Arbeit verheiratet.“

„Und mit wem oder was sind Sie verheiratet?“

Er sah sie an. Die Intensität seines Blickes erschreckte sie. Es war der Blick eines Mannes, der sich nicht fürchtete, die Wahrheit zu sagen.

„Mit nichts und niemandem. Wenigstens nicht mehr. Nicht seit Christine.“

„Ihre Frau?“

Er nickte. „Es hielt nicht sehr lange. In Wirklichkeit war ich fast noch ein Kind, erst zwanzig. Und ich lebte meinen Anteil an wilden und verrückten Dingen aus. Es war ein bequemer Weg, es meinem Vater heimzuzahlen, und es funktionierte.“

„Und was geschah mit Christine?“

„Sie fand heraus, dass ich das Vermögen der Tremains nicht erben würde und verließ mich. Schlaues Mädchen. Sie hat wenigstens ihren Kopf benutzt.“

Er konzentrierte sich auf die Straße, die er offensichtlich gut kannte. Miranda bemerkte, wie geschickt er den Wagen auch um die heimtückischsten Kurven lenkte. Wie wild auch immer er in seiner Jugend gewesen sein mochte, seitdem hatte er sich gezügelt. Neben ihr saß ein Mann, der sein Leben und seine Gefühle unter Kontrolle hatte, und keiner, der auf Jagd nach kurzlebigen Mondscheingeschichten war.

Die zwanzigminütige Fahrt brachte sie zum letzten Stück gepflasterter Straße. Danach wich der Asphalt einem holprigen Zufahrtsweg, der von Birken und Pinien umsäumt war. Rustikale Namensschilder wiesen auf die verschiedenen Ferienhäuser hin, die sich zwischen den Bäumen versteckten. Mamas und Papas. Brandwein Cottage. Gesundheitscamp. Hier und da führten staubige Pfade zu den Sommerrefugien prominenter Inselfamilien, von denen die meisten ihre Höfe schon seit Generationen besaßen.

Die Zufahrtsstraße stieg an und schlängelte sich einen halben Kilometer lang über den hügeligen Hang hinauf. Sie kamen an einer Steinmarkierung vorbei, die den Wald als St. John's Wood auswies. Dann erreichten sie das letzte Schild, das genauso rustikal war wie die anderen: Rose Hill. Eine letzte Kurve, und sie ließen den Wald endgültig hinter sich, als sich ein weites, abfallendes Feld vor ihnen öffnete. Das verwitterte Cottage mit Blick nach Norden aufs Meer stand auf der Hügelspitze. Pinkfarbene Clematis umrankten die Brüstung der Veranda. Mit Unkraut überwucherte Rosenbüsche, die aber dennoch tapfer blühten, kauerten wie dornige Wachen neben den Verandastufen.

Sie parkten in der Kiesauffahrt und stiegen aus. Der Duft von Blumen und sonnenwarmem Gras umfing sie. Einen Moment lang stand Miranda reglos da, das Gesicht dem Himmel entgegengereckt. Nicht eine Wolke störte das perfekte Blau. Eine einzelne Möwe, die den Aufwind am Hügel nutzte, trieb über ihren Köpfen.

„Kommen Sie", sagte Chase, „ich zeige es Ihnen."

Er führte sie die Verandastufen hinauf. „Ich habe das

Haus seit mindestens zehn Jahren nicht mehr gesehen. Ich habe beinahe Angst, hineinzugehen."

„Angst? Vor was?"

„Veränderungen. Was sie damit gemacht haben mögen. Aber ich glaube, es ist wie mit dem Zuhause Ihrer Kindheit."

„Vor allem, wenn Sie hier glücklich waren."

Er lächelte. „Genau."

Sie blieben einen Augenblick lang stehen und betrachteten die alte Verandabrüstung, die knarrend im Wind hin und her schaukelte.

„Haben Sie einen Schlüssel?" fragte sie.

„Es müsste einer hier sein." Er bückte sich und untersuchte eines der Fensterbretter. „Da ist ein kleiner Spalt im Holz, wo Mutter immer einen Ersatzschlüssel aufbewahrte ..." Dann richtete er sich seufzend auf. „Nicht mehr. Gut, falls die Tür verschlossen ist, dann finden wir vielleicht irgendwo ein offenes Fenster." Er ergriff zaghaft den Türknauf. „Wie finden Sie das?" Er lachte und stieß die Tür auf. „Es ist nicht einmal abgeschlossen."

Als die Tür sich knarrend öffnete, kam der erste Raum in Sicht – ein ausgeblichener, alter Orientteppich lag auf der Schwelle und am Anfang des alten Dielenfußbodens; am hinteren Ende sah man einen Kamin aus Stein. Miranda ging hinein, blieb dann jedoch abrupt stehen. Vor ihren Füßen lag ein Haufen Papier. Die Schubladen eines Schreibtischs in der Ecke standen offen. Ihr Inhalt lag auf dem Fußboden verstreut. Bücher waren aus dem Regal genommen und auf den Papierstapel geworfen worden.

Chase betrat ebenfalls den Raum und blieb neben ihr stehen. Sie hörten, wie die Tür hinter ihnen geräuschvoll ins Schloss fiel.

„Was zum Teufel ist denn hier los?“ sagte er.

7. KAPITEL

Schweigend betrachteten sie den durchwühlten Schreibtisch und die verstreut herumliegenden Papiere. Chase ging wortlos in den angrenzenden Raum.

Miranda kam hinter ihm in die Küche, wo alles in Ordnung schien. Töpfe und Pfannen hingen an einem Balken, Mehl- und Zuckerbehälter standen ordentlich auf einem Büfett aufgereiht.

Als er auf die Treppe zusteuerte, folgte sie ihm auf dem Absatz. Sie rannten die Stufen hinauf und sahen zuerst in das kleine Gästezimmer hinein. Auch hier schien alles in Ordnung. Chase öffnete rasch ein paar Schränke und warf einen Blick in die Schubladen.

„Wonach suchen Sie?“ fragte Miranda.

Er antwortete nicht, sondern durchquerte die Diele, um in das große Schlafzimmer zu gelangen.

Hier gab es Doppelfenster mit Blick auf das Meer. Rechts und links davon hingen Vorhänge aus Spitze. Eine cremefarbene Tagesdecke zierte das Himmelbett. Staubpartikel schwebten in der von der Sonne erwärmten Stille.

„Es sieht so aus, als hätten sie hier auch nichts angerührt“, sagte Miranda.

Chase ging zur Frisierkommode, nahm eine silberne Haarbürste in die Hand und legte sie wieder hin. „Offensichtlich nicht.“

„Was in aller Welt geht hier vor sich, Chase?“

Er drehte sich um und ließ den Blick durch das Zimmer schweifen. „Das ist verrückt. Sie haben die Gemälde da gelassen. Die Möbel …"

„Fehlt nichts?"

„Nichts Wertvolles. Wenigstens nichts, das einen normalen Dieb interessiert hätte." Er öffnete eine Schublade an der Frisierkommode und betrachtete den Inhalt. Dann öffnete er eine zweite Schublade, hielt inne und starrte hinein, bevor er langsam einen Frauenschlüpfer zum Vorschein brachte. Das Ding bestand aus kaum mehr als ein paar schwarzen Schnüren aus Spitze und Seide. Ihm folgte ein dazu passender, genauso spärlicher, genauso verführerischer BH.

Chase sah Miranda an. Sein Blick war stumpf und nicht zu lesen.

„Ist das Ihrer? fragte er leise.

„Ich habe Ihnen bereits erzählt, dass ich niemals hier gewesen bin. Die Sachen müssen Evelyn gehören."

Er schüttelte den Kopf. „Das glaube ich nicht."

„Woher wollen Sie das wissen?"

„Sie ist nie hier draußen. Hasst das rustikale Leben, zumindest behauptet sie das."

„Gut, aber diese Dinge gehören mir nicht. So etwas … besitze ich nicht."

„Da ist noch mehr davon. Vielleicht erkennen Sie etwas?"

Sie trat an die Frisierkommode und holte einen smaragdgrünen und cremefarbenen BH aus der Schublade. „Das ist ganz offensichtlich nicht meiner."

„Wieso?“

„Das ist ein 85 C. Ich …“ Sie räusperte sich. „So eine große Oberweite habe ich nicht.“

„Oh.“

Sie drehte sich schnell von ihm weg, bevor er ihre Erklärung kommentieren konnte. Nicht, dass er nicht bereits Gelegenheit gehabt hätte, ihr Dekolleté zu bemerken. Er hatte schließlich Augen im Kopf.

Sie wandte sich dem Fenster zu und stand mit dem Rücken zu Chase, während sie versuchte, ihre Fassung zurückzugewinnen. Draußen tauchte das schwindende Tageslicht die Baumspitzen in die Farben der Sommerdämmerung. Im Feld unter den Bäumen flogen um diese Zeit die Glühwürmchen, und man hörte das Brummen der Insekten im Gras. Es würde kühl werden. Selbst an diesen Augustabenden gab es immer eine kühle Brise, die vom Meer aufstieg. Zitternd schlang sie die Arme um sich.

Er näherte sich ihr vorsichtig und leise. Sie konnte ihn nicht hören, aber sie wusste, auch ohne hinzusehen, dass er direkt hinter ihr stand.

Tatsächlich stand Chase so nah bei ihr, dass er den Geruch ihrer Haare wahrnahm – sauber, süß und berauschend. Das Dämmerlicht, das durch das Fenster fiel, brachte ihren wunderbaren, rötlichen Kastanienton großartig zur Geltung. Er wollte seine Hand danach ausstrecken und die glänzenden Strähnen mit seinen Fingern durchkämmen, wollte sein Gesicht im seidigen Gewirr vergraben. Ein Fehler, er wusste es, bevor es geschah und trotzdem konnte er nichts dagegen unternehmen.

Sie erschauderte unter seiner Berührung. Nur ein leichtes Zittern, ein sanfter Seufzer. Er strich mit den Händen über ihre Schultern und an der kühlen samtigen Haut ihrer nackten Arme entlang. Sie entzog sich ihm nicht. Nein, sie lehnte sich zurück, als wollte sie mit ihm verschmelzen. Er schlang seine Arme um sie und umhüllte sie mit seiner Wärme.

„Als ich ein Junge war", flüsterte er, „dachte ich immer, dass es in dem Feld da unten Zaubergestalten gäbe. Zauberhafte Feen und Elfen, die sich zwischen Giftpilzen versteckten. Ich habe ihre Lichter in der Nacht herumflirren sehen. Es waren natürlich nur Glühwürmchen, aber für ein Kind hätte es alles mögliche sein können. Elfenlaternen oder Drachenfeuer. Ich wünschte …"

„Was hast du dir gewünscht, Chase?"

Er seufzte. „Dass ich immer noch etwas von diesem Kind in mir hätte. Dass wir uns damals gekannt hätten, bevor all das geschah. Vor …"

„Richard."

Chase verstummte. Sein Bruder war immer bei ihnen und würde es immer sein. Richards Leben und Tod schwebte wie eine dunkle Wolke über ihnen. Was konnte in diesem Schatten schon gedeihen? Freundschaft nicht und ganz gewiss nicht Liebe. *Liebe?* Nein. Was Chase fühlte, während er hinter ihr stand und ihren schlanken, warmen Körper an sich presste, hatte eher mit Lust zu tun. *Verflucht, vielleicht lag es einfach in der Familie,* dachte er, *vielleicht ist diese Neigung zu unbesonnen, hoffnungslosen Liebschaften erblich. Richard litt daran. Meine Mutter litt daran. Ist die Reihe nun an mir?*

Miranda befreite sich aus seiner Umarmung und drehte sich, um ihn anzusehen. Ein Blick auf diese sanften, aufgeworfenen Lippen, und er war verloren.

Sie schmeckte nach Sommer und Wärme und nach süßem bernsteinfarbenen Honig. Nach der ersten Berührung ihrer Lippen wollte er mehr und mehr. Er fühlte sich wie jemand, der sich an seinem ersten Schluck Nektar berauscht hatte und dessen Durst nun durch nichts anderes mehr zu stillen war. Seine Hände fanden den Weg in ihr seidiges Haar. Sie vergruben sich in ihm, verloren sich in ihm. Er hörte sie murmeln, „Bitte …", doch er war zu erregt, um an etwas anderes als sein Verlangen zu denken. Erst als sie es wiederholte und dann „Chase, nein.", sagte, ließ er sie schließlich los.

Sie starrten sich an. Die Verwirrung, die er fühlte, spiegelte sich in ihren Augen. Sie trat einen Schritt zurück und schob sich nervös das Haar aus dem Gesicht.

„Ich hätte dich das nicht tun lassen sollen", sagte sie. „Es war ein Fehler."

„Warum?"

„Weil … weil du behaupten wirst, ich hätte dich dazu verleitet. Das wirst du Evelyn doch erzählen, oder? Du denkst, dass ich Richard auch auf diese Weise an mich gefesselt habe; Versuchung. Verführung. Das glauben doch alle."

„Und, stimmt es?“

„Du erlebst es doch gerade am eigenen Leib. Sei mit mir alleine in einem Raum und warte ab, was geschieht! Noch ein männlicher Tremain, der dran glauben muss.“ Ihre Stimme klang kalt. „Was mich dabei allerdings interessieren würde ist, wer hier in Wirklichkeit eigentlich wen verführt?“

Sie ist bewegt und nervös, dachte er. Sie könnte jeden Moment in Stücke brechen.

„Keiner von uns verführte oder verlockte irgendwen. Es ist einfach geschehen, Miranda. So, wie es normalerweise passiert. Die Natur verlangt ihr Recht und wir können nicht immer widerstehen.“

„Diesmal werde ich. Diesmal weiß ich es besser. Dein Bruder hat mich ein paar Dinge gelehrt. Das wichtigste ist, nicht immer so verdammt leichtgläubig zu sein, wenn es um Männer geht.“

Das letzte Wort hing noch zwischen ihnen in der Luft, als sie Schritte unten auf der Veranda hörten.

Jemand klopfte an die Haustür.

Chase wandte sich ab und verließ den Raum.

Miranda, die sich plötzlich unendlich schwach fühlte, lehnte sich gegen das Fensterbrett. Sie klammerte sich daran fest, als könnte das Holz ihr die fehlende Stärke zurückgeben. Zu nah, dachte sie. Ich darf ihn nie wieder so nah an mich herankommen lassen.

Sie würde vorsichtiger sein müssen. Sie würde sich daran erinnern müssen, dass Chase und Richard Variationen desselben Themas waren, eines Themas, das bereits Verwüstungen in ihrem Leben hervorgerufen hatte. Sie atmete tief ein und langsam wieder aus, weil sie Aufruhr und Verwirrung aus ihrem Körper fließen lassen wollte. Als sie ihre Kontrolle zurückgewonnen hatte, ließ sie das Fensterbrett wieder los. Es ging. Sie stand. Dann folgte sie Chase äußerlich erneut ruhig und kontrolliert die Treppen hinunter.

Er stand mit dem Besucher im vorderen Zimmer. Miranda erkannte ihre alte Bekannte vom Gartenverein, Miss Lila St. John, die örtliche Expertin für ganzjährige Pflanzen. Miss St. John trug das für sie typische, schwarze Kleid. Ob im Sommer oder im Winter, sie trug immer Schwarz, hier und da mit einem Touch weißer Spitze aufgelockert. Heute war es ein schwarzes Wanderkleid aus zerknittertem Leinenstoff. Es passte nicht ganz zu ihren braunen Stiefeln oder dem Strohhut, aber an Miss Lila St. John wirkte es gerade richtig.

Sie drehte sich um, als sie Mirandas Schritte hörte. Falls es sie überraschte, Miranda hier zu sehen, ließ sie es sich nicht anmerken. Sie nickte nur und lenkte dann ihren Blick auf den durchsuchten Schreibtisch. Auf der vorderen Veranda winselte ein Hund. Durch das Fliegengitter der Tür sah Miranda so etwas wie ein großes schwarzes Fellknäuel mit einer roten Zunge.

„Es ist alles meine Schuld, wissen Sie“, sagte Miss St. John. „Ich kann nicht glauben, dass ich so dumm war.“

„Wie kann das ihre Schuld sein?“ fragte Chase.

„Ich ahnte, dass letzte Woche irgendetwas komisch lief. Sehen Sie, wir waren auf unserem Spaziergang, Ozzie und ich. Wir gehen jeden Abend kurz vorm Dunkel werden raus. Dann kommen auch die Rehe; sie zertrampeln einem alles, aber ich liebe es, sie zu beobachten. Egal, ich sah jedenfalls ein Licht durch die Bäume. Es kam von irgendwo aus dieser Richtung. Ich näherte mich dem Cottage und klopfte an die Tür. Niemand antwortete, also ging ich wieder." Sie schüttelte den Kopf. „Das hätte ich nicht tun sollen, wissen Sie. Ich hätte hineingucken sollen. Ich *wusste,* dass da was nicht in Ordnung war."

„Haben Sie einen Wagen gesehen?"

„Wenn Sie gekommen wären, um den Laden zu plündern, hätten Sie ihr Auto dann vor dem Haus geparkt? Natürlich nicht. Ich weiß, dass ich ein wenig weiter unten an der Straße zwischen den Bäumen geparkt hätte. Und dann wäre ich zu Fuß hier hoch geschlichen."

Es war schwer zu glauben, dass Miss St. John so etwas getan hätte.

„Es ist gut, dass Sie da nicht hineingezogen wurden", sagte Chase. „Sie hätten getötet werden können."

„In meinem Alter, Chase, gehört das Getötetwerden nicht zu den Hauptproblemen." Sie benutzte ihren Wanderstock, ein knubbeliges Ding mit einem Entenkopfgriff, um zwischen den Papieren auf dem Boden herumzustochern.

„Irgendeine Idee, was sie hier suchten?"

„Keinen Schimmer."

„Keine Wertsachen, offensichtlich. Das ist Limoge Geschirr da hinten auf dem Regal, oder?“

Chase blickte verlegen auf eine handbemalte Vase. „Wenn Sie das sagen.“

Miss St. John wandte sich an Miranda. „Haben Sie eine Meinung zu diesem Fall?“

Miranda sah sich dem Blick eines sehr intensiv grauen Augenpaares ausgesetzt. Miss St. John mochte von vielen für mehr als eine charmante Exzentrikerin gehalten werden, doch Miranda erkannte die Intelligenz in ihren Augen. Selbst während ihrer früheren Unterhaltungen, die sich eher um Rittersporn und Osterglocken gedreht hatten, selbst da hatte Miss St. John ihr schon das Gefühl vermittelt, sie, Miranda, wie eine unbekannte Pflanze unter die Lupe zu nehmen. „Ich weiß nicht genau, was ich davon halten soll, Miss St. John“, erklärte sie.

„Sehen Sie sich diese Unordnung an. Was sagt Ihnen das?“

Miranda schaute auf die verstreuten Papiere und Bücher. Dann lenkte sie ihren Blick auf den Bücherschrank, wo nur eines der oberen Regale ausgeräumt worden war. „Der Täter, wer auch immer es war, muss gestört worden sein. Vielleicht von Ihnen.“

„Oder er fand, was er suchte“, meinte Chase.

Miss St. John drehte sich nach ihm um. „Und was mag das gewesen sein?“

„Wollen wir raten?“ Chase und Miranda sahen sich an. „Die Stone Coast Trust Unterlage“, wagte sich Chase vor.

„Ach.“ In Miss St. Johns Augen blitzte Interesse auf. „Die kleine Kampagne Ihres Bruders gegen Tony Graffam. Ja, Richard schien hier draußen manchmal zu schreiben. An diesem Tisch, um genau zu sein. Auf meinen Abendspaziergängen konnte ich ihn durch das Fenster sehen.“

„Sind Sie jemals stehen geblieben, um mit ihm zu sprechen? Ihn zu fragen, an was er gerade arbeitete?“

„Oh, nein. Deshalb ist er ja auf das Cottage gekommen, um diesen neugierigen Städtern zu entkommen.“ Sie blickte auf Miranda. „Ich habe *Sie* nie hier gesehen.“

„Ich bin auch nie hier gewesen“, sagte sie, unter dem aufmerksamen Blick nervös geworden. Dieser sachliche Hinweis auf ihre Verbindung zu Richard hatte sie überrascht. Trotzdem war Miss St. Johns Unverblümtheit dem subtilen Totschweigen, mit der so viele andere dieses Thema behandelten, vorzuziehen.

Miss St. John beugte sich hinunter, um einen genaueren Blick auf die Papiere zu werfen.

„Nach diesem Durcheinander zu urteilen, muss Richard hier ziemlich viel gearbeitet haben. Was ist das denn alles?“

Chase beugte sich ebenfalls nach unten und nahm die Papiere unter die Lupe. „Sieht aus wie ein Haufen alter Rechercheunterlagen … Etatkalkulationen von *Herald* … Und hier haben wir eine Sammlung lokaler Persönlichkeitsprofile. Unter anderem eines von Ihnen, Miss St. John.“

„Von mir? Aber ich wurde niemals interviewt. wie ist denn das möglich?“

Chase grinste. „Dann muss es sich um eine unautorisierte Version handeln."

„Werden da meine ganzen sexy Geheimnisse erwähnt?"

„Tja, sehen wir doch einfach mal nach …"

„Oh, geben Sie mir das verdammte Ding." Miss St. John schnappte ihm die Seite aus den Händen und überflog die getippten Zeilen. „Alter vierundsiebzig", las sie laut, „… ihr gehört Grundstück Nr. zwei, St. John's Wood, und das darauf befindliche Cottage … fanatisches Mitglied des örtlichen Gartenvereins." Hier blickte sie beleidigt auf. „*Fanatisch?*" Dann fuhr sie mit dem Lesen fort. „Exzentrische Einsiedlerin, nie verheiratet. Einmal mit einem Artur Simoneau verlobt, der im Krieg gefallen ist … Normandie …" Sie verstummte und setzte sich langsam hin, wobei sie das Papier mit beiden Händen umklammerte.

„Oh, Miss St. John", sagte Miranda, „Es tut mir Leid."

Die alte Dame sah, immer noch erschüttert, auf. „Es … ist schon ziemlich lange her."

„Ich kann nicht glauben, dass er in Ihrem Leben herumgeschnüffelt hat, ohne dass Sie auch nur davon wussten. Warum hätte er das tun sollen?"

„Sie sagen, es war Richard?" fragte Miss St. John.

„Na ja, es sind seine Papiere."

Miss St. John betrachtete die Seite stirnrunzelnd. „Nein", sagte sie langsam. „Ich glaube nicht, dass er das geschrieben hat. Da ist ein Fehler drin. Hier wird behauptet, mein Cottage liegt in St. John's Wood, aber es liegt drei Meter über der

Linie auf dem Tremain Grundstück. Ein Gutachterfehler von vor siebzig Jahren. Richard wusste das."

Jetzt runzelte Chase die Stirn. „Ich habe das mit ihrem Cottage noch nie gehört."

„Ja, das Land Ihrer Familie geht bis hinter die zweite Steinmauer. Es schließt die gesamte Zufahrtsstraße ein. Sodass der Rest von uns, technisch gesehen, Nutzer Ihrer Privatstraße ist. Nicht, dass das jemals wichtig gewesen wäre. Wir waren immer wie eine große Familie hier draußen, aber jetzt ..." Sie schüttelte den Kopf. „So viele Fremde auf der Insel. Die ganzen Touristen aus *Massachusetts.*" Sie ließ den Bundesstaat wie eine Kolonie aus der Hölle klingen.

„Ist Stone Coast Trust auf Sie zugekommen?" fragte Miranda, „wegen eines Verkaufs von St. John's Wood?"

„Sie sind auf jeden in dieser Straße zugekommen. Ich habe natürlich abgelehnt. So wie Richard. Das hat das Projekt blockiert. Ohne Rose Hill würde Stone Coast nur eine lose Sammlung kleiner Grundstücke gehören. Doch nun ..." Sie seufzte traurig. „Ich stelle mir vor, wie Evelyn in diesem Moment ihren Füller unter den Kaufvertrag hält."

„Das tut sie nicht", sagte Chase. „Rose Hill ging nicht an Evelyn. Richard hat es Miranda hinterlassen."

Miss St. John starrte sie an. „Nun, das ist eine ganz und gar unerwartete Entwicklung", meinte sie nach einer längeren Pause.

„Auch für mich", erklärte Miranda.

Während Miss St. John sich in Gedanken versunken zurücklehnte, sammelten Miranda und Chase die restlichen Papiere auf. Sie fanden noch mehr Rechercheunterlagen, ein paar Zeitungsausschnitte, alte Kalkulationen des *Herald.* Offensichtlich hatte Richard das Cottage als Zweitbüro genutzt. Hatte er hier die heikelsten Unterlagen aufbewahrt? Miranda fragte sich das, als sie ein ganzes Bündel von Persönlichkeitsprofilen entdeckte. Wie die Seite über Miss St. John, war die darin enthaltene Information in höchstem Maße persönlich.

In manchen Fällen war es geradezu schockierend. Sie war überrascht zu lesen, dass Forrest Mayhew, der örtliche Bankpräsident, in Boston wegen Trunkenheit am Steuer festgenommen worden war. Und dass der Stadtrat George LaPierre, seit dreißig Jahren verheiratet, im letzten Jahr wegen einer Syphilis behandelt wurde. Dass gegen Dr. Steiner – *ihren* Hausarzt – wegen Betrugs der staatlichen Krankenversicherung ermittelt wurde.

Sie überreichte Chase die Papiere. „Sieh dir das an! Richard sammelte den Dreck von sämtlichen Bewohnern der Stadt!"

„Hier, was ist das?" fragte er. Da klebte ein gelbes Papier auf der Rückseite einer Mappe. Darauf stand handgeschrieben: „Mr. T., wollen Sie mehr? Dann lassen Sie es mich wissen." Es war mit „W.B.R." unterschrieben.

„Also hat Richard das nicht selbst recherchiert", sagte Miranda. „Diese Person W.B.R. – wer immer das war – muss diesen Bericht verfasst haben."

„Gibt es vielleicht jemanden in der Redaktion mit diesen Initialen?"

„Nein, im Moment nicht." Sie griff nach einer Mappe, die auf dem Boden lag. „Sieh mal, da ist eine weitere Notiz von W.B.R." Diesmal war der Zettel mit einer Büroklammer an der Hülle befestigt. „Alles, was ich bekommen konnte. Sorry, W.B.R."

„Was ist da drin?" fragte Miss St. John.

Miranda öffnete die Mappe und starrte hinein. „Das ist es! Die Unterlage über Stone Coast Trust!"

„Bingo", sagte Chase.

„Es gibt kein Profil von Tony Graffam, aber hier ist sein Steuerbescheid. Eine Liste mit Kontonummern und Wertpapierdepots." Sie nickte. „Wir haben einen richtigen Volltreffer gelandet."

„Das glaube ich nicht", sagte Miss St. John.

Sie schauten sie beide an.

„Wenn diese Unterlage so wichtig ist, warum hat der Einbrecher sie hier gelassen?"

Schweigend dachten sie darüber nach.

„Vielleicht war unser Einbrecher nicht an Stone Coast Trust interessiert", mutmaßte Miss St. John. „Ich meine, sehen Sie sich doch nur die scheußlichen Informationen an, die Richard zusammengetragen hat. Schnüfflerberichte über Trunkenheit am Steuer. Krankenversicherungsbetrug. Syphilis. Ausgerechnet George LaPierre! Und dann auch noch in dem Alter. Diese Unterlagen könnten den feinen Ruf einiger Menschen ruinieren. Jetzt frage ich Sie, ist das nicht ein Motiv für einen Einbruch?"

Oder Mord, dachte Miranda. Aber warum hatte Richard diese Informationen überhaupt zusammengetragen? Plante er einen Enthüllungsbericht über die Inselbewohner? Oder gab es dafür noch einen anderen Grund? Erpressung zum Beispiel.

„Falls jemand einbrach, um seine eigene Unterlage zu stehlen, dann können wir annehmen, dass sie nun weg ist", stellte Chase fest. „Was bedeutet, dass George LaPierre, Dr. Steiner und die anderen in diesem Haufen es nicht getan haben."

„Nicht unbedingt", sagte Miss St. John. „Was, wenn der Einbrecher sein Profil einfach durch eine harmlose Variante ersetzt hat? Meine, zum Beispiel. In meinem Profil gibt es nichts, das irgendwie skandalös wäre. Woher wollen Sie wissen, dass ich nicht hier einbrach und die sehr viel boshaftere Version entfernte?"

Chase lächelte. „Ich werde Sie ordnungsgemäß auf die Liste der Verdächtigen setzen, Miss St. John."

„Unterschätzen Sie mich nicht, Chase Tremain. Das Alter allein schützt einen nicht vor Verdächtigungen. Ich habe da oben mehr ..." Sie tippte sich gegen die Schläfe „... als dieser Dummkopf George LaPierre in seinen besten Zeiten. Falls er so etwas je *hatte.*"

„Wollen Sie damit sagen, Miss St. John, dass wir weder die Namen ausklammern sollten, deren Berichte in dem Stapel sind ..." fragte Miranda, „... noch irgendwelche anderen Namen, die sich *nicht* darin befinden?"

„Korrekt."

Miranda sah stirnrunzelnd auf die Bücher. „Eine Sache ergibt keinen Sinn. Zuerst durchsucht unser Einbrecher den Schreibtisch. Er verstreut überall Papiere, um eine belastende Unterlage zu finden. Warum hätte er das Bücherregal durchsuchen sollen? Das ist nicht die Art von Versteck, wo Richard seine Unterlagen aufbewahrt hätte."

Nach einer kleinen Pause sagte Miss St. John: „Da haben Sie Recht. Das ergibt keinen Sinn."

„Nun", meldete sich Chase zu Wort, „Ich denke, wir sollten Lorne anrufen, obwohl ich nicht glaube, dass er an diesem Punkt groß helfen kann. Versuchen wir es aber trotzdem." Er griff zum Telefon.

Chase hatte den Hörer schon in der Hand, als Miss St. John plötzlich sagte: „Warten Sie, vielleicht sollten wir ein wenig später anrufen." Sie starrte auf eine lose Seite auf dem Boden, nah bei ihren Füßen. Nachdenklich hob sie es auf und strich es auf ihrem Knie glatt.

Stirnrunzelnd legte Chase den Hörer aus der Hand. „Warum?"

„Das ist das Profil von Valerie Everhard. Sie erinnern sich an Sie, Chase. Unsere Ortsbibliothekarin. Eine verheiratete Dame. Hiernach hatte Valerie einen Liebhaber."

„Ach?"

„Der Mann, mit dem sie sich trifft, ist unser Polizeichef." Miss St. John sah vom Papier auf. Ihre Augen hatten jede Spur von Humor verloren. „Lorne Tibbetts."

„Warum besaß er diese schrecklichen Berichte?“ fragte Miranda. „Was wollte er damit machen?“

Sie fuhren durch die Dunkelheit in die Stadt zurück. Vom Meer zog Nebel auf und verschleierte die Lichter der Stadt, bis nur noch ein schwacher Schein übrig blieb. In diesem Nebel wirkte nichts mehr real und nichts mehr vertraut. Sie fuhren durch ein fremdes, in milchige Schwaden getauchtes Land, das so aussah, als wäre es in dieser Wolke gefangen.

„Das Ganze klingt nicht nach Richard“, sagte Chase, „im Privatleben der Nachbarn herumzuschnüffeln. Er hat genug eigene Sünden begangen. Wenn jemand erpressbar gewesen wäre, dann er. Außerdem, wen stört es, dass Lorne ein kleines Abenteuer mit der Bibliothekarin hat?“

„Den Mann der Bibliothekarin?“

„In Ordnung, aber warum sollte das Richard kümmern?“

Sie schüttelte den Kopf, unfähig, etwas darauf zu erwidern. „Ich frage mich, ob irgendeiner dieser Menschen etwas über die Unterlagen weiß. Miss St. John wusste es nicht.“ Sie sah auf die Papiere auf ihrem Schoß hinunter und dachte an die kompromittierenden Geheimnisse, die sie enthielten. Sie hatte das plötzliche Bedürfnis, den Stapel wegzuschieben und die schmutzige Bürde in den Müll zu werfen. „Chase?“ sagte sie. „Woher sollen wir wissen, ob es wahr ist, was darin steht?“

„Wir wissen es nicht.“ Er stieß ein kurzes Lachen aus. „Und wir können schlecht an George LaPierres Tür klingeln und fragen, ob er Syphilis hatte.“

Miranda betrachtete stirnrunzelnd die Notiz, die an der Mappe klemmte. „Ich frage mich, wer das ist. Dieser W.B.R.“

„Läuten keine Glocken bei den Initialen?“

„Keine einzige.“

Als die Dunkelheit an ihnen vorbeiflog, dachte Miranda an die Geheimnisse, die die Unterlagen enthüllten. Des Bankdirektors Schwäche für Whiskey. Des Doktors Betrug. Ehemann und Ehefrau, die ihre Streits mit den Fäusten austrugen. All das war unter der Glasur der Ehrbarkeit verborgen. *Welch privates Leid wir doch insgeheim erdulden müssen.*

„Warum ausgerechnet *diese* Menschen?“ fragte sie plötzlich.

„Weil sie am meisten zu verlieren haben?“ schlug Chase vor. „Wir sprechen hier über alteingesessene Inselfamilien. LaPierre, Everhard, St. John. Das sind alles sehr respektable Namen.“

„Außer Tony Graffam.“

„Das stimmt. Ich glaube, da gibt es auch eine Unterlage über ihn ...“ Er hielt inne. „Warte. Da ist unsere Verbindung.“

„Was?“

„Die Nordküste. Du hast noch nicht lange genug hier gelebt, um alle Familien zu kennen. Ich bin mit ihnen aufgewachsen. Ich erinnere mich an die Sommer, in denen ich mit Tony LaPierre gespielt habe. Und Daniel Steiner. Und Valerie Everhard. Ihre Familien besitzen alle ihre Sommerhäuschen da draußen.“

„Das könnte Zufall sein."

„Oder alles erklären."

Chase starrte stirnrunzelnd auf die Straße. Der Nebel lichtete sich. „Wenn wir zu deinem Haus zurückkommen", sagte er, „dann lass uns die Namen noch einmal gründlich ansehen. Mal abwarten, ob mein Gefühl mich trügt. Ich bin wirklich sehr gespannt."

Anderthalb Stunden später saßen sie an Mirandas Esstisch, wo die Papiere vor ihnen ausgebreitet lagen. Die Reste eines hastig zubereiteten Abendbrots – Champignonomelett und Toast – waren zur Seite geschoben. Sie waren bei ihrer zweiten Tasse Kaffee angelangt. *Eine so häusliche Szene,* dachte sie wehmütig, *beinahe wie ein frisch verheiratetes Paar am Abendbrottisch.* Nur dass der Mann, der ihr gegenüber saß, niemals in das Bild passen würde. Er war lediglich ein weiterziehender Gast, der sich an ihrem Tisch stärkte.

Miranda zwang sich dazu, sich auf das Blatt Papier zu konzentrieren, das Chase gerade studierte.

„Okay, hier ist die Liste", sagte Chase. „Jeder aus Richards Mappe. Ich bin beinahe sicher, dass alle von ihnen Grundstücke an der Nordküste besitzen."

„Fehlen irgendwelche Namen?"

Chase lehnte sich zurück und ging im Geist die Sommerhäuser durch, die an der Straße lagen. „Da ist natürlich Richard, dann der alte Mann auf Sulamans Grundstück die Straße hinunter, ein Hummerfischer im Ruhestand, Typ Einsiedler. Und dann gibt es da noch das Frenchman's Cottage.

Ich glaube, es wurde vor ein paar Jahren verkauft. An Hippies, wie ich hörte. Sie verbringen die Sommer da oben."

„Also müssten sie jetzt da sein."

„Wenn ihnen das Cottage noch gehört. Aber sie sind nicht von hier. Ich sehe auch nicht, dass Richard sich die Mühe machte, Informationen über sie auszugraben. Und was den alten Sully betrifft, na ja, ein fünfundachtzigjähriger Mann scheint ein ziemlich ungewöhnliches Opfer für eine Erpressung zu sein."

Erpressung. Miranda blickte auf die Papiere auf dem Tisch. *Was hatte Richard sich ausgedacht?* fragte sie sich. „Was hatte er gegen diese Leute?"

„Vielleicht hatten sie etwas mit der Landvermessung zu tun. Gehörten irgendwelche von ihnen zur Bebauungskommission?"

„Selbst wenn, sie hätten sowieso nicht wählen können. Sie wären disqualifiziert worden, du weißt, wegen des Interessenkonflikts." Sie lehnte sich auf ihrem Stuhl zurück.

„Vielleicht hat unser Einbrecher auch nach etwas völlig anderem gesucht."

„Dann ist die Frage, hat er – oder sie – es gefunden?"

Von irgendwo aus dem Haus erklang ein Geräusch, dass sie beide aufhorchen ließ. Chase nahm sofort Mirandas Hand und bedeutete ihr, leise zu sein. Sie gingen zusammen vom Esszimmer ins Wohnzimmer. Ein rascher Rundumblick überzeugte sie, dass alle Fenster heil waren. Sie blieben einen Augenblick lang stehen und horchten, aber sie hörten nichts mehr. Chase lenkte seine Schritte in Richtung Schlafzimmer.

Sie gingen durch die Diele, als sie, diesmal lauter, das Geräusch von zersplitterndem Glas vernahmen.

„Das kam aus dem Keller!“ sagte Miranda.

Chase lief zurück in die Küche. Er schaltete das Licht an und riss die Kellertür auf. Eine einzelne, nackte Glühbirne erleuchtete die enge Treppe. Im Schatten schienen merkwürdige Nebelschleier herumzuwirbeln. Sie verdunkelten die Stufen. Die beiden waren erst zwei Stufen hinuntergestiegen, als sie beide den Rauch rochen.

„Bei dir brennt es!“ sagte Chase und nahm noch ein paar Stufen. „Wo ist dein Feuerlöscher?“

„Ich hole ihn!“ Miranda rannte in die Küche zurück, holte den Feuerlöscher vom Regal und hastete erneut die Kellertreppe hinunter.

Inzwischen war der Rauch so dicht, dass er ihr in den Augen brannte. Durch die Rauchschwaden entdeckte sie den Brandherd: ein Bündel brennender Teppiche. In der Nähe des zerbrochenen Kellerfensters lag ein roter Ziegelstein. Da begriff sie, was geschehen war und ihre Panik wich Wut.

„Bleib zurück!“ brüllte Chase, während er sich durch den Rauch kämpfte. Zerbrochenes Glas knirschte unter seinen Schuhen, als er den Betonboden betrat. Er zielte mit dem Feuerlöscher und ein Schwall weißen Schaums schoss heraus und legte sich über die Flammen. Ein paar Mal auf die Düse gedrückt, und das Feuer wurde unter einer weichen, weißen Puderdecke erstickt. Zurück blieb dichter, beißender Rauch.

„Es ist aus!“ sagte Chase. Er durchsuchte den Keller nach weiteren Brandherden, ohne zu bemerken, dass Miranda starr vor Zorn mit bleichem Gesicht auf das zerbrochene Glas auf dem Boden starrte.

„Warum können sie mich nicht endlich in Ruhe lassen?“ schrie sie.

Chase wandte sich nach ihr um und sah sie forschend an. „Du meinst, dass so etwas schon öfter vorgekommen ist?“ fragte er sie ganz ruhig.

„Nein, das nicht. Aber Anrufe, wirklich grausame Anrufe. Immer wieder und Botschaften, die sie an mein Fenster schmierten.“

„Was für eine Art von Botschaften?“

Sie schluckte und schaute in eine andere Richtung. „Du weißt schon, die hiesige Mörderin.“

Er machte einen Schritt auf sie zu. „Weißt du, wer es war?“

„Ich habe mir gesagt, es sind nur – nur irgendwelche Kinder. Aber Kinder würden mein Haus doch nicht in Brand setzen …“

Chase blickte vom roten Ziegelstein auf das zerbrochene Fenster. „Das ist eine merkwürdige Art, ein Haus niederzubrennen“, sagte er und ging zu ihr, um sie bei den Schultern zu fassen und vorsichtig über ihre Arme zu streichen. Sie fühlte die Wärme seiner Berührung, und die Stärke. Mut. Er nahm ihr Gesicht in seine Hände und sagte leise: „Ich werde die Polizei rufen.“

Sie nickte, und dann gingen sie zusammen die Treppe hinauf. Als sie sich auf halber Höhe zur Küche befanden, wurde oben plötzlich die Tür zugeschlagen und nur einen Augenblick später hörten sie, wie der Riegel quietschend vorgeschoben wurde.

„Sie haben uns eingeschlossen!“ rief Miranda.

Er rannte hinter ihr die Stufen hinauf und begann, gegen die Tür zu hämmern. Frustriert stemmte er sich mit seinem ganzen Körper dagegen. Seine Schulter krachte gegen das Holz.

„Es ist massiv!“ sagte Miranda. „Dagegen wirst du nicht ankommen.“

Chase stöhnte. „Ich glaube, das habe ich auch gerade gemerkt.“

Schritte knarrten auf den Dielen über ihren Köpfen. Miranda erstarrte, während sie die Geräusche des Eindringlings mit Blicken verfolgte.

„Was macht er?“ flüsterte sie.

Als Antwort auf ihre Frage ging das Licht plötzlich aus. Der Keller war in Dunkelheit getaucht.

„Chase?“ schrie sie.

„Ich bin hier! Bei dir. Gib mir deine Hand.“

Sie griff blind nach ihm, aber er fand ihr Handgelenk sofort. „Es ist alles gut!“ murmelte er, während er sie an sich zog und fest an seine Brust drückte. Die kraftvolle Selbstverständlichkeit seiner Umarmung reichte, um ihr die Panik zu nehmen. „Es wird schon alles gut gehen“, murmelte er. „Wir finden einen Weg hier raus. Durch das Fenster können wir nicht. Gibt es einen anderen Ausgang? Ein Kohlenklappe?“

„Es gibt eine alte Ladeklappe beim Ofen. Sie öffnet sich seitlich zum Garten.“

„Also gut, dann lass uns sehen, ob wir sie öffnen können. Zeig sie mir.“

Zusammen ertasteten sie sich den Weg die Stufen hinunter . Glasscherben knirschten unter ihren Sohlen, als sie ihren Weg durch die Dunkelheit schrittchenweise fortsetzten. Es wirkte wie eine Reise durch die Unendlichkeit, durch eine Schwärze, die so dick erschien, dass man glaubte, sie greifen zu können. Schließlich berührten Mirandas ausgestreckte Hände Rohre und dann den kalten, feuchten Stein der Kellerwand.

„Wo lang?“ fragte Chase.

„Ich glaube nach links.“

Oben schrammte irgendetwas über den Boden, dann fiel eine Tür zu. *Sie haben das Haus verlassen,* dachte Miranda erleichtert. *Sie werden uns nichts tun.*

„Ich habe den Öltank gefunden“, sagte Chase.

„Dann müsste die Ladeklappe direkt darüber sein. Es gibt ein paar Stufen …“

„Genau hier.“ Er ließ ihre Hand los. Obwohl sie wusste, dass er noch immer neben ihr stand, fehlte ihr sofort die Sicherheit seiner Berührung. Wenn sie wenigstens irgendetwas sehen könnte! Sie hörte, wie Chase sich am Holz hinaufzog, hörte das Knarren und Quietschen der Klappe, als er sich damit abmühte, sie zu öffnen. Sie bemühte sich, in der Dunkelheit etwas zu erkennen, und nach einer Weile konnte sie die vagen Umrisse seines Kopfes ausmachen, kurz darauf den Schimmer des Schweißes auf seinem Gesicht. Und dann zeichneten sich noch mehr Einzelheiten ab; der bullige Schatten des Ofens, der Öltank, der rötliche Schimmer der Kupferrohre. Nun war alles sichtbar.

Zu sichtbar! Wo kam das Licht auf einmal her?

Mit neuer Besorgnis wandte sie sich um und starrte zum Kellerfenster hoch. Das zerbrochene Glas reflektierte den flackernden Tanz eines orangefarbenen Lichts. Feuer. „Oh, mein Gott", flüsterte sie. „Chase ..."

Er drehte sich um und starrte auf das Fenster.

Während sie hinsahen, bekam der Lichtschein eine neue und schreckliche Klarheit.

„Wir müssen hier raus!" schrie sie.

Er stemmte sich gegen die Klappe. „Ich bekomme sie nicht auf!"

„Warte, ich helfe dir."

Sie drückten gemeinsam gegen das Holz und bearbeiteten es mit ihren bloßen Fäusten. Jetzt wirbelten die Rauchschwaden bereits durch das zerbrochene Fenster hinein. Über ihren Köpfen knackten die Fußbodendielen, und sie sahen den bedrohlichen Schein der Flammen, die sich durch das Haus über ihren Köpfen fraßen. Die größte Hitze strömte nach oben unters Dach, doch bald würde das Holz nachgeben und sie wären unter den brennenden Trümmern gefangen.

Die Klappe ließ sich nicht bewegen.

Chase schnappte sich den Feuerlöscher und begann, damit gegen das Holz zu schlagen. „Ich versuche weiter, es aufzubrechen!“ brüllte er. „Du gehst zum Fenster; ruf nach Hilfe!“

Miranda kletterte zum Fenster hinüber, durch das der Rauch in einer dicken schwarzen Wolke in den Keller drang. Sie schaffte es kaum bis zur Fensteröffnung. Dann blickte sie sich panisch nach einem Hocker, einem Stuhl oder irgendetwas, auf das sie sich hätte stellen können, um. Doch es war nichts in Sicht.

Sie schrie lauter als je in ihrem Leben.

Doch selbst da wusste sie, dass die Hilfe sie nicht mehr rechtzeitig erreichen würde. Das Kellerfenster zeigte zur Rückseite des Hauses in den Garten. Sie war zu weit vom Fenster entfernt, als dass ihre Stimme die Distanz hätte überbrücken können. Sie blickte hoch und sah, dass der Boden über ihr bebte. Der böse Schein des Feuers schimmerte bereits durch die Bretter. Sie hörte das Ächzen des Holzes, als es einsackte. Wie lange noch, bis die Dielen nachgaben? Wie lange noch, bevor sie und Chase in der weichen Schwärze des Rauchs zusammenbrachen? Die Luft war unerträglich dick geworden.

Wir werden es nicht schaffen, dachte sie. *Wir werden sterben.*

8. KAPITEL

Chase hämmerte verzweifelt gegen die Klappe. Ein Brett zerbarst, aber die Sperre hielt. „Jemand hat sie zugenagelt!“ brüllte er. „Ruf weiter, so laut du kannst!“

Sie schrie immer wieder, bis ihre Stimme brach und sie fast keinen Ton mehr herausbrachte.

Sie hörte in der Ferne einen Hund bellen und weit weg Mr. Lanzos Rufe. Sie versuchte, zurückzurufen, brachte aber nur einen mitleiderregend schwachen Schrei zustande. Niemand antwortete. Hatte sie sich die Stimme nur eingebildet? Oder hatte er sie nicht gehört?

Und selbst wenn er sie gehört hätte, würde er ihre Stimme hinter der schmalen Öffnungsklappe im Garten orten? Die Rettung war so nah und doch so unerreichbar. Wenn sie sich auf die Fußspitzen stellte, konnte sie ihre Hand durch das zerbrochene Fenster strecken und die Erde unter ihren Fingerspitzen fühlen. Nur wenige Meter entfernt wuchs ihr geliebter Rittersporn, ihre neu gepflanzten Veilchen …

Plötzlich schoss ihr das Bild ihres Gartens, die feuchte Erde und das neu angelegte Blumenbeet durch den Kopf. Hatte sie nicht eine Spitzhacke benutzt, um die Sode aufzubrechen? Die Spitzhacke – wo hatte sie sie gelassen? Sie erinnerte sich daran, sie gegen die Mauer des Hauses gelehnt zu haben.

In der Nähe des Kellerfensters.

Mit der bloßen Faust brach sie die letzten Glasreste der Scheibe weg. Etwas Warmes rann an ihrem Arm hinab. Blut, dachte sie mit einem merkwürdig gleichgültigen Gefühl. Aber sie spürte keinen Schmerz; sie war viel zu angespannt, um irgendetwas anderes zu empfinden als die verzweifelte Not, den Flammen zu entkommen. Sie streckte ihre Hand durch das offene Fenster und tastete mit ihren Fingern an der äußeren Wand entlang. Auf der rechten Seite war nichts, nur raue Schindeln auf einem Steinfundament. Sie versuchte es auf der anderen Seite des Fensters, fuhr mit ihrer Hand über den Rahmen und berührte warmes Metall. Der Kopf der Spitzhacke!

Sie umklammerte sie so fest, dass ihre Finger verkrampften. Unter Schmerzen schaffte sie es, den schweren Metallkopf zur Seite und vor das Fenster zu ziehen. Mit wenigen Windungen gelang es ihr, zuerst die Spitze und dann das stumpfe Ende durch das offene Fenster zu manövrieren.

Die Spitze landete mit einem harten Geräusch auf dem Betonboden. Hustend und nach Luft schnappend, schleppte sie das Werkzeug zurück in den dichten Rauch. Jetzt fraßen die Flammen bereits die Dielen über ihrem Kopf. „Chase!" rief sie, „wo bist du?"

„Ich bin hier!"

Sie bewegte sich in die Richtung, aus der Chase Stimme gekommen war, doch auf halbem Weg dorthin verlor sie ihre Beute. Der ganze Raum schien sich um sie herum zu drehen wie ein Karussell. Ich darf jetzt nicht ohnmächtig werden, dachte sie, wenn ich jetzt ohnmächtig werde, dann wache ich nie wieder auf. Doch ihre Knie gaben bereits nach. Wie sehr sie einen Atemzug frischer Luft benötigte, nur einen! Sie sank zu Boden. Der Beton fühlte sich angenehm feucht und kühl an ihrer Wange an.

„Miranda!“

Der Klang von Chase Stimme schien ihre letzten Reserven zu mobilisieren. Sie kämpfte sich erneut auf die Knie, wobei sie auch die Spitzhacke zu fassen bekam, die nur wenige Zentimeter neben ihr gelegen hatte. „Ich kann nicht – ich kann dich nicht sehen ...“

„Ich finde dich! Sprich weiter!“

„Nein, dann müssen wir beide sterben! Bleib bei der Klappe!“ Sie begann, in seine Richtung zu krabbeln. Das Geräusch der Flammen über ihnen war zu einem rasenden Rauschen geworden. Hinunter gefallene Holzteile lagen zerborsten und glühend auf dem Betonboden. Blind vor Rauch legte sie die Hand auf ein glühendes Stück Holz. Als sie den Schmerz fühlte, schrie sie kurz auf.

„Ich komme zu dir!“ rief Chase.

Seine Stimme schien weit weg, so, als ob er aus einem anderen Zimmer nach ihr rief. Sie bemerkte, dass ihr erneut die Sinne schwanden und dass es dunkel um sie herum geworden war. Sie wusste, sie würde diesem Inferno nicht mehr entrinnen können. Dennoch kroch sie voran und schleppte sich und die Spitzhacke ein paar Zentimeter weiter.

„Miranda!“ Chase Stimme schien diesmal von noch weiter weg zu kommen, aus einer anderen Welt, einem anderen Universum. Und am Schlimmsten von allem erschien ihr, dass sie ohne den Trost seiner Berührung sterben würde.

Sie streckte die Arme aus, um sich ein letztes Mal nach vorne zu kämpfen – und fand seine Hand. Er fasste sie sofort um die Taille, um sie näher an sich heran zu ziehen. Seine Berührung glich einem wundersamen Elixier, denn sofort fand Miranda die Kraft, noch einmal auf die Beine zu kommen.

„Hier", sagte sie hustend und schob ihm die Spitzhacke hin. „Wird es damit gehen?"

„Es muss!" Er richtete sich auf. „Bleib unten", befahl er. „Duck dich!"

Sie hörte ihn stöhnen, als er die Hacke schwang, hörte, wie Metall in Holz krachte. Auf einen Schlag folgte der nächste. Dann flogen Splitter durch die Gegend und regneten auf ihr Haar. Er hustete und wankte. Im Gegenlicht der Flammen sah sie, wie er kämpfte, um auf den Beinen zu bleiben.

Er schlug noch einmal zu.

Und endlich gab die Klappe nach. Ein Schwall kühler Luft fiel durch die zerborstene Öffnung. Die Zufuhr frischen Sauerstoffs war, als hätte man Öl auf das Feuer gegossen. Überall schien Holz in Flammen aufzugehen. Miranda warf sich zu Boden und vergrub ihr Gesicht in den Armen. Ein Stückchen Glut traf zischend ihren Kopf. Sie wischte es weg und erschauderte vor dem Geruch ihrer eigenen, verbrannten Haare.

Chase atmete die frische Luft tief ein und dann schlug er die Spitzhacke stöhnend vor Anstrengung erneut gegen das Holz.

Die Klappe flog auseinander.

Miranda fühlte sich wie durch einen langen dunklen Tunnel hochgerissen. Sie konnte kein Licht am anderen Ende entdecken, sah überhaupt kein Ende mehr. Es gab nur noch Schwarz und das eigenartige Gefühl, in Bewegung zu sein. Sie spürte Finger auf ihrer Haut, Finger, die sie umklammerten.

Auf einmal sah sie das Gras.

Und Chase war da, hielt sie in seinen Armen und strich ihr über Gesicht und Haar.

Sie atmete tief ein. Die frische Luft schmerzte beinahe in ihren Lungen. Sie hustete und holte noch mehr Luft! Sie fühlte sich berauscht von ihrer Süße.

Der Rest der Nacht bestand aus einem Durcheinander an Geräuschen, Sirenen, rufenden Stimmen und dem Knistern des Feuers. Erschreckt blickte sie auf die Flammen, die den Himmel auszufüllen schienen.

„Oh Gott!“ flüsterte sie. „Mein Haus …“

„Wir haben es geschafft“, sagte Chase, „das ist alles, was zählt. Wir leben noch.“

Sie sah ihm ins Gesicht. Es war verrußt und vom höllischen Feuerschein erleuchtet. Gebannt starrten sie sich an. In ihren Blicken lag die gemeinsame Verwunderung darüber, dass sie immer noch atmeten.

„Miranda“, murmelte er und beugte sich über sie, um seine Lippen auf ihre Stirn, ihre Augenlider und ihren Mund zu pressen. Er schmeckte nach Rauch, Schweiß und Erschöpfung. Erst jetzt wurde ihnen bewusst, was sie überstanden hatten; zitternd und erleichtert sank Miranda Chase in die Arme.

„Mo! Liebes! Ist alles mit dir in Ordnung?"

Mr. Lanzo huschte im Pyjama über die Wiese auf sie zu. „Ich fürchtete, dass Sie noch da drinnen wären! Habe der idiotischen Feuerwehr erzählt, dass ich Sie habe um Hilfe rufen hören!"

„Es geht uns gut", sagte Chase. Er nahm Mirandas Gesicht in seine Hände und küsste sie. „Es geht uns wirklich gut."

Irgendwo zerbarst eine Fensterscheibe.

„Hey! Zurücktreten, Leute!" brüllte ein Feuerwehrmann. „Alle ein paar Schritte zurück!"

Chase half Miranda auf die Beine, und gemeinsam schleppten sie sich über Mr. Lanzos Rasen bis an die Straße zurück. Sie beobachteten, wie die Löschschläuche Sturzbäche von Wasser in die Flammen spritzten.

„Ach, Schätzchen", sagte Mr. Lanzo traurig. „Es ist zu spät. Das Häuschen ist nicht mehr zu retten."

Und während er es sagte, brach das Dach zusammen. Miranda beobachtete verzweifelt, wie die Flammen hochschossen und den nächtlichen Himmel in rötliches Licht tauchten. Alles weg, dachte sie. *Alles, was ich besaß. Ich habe alles verloren.*

Sie wollte ihre Wut und ihre Qualen herausschreien, aber die Gewalt dieser Flammen versetzten sie wie in Trance. Es war, als hätte eine merkwürdige Taubheit von ihr Besitz ergriffen.

„Ms. Wood?“

Langsam wandte sie sich um.

Lorne Tibbetts stand neben ihr. „Was ist hier passiert?“ fragte er.

„Was zum Teufel, *glauben* Sie, was hier passiert ist?“ bellte Chase zurück. „Jemand hat ihr Haus abgefackelt, während wir da drinnen waren.“

Lorne schaute auf Miranda, die ihn benommen anstarrte, dann sah er auf das brennende Haus, das bereits zu einem Haufen Feuerholz zusammengefallen war.

„Sie kommen besser mit mir“, sagte er, „Ich brauche eine Aussage. Von Ihnen beiden.“

„Glauben Sie es jetzt?“ fragte Chase. „Jemand versucht, sie umzubringen.“

Lorne Tibbetts Blick blieb undurchdringlich wie der eines Pokerspielers. Er begann, auf dem Rand seines Notizblocks herumzukritzeln und kleine, miteinander verbundene Dreiecke darauf zu malen. Die geometrische Kreation eines geometrischen Geistes. Er klickte ein paar Mal mit seinem Stift, bevor er sich umdrehte und nach Elllis rief.

Der Kollege streckte seinen Kopf durch die Tür. „Was gibt's, Lorne?“

„Sind Sie fertig mit Ms. Wood?“

„Soweit ja.“

„Gut.“ Lorne erhob sich und ging aus dem Zimmer.

„Warten Sie“, sagte Chase. „Was passiert jetzt?“

„Ich spreche mit ihm, und Ellis spricht mit Ihnen.“

„Sie meinen, ich muss alles noch einmal erzählen?“

„So arbeiten wir hier. Unabhängige Befragung. Reine Routine.“ Er steckte sein Hemd in die Hose, glättete sein Haar und ging zur Tür hinaus.

Ellis Snipe saß in Lornes Sessel und grinste Chase an. „Hey, Mr. T., wie geht's?“

Chase schaute auf dieses schwachsinnige Zahnlückenlächeln und fragte sich, warum dieser Polizist eine solche Genugtuung empfand.

„Dann fangen wir mal an“, sagte Ellis.

„Womit?“ gab Chase zurück.

Ellis guckte verwirrt. „Glauben Sie, Mr. Tremain, Sie könnten versuchen zu kooperieren?“

Chase seufzte. Er blickte zur Tür und fragte sich, wie Miranda das durchstand. Egal, was Dr. Steiner meinte, sie gehörte in ein Krankenhaus. Doch der alte Quacksalber hatte einfach nur ihre Schnitte verbunden, die Lunge untersucht und sie für gesund erklärt. Was Dr. Steiner vergaß, war, dass diese tapfere junge Frau gerade ihr Haus, ihre Besitztümer, jede Struktur in ihren Leben verloren hatte. Sie brauchte einen sicheren Ort, einen Kokon, wo niemand sie verletzten konnte …

„Äh, Mr.?“

Chase blickte auf Ellis. *Worum ging es in diesem Kampf?*, dachte er müde. Ellis Snipe sah wie die Sorte Mensch aus, die schlicht ihre Befehle ausführte. Wenn es sein müsste, dann würde er die ganze Nacht hier sitzen und warten, bis Chase zu sprechen begann.

Chase raffte sich auf und erzählte die Geschichte zum zweiten Mal in dieser Nacht. Er begann mit dem Cottage und erwähnte den offensichtlichen Einbruch und die geheimen Unterlagen. Diesmal ließ er die Information über Lorne Tibbetts und seine Affäre mit der Bibliothekarin unter den Tisch fallen. *Manche Dinge*, so dachte er, *sollten Privatsache bleiben.*

Ellis notierte alles in einer bizarren, spinnfingrigen Schrift, die irgendwie irreal und fremdartig anmutete.

Als Chase geendet hatte, stellte Ellis nur eine Frage: „Stand in diesem geheimen Unterlagen irgend etwas über mich?"

„Nicht der kleinste Hinweis."

Ellis wirkte enttäuscht.

Nachdem Ellis gegangen war, saß Chase alleine am Tisch und fragte sich, was als Nächstes geschehen würde. Kam noch ein Polizist, dem er die Geschichte erzählen sollte? Die ganze Angelegenheit hatte unwirkliche Züge angenommen, wie ein niemals enden wollender Albtraum. Zehn Minuten lang wartete er darauf, dass etwas passierte. Dann, als er die Nase voll hatte, ignoriert zu werden, schob er seinen Stuhl zurück und begab sich auf die Suche nach Miranda.

Er fand sie in demselben Verhörraum, wo er sie vor über einer Woche zum ersten Mal gesehen hatte. Sie war alleine. Ein schwarzer Rußfleck beschmutzte ihre Wange und ihr Haar war grau vor Asche.

Sie sah ihn mit einem zutiefst erschöpften Blick an. „Willkommen in der Hölle“, murmelte sie.

Er lächelte und dann sah er ihre in dicke Bandagen gewickelte Hand. „Ist es so ernst, wie es aussieht?“

„Der Doktor hat die Wunde als echte Herausforderung betrachtet“ Sie blickte verwundert auf die Skulptur aus chirurgischem Verbandsmaterial und Heftpflaster. „Ich hatte Angst, er würde mir die Hand amputieren.“

„Das hätte ich nicht zugelassen“, sagte er lächelnd. „Dafür ist sie zu schön.“

Sie versuchte, zurückzulächeln, aber sie schaffte es nicht richtig.

„Du musst die Insel verlassen“, sagte er.

„Ich kann nicht. Die Bedingungen meiner vorläufigen Freilassung ...“

„Zum Teufel mit diesen Bedingungen! Du kannst doch nicht auf den nächsten Mordanschlag warten.“

„Was soll ich denn machen?“ rief sie plötzlich aufgebracht. „Weglaufen und mich verstecken?“

„Ja.“

„*Wovor?* Ich weiß nicht einmal, wer mich umzubringen versucht!“ Ihr Schrei fand ein Echo in dem kargen Raum. Sofort errötete sie, als ob sie für den Klang ihrer eigenen Hysterie schämte.

„Wenn ich weggehe, dann werde ich nie wissen, wovor ich davonlaufe“, sagte sie ruhig. „Oder ob ich immer noch gejagt werde. Was für ein Leben ist das, Chase? Niemals zu wissen, ob ich in Sicherheit bin. Immer nachts aufzuwachen und auf Schritte zu horchen. Mich zu fragen, ob das Knarren der Stufen bedeutet, dass mich jemand holen kommt ..." Sie erschauderte und starrte auf die Tischplatte.

Chase nahm sich einen Stuhl und setzte sich ihr gegenüber. Sie schaute nicht hoch, sondern starrte weiter auf die Resopaloberfläche des Tisches.

„Wenn du nicht weg gehst, was wirst du dann tun?"

Sie zuckte mit den Achseln. Die Hoffnungslosigkeit in dieser Geste schmerzte ihn. „Spielt das eine Rolle?"

„Für mich schon."

„Warum?" Der Blick, mit dem sie ihn ansah, bewirkte, dass er gerne Dinge gesagt hätte, die er später gewiss bereuen würde. Dass es ihm wichtig war, ob sie lebte oder starb. Dass ihm wichtig war, was mit ihr geschah. *Sie* war ihm wichtig.

Stattdessen entgegnete er mit unwiderlegbarer Logik: „Weil das, was heute Nacht geschehen ist, irgendwie mit Richard zu tun hat. Der Einbruch in Rose Hill, das Feuer in deinem Haus."

Sie stieß ein entmutigtes Lachen aus. „Ja, irgendwo in dieses Durcheinander scheine ich hineinzupassen. Dabei habe ich nicht die geringste Ahnung, warum."

Dann ging die Tür auf. Ellis kam herein. „Da sind Sie ja, Mr. T. Lorne meint, Sie beiden könnten gehen. Sagt, dass ihm keine weiteren Fragen mehr einfallen."

Ich hoffe, ich werde diesen Ort nie wieder sehen, dachte Chase, als sie Ellis den Korridor hinunter ins vordere Büro folgten. Lorne saß auf einem der Schreibtische und telefonierte. Er blickte auf, als Chase und Miranda vorbeigingen und bedeutete ihnen zu warten.

„Zum Teufel“, seufzte Chase. „Ihm ist gerade wohl doch noch eine Frage eingefallen. Hoffentlich findet das bald ein Ende!“

Lorne legte auf und sagte an Ellis gewandt: „Hol den Wagen. Wir haben noch einen Einsatz bekommen.“

„Mann o Mann“, jammerte Ellis auf dem Weg zur Garage. „Ist das eine blöde Nacht.“

Lorne sah zu Miranda. „Gibt es einen Ort, an dem Sie bleiben können?“

„Ich bringe sie ins Hotel“, sagte Chase.

„Ich hatte eigentlich an einen sichereren Ort gedacht“, meinte Lorne, „das Haus von Freunden, vielleicht?“

„Da wäre immer Mr. Lanzo“, sagte Miranda.

„Nein, ich bringe dich rüber zu Annie“, erklärte Chase. „Dort bist du gut aufgehoben.“

„Ja, das wäre sicher besser“, meinte auch Lorne, während er nach seinem Hut griff. „Immerhin …“

„Immerhin was?“ fragte Chase mit zusammengekniffenen Augen.

„Nun ja, wir haben drüben bei Ms. Woods Haus zwei leere Gasflaschen gefunden. Plus die beiden Bretter, die auf die Klappe genagelt waren.“

Miranda starrte ihn an. Da war er. Der unbestreitbare Beweis dafür, dass jemand sie umzubringen versuchte. Ihr Körper schien gegen Chase zu sacken. „Dann glaubst du mir?“ flüsterte sie.

Lorne setzte seinen Hut auf. „Ich sage Ihnen einmal, was *ich* glaube, Ms. Wood. Ich glaube, diese Nacht ist eine der schlimmsten, die wir je auf dieser Insel erlebt haben. Und ich mag diesen Trend nicht.“

„Was ist denn noch passiert?“, fragte Chase.

„Ein Angriff. Auf Miss Lila St. John. Sie hat gerade angerufen.“

„Jemand hat sie angegriffen?“ wiederholte Chase schockiert.

„Warum?“

Sie behauptet, sie hätte versucht, einen Einbruch zu verhindern“, erklärte Lorne offensichtlich skeptisch und ging zur Tür. „Beim Rose Hill Cottage.“

„So“, sagte Annie Berenger, während sie drei Whiskeygläser vollschenkte. „Bekomme ich nun alle schmutzigen Details für die Story? Oder ist dieser Babysitterjob wieder für umsonst?“

„Ich dachte, Sie und Miranda seien Freunde“, sagte Chase irritiert.

„Oh, das sind wir. Doch ich bin außerdem Reporterin.“ Sie reichte Chase ein Glas. „Es ist mein Job, Vorteile aus dieser Situation zu ziehen.“ Sie blickte auf die geschlossene Badezimmertür, wo Miranda sich duschte. „Wissen Sie Chase, sie sah wirklich sehr geschlagen aus. Sollte sie nicht besser im Krankenhaus sein oder so?“

„So lange Sie sie unter ihren Fittichen haben, wird es ihr hier gut gehen, Annie."

„Toll. Das ist genau das, was ich immer schon sein wollte: eine Mami." Sie stürzte rasch einen großen Schluck Whiskey hinunter. „Ach, verstehen Sie mich nicht falsch, ich mag Miranda. Ich war einmal genauso wie sie. Ungefähr vor einem Jahrhundert." Sie goss sich noch einen zweiten Whiskey ein. „Aber Frauen werden schnell erwachsen dieser Tage. Wir müssen. Es sind die Männer, die uns reifen lassen. Nehmen Sie nur meinen Freund Irving. Bitte. Ich habe ein Jahr lang darauf gewartet, dass er mit DER Frage herausplatzt. Darüber habe ich graue Haare bekommen." Sie nippte an ihrem Glas und wurde dann ernst. „Also, wie groß ist der Schlamassel, in dem sie steckt?"

„Es könnte sehr gefährlich werden. Sind Sie darauf vorbereitet?"

„Vorbereitet?" Sie stand auf und ging zu einem Schrank am Ende des Tisches, aus dem sie wie selbstverständlich einen Revolver herausholte. „Kleines Souvenir aus Boston. Ich bin ein lausiger Schütze, aber manchmal habe ich Glück." Sie legte die Waffe wieder in den Schrank zurück.

„Ist das Vorbereitung genug?"

„Ich bin beeindruckt."

Annie lachte. „Das sind die Männer immer, wenn sie sehen, dass meine Pistole größer ist als ihre." Sie blickte über die Schulter, als sich die Badezimmertür öffnete. „Hallo, fühlst du dich besser?"

„Nur sauberer“, sagte Miranda, die barfuß ins Wohnzimmer kam. Sie trug eines von Annies riesigen T-Shirts. Es hing wie ein Kleid auf ihren schmalen Hüften.

Annie streckte ihr ein Glas mit Whiskey entgegen. „Schließ dich unserem Trinkspruch an.“

„Auf was stoßt ihr denn an?“

„Wir wissen es noch nicht genau. Trink einfach. Uns fällt schon noch was ein.“

Miranda nahm das Glas. Sie duftete frisch geduscht, nach Blumen, Seife und weiblicher Wärme. Ihr noch nasses Haar umspielte wellenartig ihre Schultern. Als er ihren Duft roch, begann sich alles in Chase Kopf zu drehen. Oder lag es am Whiskey?

„Also, was passiert jetzt?“ fragte Annie.

Chase drehte sich um und stellte sein Glas auf dem Tisch ab. „Die Polizei kümmert sich um alles.“

„Hören Sie, ich arbeite seit fünf Jahren in diesem Bereich. Ich wäre da nicht allzu optimistisch.“

„Lorne ist ein heller Kopf. Er wird etwas herausfinden. Da bin ich mir ganz sicher.“

„Aber auf welcher Seite steht er? Ich will nicht behaupten, dass Lorne korrupt ist, oder so, aber Sie haben diese Unterlage über ihn und Valerie Everhard gefunden.“

„Eine Affäre mit der hiesigen Bibliothekarin?“ Chase zuckte mit den Achseln. „Ich würde das für keinen Skandal halten.“

„Haben Sie Lorne danach gefragt?“

„Ja. Er hat es nicht abgestritten. Und er wirkte nicht besorgt deswegen."

„Annie, wusstest du, dass Richard diese Unterlagen besaß?" fragte Miranda.

Annie zuckte mit den Schultern. „Wir hatten einige Unterlagen über lokale Persönlichkeiten. Jill machte die Interviews und transkribierte sie. Jeden Sommer haben wir ein paar Profile angelegt. Aber es war nichts wirklich Kompromittierendes dabei." Sie stellte ihr Glas ab. „Na ja, was auch immer in diesen Unterlagen stand, jetzt sind sie eh zu Asche geworden. Schade, dass du keine Kopien gemacht hast. Du hast deine einzigen Hinweise verloren."

„Das glaube ich nicht.", sagte Chase. „Das waren die Unterlagen, die der Einbrecher zurückgelassen hatte. Wonach auch immer er suchte, es befindet sich mit Sicherheit noch in Rose Hill."

„Woher wissen Sie das?"

„Weil er heute Nacht noch einmal dort war."

„Aber er hat nicht damit gerechnet", ergänzte Miranda, „dass er sich wieder mit Miss Lila St. John auseinandersetzten musste."

Annie schüttelte den Kopf und lachte. „Dieser arme, unglückliche Einbrecher."

Miss Lila St. John drückte in diesem Moment einen Eisbeutel auf die Beule an ihrem Hinterkopf. „Was meinen Sie damit, ob ich ihn mir habe gut ansehen können?" schimpfte sie.

„Wie gut, glauben Sie, erkennt man jemanden, der einen von hinten niederschlägt?"

„Es war nur eine Routinefrage, gnädige Frau", wimmerte Ellis.

„Das ist das Problem mit euch Polizisten. Ihr seid so festgefahren in euren Routinefragen, dass ihr euch keine Mühe mehr macht, selbst zu denken."

„Miss St. John", mischte sich Lorne höflich ein, „erlauben Sie mir, Ellis' Frage noch einmal anders zu formulieren. Was *genau* haben Sie gesehen?"

„Ziemlich wenig."

„Eine Gestalt? Ein Gesicht?"

„Nur ein Licht. Wie ich Ihnen bereits gesagt habe, saß ich hier und las: *Der Tod erwischt dich.*"

„Entschuldigung?"

„Das ist der Titel des Buches. Es geht um einen Polizisten mit einem unglaublich hohen IQ." Sie machte eine Pause. „Offensichtlich eine Novelle ohne Bezug zur Realität."

Lorne ließ die Bemerkung unkommentiert. Miss St. John benötigte heute Nacht ein wenig Aufwind. Schließlich hätte ein Schlag auf den Kopf – selbst auf einen Dickkopf wie ihren – jeden übellaunig gemacht. „Fahren Sie fort", sagte er.

„Also, ich legte das Buch zur Seite, um einen Tee zu kochen. Und währenddessen sah ich zufällig aus dem Fenster. Es geht nach Süden zum Rose Hill Cottage. Dann entdeckte ich das Licht."

„Autoscheinwerfer?"

„Nein, viel schwächer. Eine Taschenlampe, denke ich. Es bewegte sich durch den Wald. Ich wusste, dass es auf Rose Hill zusteuerte. Sonst liegt nichts in dieser Richtung. Also beschloss ich, das einmal zu untersuchen.“

„Warum haben Sie uns nicht angerufen?“

„Weil es ganz einfach auch einer der Tremains hätte sein können. Nun, wie hätte es ausgesehen, wenn ich Sie alle hier herausgelotst hätte, nur um Sie mit dem rechtmäßigen Eigentümer zu konfrontieren?“

„Über den rechtmäßigen Eigentümer scheint es Zweifel zu geben.“

„Wir sollten uns von dieser Angelegenheit nicht verwirren lassen. Wie dem auch sei, ich ging raus ...“

„Alleine?“

„Wäre ich nur! Es ginge mir gut, wenn Ozzie mir nicht gefolgt wäre.“

„Ozzie?“

Wie auf Kommando schlenderte ein kalbsgroßer schwarzer Hund durch das Zimmer, legte sich zu Füßen Miss St. Johns und beäugte Ellis.

„Ja, du hast bestimmt Lärm gemacht“, sprach Miss St. John zum Hund. „Das ganze Geschnüffel und Gejaule in den Büschen. Kein Wunder, dass du nie etwas fängst.“ Sie schaute auf Lorne. „Es ist *seine* Schuld. Er folgte mir die Straße hinauf. Irgendwo auf dem Weg verlor ich die Spur des Lichts. Ich versuchte, in der Dunkelheit etwas zu erkennen und gleichzeitig Ozzie zu verscheuchen. Er machte so unschöne Geräusche.

Ich drehte mich nach ihm um und gab ihm einen Klaps. Und da hat er mich erwischt."

„Ozzie?"

„Nein! Der Mann. Oder die Frau. Es war dunkel, deshalb weiß ich das nicht."

„Sind Sie in Ohnmacht gefallen?"

„Ich bin nicht sicher. An diesem Punkt werden die Dinge ein wenig unklar. Ich erinnere mich, im Gebüsch gekniet zu haben und an Schritte, die sich entfernten. Und daran, dass ich verdammt wütend war." Sie blickte auf Ozzie. „Ja, und ich meine damit auf *dich.*"

Der Hund begann seelenruhig, Lornes brandneue Stiefel zu lecken. Vorsichtig gab Lorne dem Hund einen kleinen Schubs. Ozzie, der beleidigt guckte, lenkte seine liebevollen Aufmerksamkeiten auf ein angenehmeres Ziel – Ellis Bein.

„Also haben Sie Ihren Angreifer überhaupt nicht gesehen?" fragte Lorne.

„Nein, das kann ich nicht behaupten."

„Was geschah dann?"

„Ich kehrte hierher zurück. Oh, Ich habe mich ein wenig im Dunkeln verirrt, aber schließlich fand ich zurück. Und dann rief ich Sie an."

„Also, der Angriff ereignete sich … wann?"

„Vor ungefähr zwei Stunden."

Ungefähr zur selben Zeit, als die Flammen den Rest von Miranda Woods Haus verschlangen, dachte Lorne. Es war unwahrscheinlich, dass derselbe Täter das Haus in Brand gesteckt hatte und dann hier herausgerast war, um Miss St. John auf den Kopf zu schlagen. Zwei Verbrechen. Zwei Täter. Zu dumm.

Lorne bevorzugte einfache Lösungen.

„Sind Sie sicher, dass Ihr Angreifer auf dem Weg nach Rose Hill war?“ fragte er.

„Ich weiß es. Und er wird wiederkommen.“

„Warum?“

„Weil er noch nicht bekommen hat, was er wollte.“

„Beziehen Sie sich auf die Skandalblätter?“

Miss St. John bedachte ihn mit einem unschuldigen Blick. „Oh, Sie wissen davon?“

„Ja. Und zu Ihrer Information, Miss St. John, ich habe nichts mit Valerie Edward angefangen. Sie fing etwas mit mir an. So wars.“

Ellis schaute vom Hund auf, der sich jetzt an sein Knie schmiegte.

„Was war denn mit Valerie Everhard?“

„*Schon gut*“, fauchten Lorne und Miss St. John gleichzeitig.

„Es gab auch eine Akte über mich“, sagte Miss St. John mit einem leichten Anflug von Stolz. „Genau wie über alle anderen aus dieser Straße. Ich hatte keine Ahnung, dass Richard so tüchtig war.“ Miss St. John machte eine bedeutungsschwere Pause. „Ich will dem Mann im Zweifel schiere Neugier unterstellen. Im Gegensatz zu weniger edlen Motiven.“

Erpressung meinte sie damit; das merkte man deutlich.

Lorne hielt diese Erklärung aber nicht für sinnvoll. Erstens, weil keines der Geheimnisse besonders schrecklich war, beschämend vielleicht, aber nichts, dass man nicht hätte überleben können – und damit schloss er sich selbst durchaus ein. Zweitens, die Palette der möglichen Opfer reichte vom einigermaßen wohlhabenden Forrest Mayhew bis zu den komplett blanken Gordimers. Warum eine Familie erpressen, die kaum ihre Lebensmittelrechnungen bezahlen konnte?

Außer, wenn Geld nicht das gesuchte Zahlungsmittel war.

Auf dem Weg in die Stadt zurück grübelte er über all dies nach. Er fragte sich, was Richard Tremain mit diesen Geheimnissen anfangen wollte. Fragte sich, ob er tatsächlich derjenige war, der sie an erster Stelle sammelte. Das Cottage hatte schließlich jedem aus der Familie offen gestanden. Cassie. Phillip.

Evelyn.

Nein, nicht Evelyn, dachte er. Sie würde sich ihre Hände so dreckig machen.

„Sie und Valerie Everhard“, murmelte Ellis, während er fuhr. „Das hätte ich nie vermutet.“

„Hör zu, sie tat mir Leid“, sagte Lorne. „Sie brauchte ein bisschen Zuwendung.“

„Oh.“ Ellis starrte weiter geradeaus auf die Straße und nickte vor sich hin.

„Was, zum Teufel, soll diese Geste bedeuten?“ wollte Lorne wissen.

„Och, nichts."

„Über was?"

„Wie schrecklich Leid Ihnen die Frau jetzt gerade tut."

„Valerie Everhard?"

„Nein", sagte Ellis. „Die Witwe Tremain."

„Es ist eine Frage der Loyalität, Chase", sagte Noah. „Zur Familie. Zu deinem Bruder. Zu den Menschen, die *wichtig sind.*"

Chase schwieg und fuhr damit fort, den Schinken in Scheiben zu schneiden, wenn auch etwas energischer als vorher. Er wusste, dass alle ihn beobachteten. Noah und Evelyn. Die Zwillinge. Sie warteten auf seine Antwort. Doch er tat nichts weiter, als das Fleisch in immer schmalere Scheiben zu säbeln.

„Kümmere dich nicht darum, Papa", sagte Evelyn. „Siehst du nicht, was los ist? Er ist so von dieser Hexe eingenommen, dass er die Falle, in die er ..."

„Bitte, Evelyn." Chase legte das Messer zur Seite.

„Sie hat dir den Kopf verdreht, Chase! Sie hat ein Talent dafür! Unter anderem. Aber die Fakten kümmern dich ja nicht mehr. Nein, du willst nur noch ihre Lügen glauben."

„Ich möchte die Wahrheit glauben", sagte er ruhig.

„Die Wahrheit ist, dass sie eine Hure ist."

„Evelyn", schnitt Noah ihr das Wort ab. „Das reicht jetzt."

Evelyn wandte sich an ihren Vater. „Auf welcher Seite stehst du?"

„Du weißt verdammt gut, dass ich auf deiner Seite bin. Da war ich immer.“

„Also, warum stärkst du mir dann nicht den Rücken?“

„Weil dieser Ton nicht zu dir passt. Du hast wohl alles vergessen, was ich dir über Würde beigebracht habe. Stolz.“

„Meine Güte, *vergib mir,* Papa. Aber es kommt nicht jeden Tag vor, dass einem der Ehemann ermordet wird.“ Sie blickte auf das Sideboard. „Wo ist denn der Wein? Es ist doch nicht zu früh für einen Schluck?“

„Du wirst schon über den Mord hinwegkommen. Du wirst ihn hinter dir lassen und dann wirst du dich daran erinnern, wer du bist.“

„Wer ich bin?“ Sie erhob sich. „Wer ich bin wird von Tag zu Tag immer peinlicher.“ Sie schob ihren Stuhl an den Tisch und verließ das Zimmer.

Stille erfüllte den Raum.

„Da hat sie Recht, Chase“, sagte Noah ruhig. „Die Familie sollte zusammenhalten. Egal, welche Reize diese Miranda Wood zu bieten hat. Glaubst du nicht, es ist besser, wenn du zu uns hältst?“

Chase begegnete Noahs Blick mit einer Gleichgültigkeit, die er in diesem Moment nicht unbedingt empfand. Er hatte eine Menge Gefühle, was Miranda Wood anbelangte, und Gleichgültigkeit gehörte wahrlich nicht dazu. Er hatte die ganze Nacht von ihr geträumt, war dann schweißgebadet aufgewacht, weil er sich an das Feuer erinnert hatte und erneut in Panik darüber geraten war, er könnte sie im Rauch und in den

Flammen nicht finden. Danach schlief er wieder ein, nur um wieder in demselben Albtraum zu versinken. Irgendwann zwischen unruhigem Husten und Wälzen kam er zu verschiedenen Schlüssen. Zum Beispiel, dass er bei Miranda Wood keines vernünftigen Gedankens fähig war, und dass die Anziehung, die sie auf ihn ausstrahlte, jeden Tag gefährlicher wurde.

Und dass, egal, was sein Instinkt ihm sagte, die Beweislage immer noch gegen sie sprach.

An diesem Morgen war er zwar zerschlagen, aber mit absolut klarem Kopf aufgestanden. Er wusste, was er zu tun hatte. Er musste Abstand zwischen sich und Miranda bringen. So wie er es von Anfang an hätte tun sollen.

„Sie müssen sich keine Sorgen machen, Noah. Ich habe nicht vor, sie noch einmal zu sehen."

„Ich dachte immer, dass du der schlauere Tremain bist", sagte Noah, „und ich hatte Recht."

Chase zuckte mit den Achseln. „Das ist ein nicht gerade schmeichelhafter Kommentar, vor allem, wenn man bedenkt, wie wenig Sie von Richard hielten."

Noah sah die Zwillinge an. „Ihr beide! Habt ihr nichts Besseres zu tun?"

„Eigentlich nicht", sagte Phillip.

„Na, dann räumt den Tisch ab. Kommt schon."

„Es ist nicht so, als ob wir es nicht gewusst hätten", erklärte Cassie.

Noah betrachtete sie mit gerunzelter Stirn. „Was gewusst?"

„Dass du und Papa nicht gut miteinander zurechtgekommen seid."

„Was das anbelangt, junge Dame, ist dein Vater mit dir ebenfalls nicht zurechtgekommen."

„Normale Auseinandersetzungen zwischen Vater und Tochter. Nicht wie bei euch, ihre habt euch ja beinahe bekriegt. Immer nur Geschrei und Beschimpfungen ..."

„Genug!" Noahs Gesicht hatte eine hässliche rote Farbe angenommen. Er erhob sich halb aus seinem Stuhl, seinen Blick auf die unverschämte Enkelin gerichtet. „Am Tag, als du geboren wurdest, Cassandra, habe ich dich genau angeschaut und gesagt: ‚Passt auf die auf. Die wird Ärger machen.'"

„Ja, das liegt in der Familie, oder nicht?"

Sofort war Phillip auf den Beinen und packte Noah am Arm.

„Komm Großvater. Lass uns rausgehen. Du und ich. Eine Runde um den Block. Ich wollte dir von meinem Jahr in Harvard berichten ..."

Noah schob seinen Stuhl an den Tisch. „Dann lass uns gehen. Himmel, ich kann ein bisschen frische Luft gebrauchen."

Die beiden Männer gingen. Dann fiel die Haustür hinter ihnen zu.

Cassie sah Chase an und lächelte ironisch. „Eine große glückliche Familie."

„Was hast du gesagt? Über Noah und Richard."

„Sie verachteten sich gegenseitig. Das wusstest du."

„*Verachtet* ist nicht das Wort, an das ich dachte. Sie konnten sich vielleicht nicht leiden. Du weißt, die übliche Rivalität zwischen Vater und Schwiegersohn."

„Das war nicht einfach eine übliche Rivalität." Cassie begann, ihren Schinken in kleine Stücke zu zerschneiden. Chase fiel auf, dass er seine Nichte zum ersten Mal richtig wahrnahm. Vorher schien sie immer außerhalb seines Blickfeldes gewesen zu sein, die farblose Schwester im Schatten ihres Bruders. Nun betrachtete er sie genauer und mit anderen Augen. Er sah eine junge Frau mit viereckiger Stirn und den Augen eines Frettchens. Die Ähnlichkeit mit Noah war verblüffend. Kein Wunder, dass der alte Mann sich nicht mit ihr verstand. Möglicherweise erkannte er zuviel von sich selbst in diesem Gesicht. Sie sah ihm direkt in die Augen. Kein sich winden, kein Unbehagen, einfach nur ein fester Blick.

„Worüber stritten sie sich? Noah und dein Vater?"

„Alles und jedes. Oh, aber sie ließen es nie bis hinter diese Mauern dringen. Papa war in dieser Hinsicht schrecklich. Wir konnten uns in diesem Haus gegenseitig anschreien, aber sobald wir einen Fuß vor die Tür setzten, sahen wir aus wie die perfekte Familie. Es war so heuchlerisch. In der Öffentlichkeit wären Papa und Noah als alte Freunde durchgegangen. Und die ganze Zeit bestand diese Rivalität zwischen ihnen."

„Wegen deiner Mutter?"

„Natürlich. Noahs Liebling. Und Papa konnte als Ehemann nie gut genug sein." Sie schnaubte. „Nicht, dass er es ernsthaft versucht hätte."

Chase schwieg, während er darüber nachdachte, wie er seine nächste Frage formulieren konnte. „Wusstest du, dass dein Vater … Affären hatte?“

„Die hatte er schon seit Jahren“, sagte Cassie und machte eine wegwerfende Handbewegung. „Viele Frauen.“

„Welche?“

Sie hob die Achseln. „Ich denke, dass war seine Angelegenheit.“

„Ihr beide wart euch nicht sehr nahe, oder? Willst du mir etwas davon erzählen?“

„Töchter lagen ihm einfach nicht, Onkel Chase. Während ich mir den Hintern aufriss, um lauter Einsen zu kassieren, plante er Phillips Harvard Ausbildung und baute ihn auf, damit er später den *Herald* übernimmt.“

„Phillip wirkt nicht so richtig begeistert von dieser Aussicht.“

„Das hast du registriert? Papa hat es nie bemerkt.“ Sie nahm ein paar Bissen von ihrem Schinken, bevor sie Chase mit einem nachdenklichen Blick betrachtete. „Und was war das Problem zwischen *Euch* beiden?“

„Problem?“ Er widerstand dem Wunsch, ihrem Blick auszuweichen. Sie würde möglicherweise sofort wissen, dass er versuchte, etwas zu verbergen. Und so, wie es aussah, hatte sie vermutlich bereits das aufflackernde Unbehagen in seinen Augen entdeckt.

„Das letzte Mal, als ich dich sah, Onkel Chase, war ich zehn Jahre alt. Das war an Opa Tremains Beerdigung. Nun,

Greenwich ist nicht weit weg. Aber du bist nie zu Besuch gekommen, nicht einmal."

„Das Leben ist manchmal kompliziert. Du weißt, wie es ist, Cassie."

Sie sah ihn prüfend an und dann sagte sie: „Es ist nicht einfach, oder? Der unbeachtete Zwilling in der Familie zu sein?"

Verflucht scharfsichtiges Balg, dachte er. Dann räumte er das Geschirr zusammen und stand auf.

„Du glaubst nicht, dass sie es getan hat, stimmt's?" fragte Cassie. Sie mussten keine Namen nennen. Sie wussten beide genau, wen sie meinte.

„Ich habe mich noch nicht entschieden", sagte er und brachte das Geschirr in die Küche. Im Türrahmen blieb er stehen. „Übrigens, Cassie", meinte er. „Ich habe gestern abend gegen sieben hier angerufen, um zu sagen, dass ich nicht zum Essen kommen würde. Niemand ging ans Telefon. Wo war deine Mutter?"

„Ich weiß es wirklich nicht." Cassie nahm sich eine Scheibe Toast und begann, sie langsam mit Marmelade zu bestreichen. „Da musst du sie selber fragen."

Chase fuhr direkt nach Rose Hill. Ohne Umwege oder kleine Schlenker. Er hatte nicht vor, sich heute von Miranda Wood ablenken zu lassen. Was er benötigte, war eine Portion kühler Logik, und das bedeutete, er musste Abstand halten. Heute hatte er andere Dinge im Sinn. Als erstes die Frage: Wer versuchte immerzu, in das Cottage einzubrechen und wonach suchte derjenige?

Die Antwort lag irgendwo in Rose Hill.

Also war das sein Ziel. Er fuhr mit heruntergekurbeltem Fenster, die salzige Luft pfiff an seiner Wange entlang. Und das brachte die vergangenen Sommer seiner Kindheit zu ihm zurück, als er mit seiner Mutter diese Straße entlang gefahren war, den Geruch des Meeres in der Nase und die Möwenschreie, die an den Klippen widerhallten. Wie sie diese Fahrt geliebt hatte! Seine Mutter war ein Teufel hinter dem Steuer, sie nahm die Kurven mit quietschenden Reifen und lachte, wenn der Wind ihre dunklen Haare zerzauste. Sie hatten beide eine Menge gelacht in jenen Tagen, und er fragte sich, ob irgendjemand sonst auf der Welt eine Mutter hatte, die so wild und so wunderbar war wie sie. Und so frei.

Ihr Tod hatte ihn niedergeschmettert.

Wenn sie ihm vorher doch nur die Wahrheit gesagt hätte.

Er bog auf die Zufahrtsstraße ein und holperte an den alten Namensschildern und den Cottages der Familien vorbei, mit deren Kindern er früher einmal gespielt hatte. Gute und schlechte Erinnerungen – sie kehrten alle wieder, während er diese Straße entlang fuhr. Er erinnerte sich daran, so lange auf einem alten Reifen geschaukelt zu haben, bis er sich übergeben musste. Und wie er Lucy Baylor mit ihren Zahnlücken hinter dem Wasserturm geküsst hatte. Hörte noch einmal das schreckliche Geräusch einer zersplitternden Fensterscheibe und wusste, dass es *sein* Baseball war, den sie zwischen den

Scherben fanden. Die Erinnerungen waren so lebendig, dass er nicht bemerkt hatte, dass er die letzte Kurve bereits genommen hatte und dabei war, auf den Kiesweg einzubiegen.

Vor dem Cottage parkte ein Auto.

Er stellte seinen Wagen daneben ab und stieg aus. Keine Spur von dem Fahrer des anderen Wagens. War der Einbrecher so verzweifelt, dass er bereits am hellichten Tag hierher kam?

Chase eilte die Verandastufen hinauf und hörte verblüfft einen Kessel in der Küche pfeifen. Wer zum Teufel würde so dreist sein, nicht nur einzubrechen, sondern es sich auch noch gemütlich zu machen? Er drückte die Tür auf und stand der Schuldigen von Angesicht zu Angesicht gegenüber.

„Ich habe gerade einen Tee gemacht“, sagte Miranda. Sie schenkte ihm ein angespanntes Lächeln. Nicht unfreundlich, sondern einfach nervös. Vielleicht auch ängstlich. Sie zeigte mit dem Kinn auf die Teekanne in ihren Händen. „Möchtest du auch welchen?“

Chase blickte sich im Zimmer um, sah die ordentlich aufgetürmten Bücherstapel auf dem Boden. Der Schreibtisch war aufgeräumt, und der Inhalt der Schubladen in eine Reihe von Kartons geleert worden. Langsam wanderte sein Blick auf die drei Bücherregale. Eines davon war bereits zu zwei Dritteln geleert.

„Wir haben den Morgen damit verbracht, Richards Papiere durchzusehen“, erklärte Miranda. „Ich fürchte, wir haben noch nichts entdeckt, aber …“

Er schüttelte den Kopf. „Wir?“

„Miss St. John und ich."

„Ist sie hier?"

„Sie ist zu ihrem Haus zurückgegangen, um Ozzie zu füttern."

Ihre Blicke trafen sich. *Ich versuche, mich von dir fern zu halten,* dachte er, u*nd verdammt noch einmal, jetzt bist du hier.* Wir sind hier alleine in diesem Haus. Er durfte sich nicht ausmalen, was das bedeuten konnte. Die Spannung, Feind der Vernunft, vollführte einen Teufelstanz. Er dachte an Richard, dachte an sie, dachte an sie beide zusammen. Es tat weh. Und genau deshalb hielt er die Bilder fest. Um das wachsende Bedürfnis nach ihr zu zügeln, das er spürte, wenn er sie nun ansah.

„Sie, Miss St. John, dachte, es sei sinnvoll, schon ohne dich anzufangen", sagte Miranda rasch, als sei es ihr wichtig, keine Stille aufkommen zu lassen. „Wir wussten nicht, wann du kommen würdest, und wir wollten nicht bei dir zu Hause anrufen. Ich vermute, wir haben uns irgendwie in fremde Angelegenheiten gemischt, aber …" Ihre Stimme brach ab.

„Formal gesehen habt ihr das", sagte er nach einer Pause.

Sie stellte die Teekanne ab und richtete sich auf, um ihn anzusehen. Ihre Nervosität war kühler Entschlossenheit gewichen. „Vielleicht, aber wir müssen es tun. Wir können zusammen suchen. Oder wir suchen getrennt, aber ich werde suchen." Sie hob ihr Kinn und begegnete seinem Blick, ohne mit der Wimper zu zucken. „Also, Chase, wie wollen wir es machen?"

9. KAPITEL

Sein Blick war neutral und so nichtssagend wie die weiße Wand hinter ihm. Sie hatte gehofft, in seinen Augen wenigstens einen Funken Freude darüber zu entdecken, dass er sie heute hier traf. Doch diese ... Gleichgültigkeit hatte sie nicht erwartet. *Also, so ist das mit uns,* dachte sie. *Was ist geschehen, seit wir uns das letzte Mal sahen? Was hat Evelyn dir erzählt? Das ist es doch, oder? Sie haben dich eingewickelt. Richards Familie. Deine Familie.*

Er zuckte mit den Achseln. „Es ist vermutlich sinnvoll, zusammenzuarbeiten."

„Natürlich ist es das."

„Und du hast ja bereits damit begonnen."

Sie schenkte sich eine Tasse Tee ein und trug sie zum Bücherschrank hinüber. Dort setzte sie ihre bereits begonnene Arbeit ruhig fort, nahm Bücher aus dem Regal, blätterte durch die Seiten auf der Suche nach losen Zetteln. Sie fühlte, wie er sie beobachtete und spürte, wie seine Blicke in ihrem Rücken prickelten. „Du kannst mit dem anderen Regal anfangen", sagte sie, ohne ihn dabei anzusehen.

„Was hast du bis jetzt gefunden? ist darunter auch etwas Wichtiges aufgetaucht?"

„Nichts Entscheidendes." Sie griff nach einem weiteren Buch. „Es sei denn, du interessierst dich für Richards erstaunlich eigenwilligen Geschmack für Stoffe." Sie betrachtete einen Buchumschlag. *Physik der Ozeanwellen, Band II.* Dieses zum Beispiel. Ich wusste gar nicht, dass er sich für Physik interessierte."

„Er interessierte sich nicht dafür. Wenn es um Naturwissenschaften ging, war er praktisch ein Analphabet."

Sie schlug das Buch auf. „Na ja, aber das ist *sein* Buch. Ich sehe, dass ihm jemand eine Widmung hineingeschrieben hat …"

Während sie den Titel betrachtete, errötete sie plötzlich.

„Was ist?"

„Kennst du das alte Sprichwort?" murmelte Miranda. „Darüber, dass man Bücher nicht nach ihrem Cover beurteilen soll?"

Chase stellte sich hinter sie und las über ihre Schulter. „*Einhundert und eine Stellungen beim Sex.* Vollständig illustriert."

Miranda schlug eine Seite auf und errötete noch heftiger. „Die meinen, was sie gesagt haben von wegen vollständig illustriert."

Er griff um sie herum nach dem Buch. Sein Atem streifte ihren Nacken und hinterließ ein Kribbeln auf ihrer Haut.

„Offensichtlich eine Tarnung", sagte Chase. „Ich frage mich, wie viele dieser Bücher sich noch in diesem Regal befinden?"

„Das habe ich nicht überprüft", gab Miranda zu. „Ich habe nach losen Zetteln gesucht und nicht auf die Titel selbst geachtet."

Chase blätterte zur ersten Seite zurück und las die handgeschriebene Widmung laut vor. „Für meinen Liebling Richard. Können wir Nummer achtundvierzig noch einmal probieren? In Liebe M.“ Chase blickte auf Miranda.

„Ich habe ihm dieses Ding nicht geschenkt!“ protestierte sie heftig.

„Aber wer ist dann M.?“

„Jemand anderes. Ich nicht.“

Er starrte stirnrunzelnd auf die Widmung. „Was Nummer achtundvierzig wohl ist.“ Er schlug das Buch auf der entsprechenden Seite auf.

„Und?“

Chase warf einen diskreten Blick darauf. „Das willst du gar nicht wissen“, murmelte er und schlug das Buch schnell zu.

Da flog ein Zettel heraus und landete auf dem Boden. Beide starrten sie ihn verwundert an. Chase reagierte als erster und hob ihn auf.

„Mein Liebling“, las er laut vor. „Jeden Tag, jede Stunde denke ich an dich. Ich habe es aufgegeben, mich um Eigentum, Ruf oder das Höllenfeuer zu sorgen. Es gibt nur dich und mich und die Zeit, die wir zusammen verbringen. Das, mein Liebling, ist meine neue Definition des Himmelreichs.“ Chase warf wieder einen Blick auf Miranda, eine Augenbraue zynisch nach oben gezogen.

Miranda sah ihm fest in die Augen. „Falls du dich fragen solltest“, sagte sie in ruhigem Ton, „nein, diese Nachricht habe ich auch nicht geschrieben.“ Irritiert griff sie nach einem

Buch aus dem Schrank und türmte es dann auf den nächsten Stapel.

„Dann, vermute ich, werden wir es einfach unter ‚Kuriositäten' ablegen", sagte Chase. „Und mit dem Rest der Bücher weitermachen."

Miranda saß auf dem Teppich, und Chase nahm vor dem Bücherschrank Platz. Sie berührten sich nicht, und sie vermieden es auch, sich anzusehen. Es ist für uns beide sicherer so, dachte sie.

Eine halbe Stunde lang blätterten sie durch Bücher, schlugen sie auf und zu und entließen Staubwolken in die Luft. Miranda war diejenige, die das nächste Puzzlestückchen fand. Es war in einem Finanzordner abgeheftet, in einem Umschlag, der mit ‚Einbehaltene Ausgaben' gekennzeichnet war.

„Eine Quittung", sagte sie, während sie das Papier stirnrunzelnd studierte. „Vor einem Monat bezahlte Richard dieser Firma vierhundert Dollar."

„Wofür?" fragte Chase.

„Das steht hier nicht. Aber sie ist von der Alamo Detektei in Bass Harbour ausgestellt."

„Eine Detektei? Wem wollte Richard denn auf die Schliche kommen?"

„Chase." Sie gab ihm das Papier. „Schau mal auf den Namen des Empfängers."

„William B. Rodell?" Er sah sie fragend an.

Wenigstens siehst du mich wieder an, dachte sie. Wenigstens gibt es wieder eine Verbindung. „Erinnerst du dich nicht? An diese Notiz, die an Richards Unterlagen klemmte?“

Chase starrte auf die Quittung, als ihm plötzlich ein Licht aufging.

„Natürlich“, sagte er leise. „William B. Rodell …“

W.B.R.

Es war leicht zu erkennen, wie die Alamo Detektei zu ihrem Namen gekommen war. Willie Rodell war ein guter alter Junge, den man von San Antonio hierher verpflanzt hatte. Er teilte seine Zeit zwischen Maine und Florida. Den Sommer verbrachte er in Maine, wo er hinter seinem alten stählernen Schreibtisch saß und sich hinter Bücher- und Papierstapeln verschanzte wie hinter einer Festung. Das Büro der Detektei war ein Ein-Mann-Betrieb – ein Telefon, ein Schreibtisch, ein Mann. Doch was für einer. Willie Rodell hatte genug Fleisch auf den Rippen, um die Anzüge von zwei Zweimeter-Männern zu füllen. Ein typischer Texaner, dachte Miranda.

„Jo, könnte sein, dass ich hier und da ein paar Jobs für Mr. Tremain erledigt habe“, sagte Rodell und lehnte sich in seinem übergroßen Sessel zurück.

„Heißt das jetzt, Sie haben oder Sie haben nicht?“ fragte Chase.

„Nun, Sie halten da eine meiner Quittungen in der Hand, also vermute ich, dass ich für ihn gearbeitet habe.“

„Was für eine Art von Arbeit war das?“

Willie zuckte mit den Achseln. „Routinesachen.“

„Was meinen Sie damit?“

„Meistens kümmere ich mich um häusliche Angelegenheiten, wenn Sie mir folgen können. Wer tut wem was, diese Art von Sachen.“ Sein Grinsen verwandelte die Falten in seinem Gesicht zu etwas vage Obszönem.

„Aber das war nicht die Art von Job, die Sie für Richard erledigt haben. Was war es?“

„Nee, obwohl ich hörte, dass es in diesem speziellen Fall noch mehr Dreck zum Wühlen gegeben hätte.“

Miranda starrte mit brennenden Wangen auf Willies Schreibtisch, ein Schlachtfeld aus zerbrochenen Bleistiften, verbogenen Büroklammern, die überall herumflogen, und einer bizarren Sammlung von Magazinen. *Heiße Ladies. Der Schlosser. Auto und Fahrer.*

Chase kam gleich zum Punkt. „Er hat sie angeheuert, um Profile der Nachbarn zu erstellen, oder?“

Willie bedachte ihn mit einem verbindlichen Blick. „Profile?“

„Wir haben sie gesehen, Mr. Rodell. Sie waren unter Richards Papieren. Detaillierte Berichte über fast jeden Anwohner der Zufahrtsstraße. Jeder Bericht enthielt heikle Informationen.“

„Dreckspapiere.“

„Das ist richtig.“

Willie hob die Achseln. „Ich habe sie nicht geschrieben.“

„Da gab es eine Notiz an einem dieser Berichte. Darauf stand: ‚Wollen Sie mehr? Dann lassen Sie es mich wissen.‘

Sie war unterschrieben mit den Initialen W.B.R." Chase beugte sich über den Schreibtisch und nahm eine von Willies Visitenkarten. „Die zufällig mit Ihren Initialen übereinstimmen."

„Ungeheuerlicher Zufall, was?"

„Er wollte die schmutzige Wäsche seiner Nachbarn waschen. Warum?"

„Weil er ein Schnüffler war?"

„Also bezahlte er Sie dafür, dass Sie ihm diese Berichte schrieben."

„Ich sagte Ihnen bereits, dass ich sie nicht geschrieben habe." Willie hob seine dicke Pranke in die Höhe. „Großes Indianerehrenwort."

„Aber wer hat es dann getan?"

„Keine Ahnung, aber ich bewundere seine Arbeit."

Miranda, die ruhig daneben saß, richtete ihre Augen auf die Magazine, die auf dem Schreibtisch lagen. *Der Schlosser.* „Sie haben sie gestohlen", sagte sie und sah in Willies Mondgesicht. „Dafür hatte Richard Sie angeheuert. Um jemandem diese Unterlagen zu stehlen."

Willie hob die Hand, um sich eine nicht vorhandene Haarsträhne aus dem Gesicht zu streichen.

„Sie wurden dafür bezahlt, irgendwo einzubrechen", behauptete Miranda. „Wofür bezahlte man Sie noch?"

„Hören Sie", antwortete Willie, während er seine beiden fetten Hände zu einer Geste spöttischer Kapitulation erhob. „Die Leute bezahlen mich, um an Informationen zu kommen, okay? Und das ist alles, was ich mache. Den Kunden ist es egal, wie ich sie bekomme, so lange ich sie bekomme."

„Und wo haben Sie diese Blätter gefunden?" fragte Chase.

„Sie gehörten zu einem Haufen Papier, den ich, sagen wir, aufgelesen habe."

„Was haben Sie noch, sagen wir, aufgelesen?"

„Finanzberichte, Bankunterlagen. Hey, ich habe sie nicht *gestohlen.* Ich habe sie mir einfach, na ja, für ein paar Minuten ausgeliehen. Lang genug, um den alten Herrn Xerox damit zu füttern. Dann legte ich sie wieder dahin zurück, wo ich sie gefunden hatte."

„Das Büro von Stone Coast Trust", sagte Miranda.

Willie schenkte ihr ein breites Grinsen. „Sie sollten Detektivin werden, Ma'am."

„Also, waren das Tony Graffams Unterlagen", stellte Chase fest. „Und nicht Richards."

„Mr. T. wusste nicht einmal, dass sie existierten, bevor ich sie ihm aushändigte. Dachte, er will bestimmt noch mehr. Sie wissen doch, wie es ist. Wenn man mal auf den Geschmack gekommen ist, dann will man das ganze Menü. Na ja, diese Unterlagen waren nur die Vorspeise. Ich hätte noch mehr bekommen können."

„Warum haben Sie nicht?"

„Er hat mich gefeuert."

Sie betrachteten ihn stirnrunzelnd. „Was?" sagte Miranda ungläubig.

„Das ist richtig", meinte Willie. „Zwei Tage, nachdem ich

ihm diese Unterlagen aushändigt habe, ruft er an und sagt, danke, er würde meine Dienste nicht mehr benötigen, wie viel er mir schulde. Das war es."

„Hat er gesagt, warum er Sie entlassen hat?"

„Nee. Sagte nur, ich soll es unter dem Teppich halten und dass ihn Stone Coast Trust nicht länger interessierte."

„Wann war das?"

„Oh, so ungefähr eine Woche, bevor er starb."

„Zur selben Zeit, als er Jill sagte, sie soll den Artikel nicht bringen", sagte Miranda. Sie schaute zu Chase hinüber. „Vielleicht hat er herausgefunden, was Tony Graffam über ihn wusste und stellte deswegen die Nachforschungen ein."

„Aber ich habe mir die Unterlagen angesehen, bevor ich sie ihm übergab", erklärte Willie. „Ein Bericht über die Tremains war nicht dabei. Soweit ich das sagen kann, war nichts dabei, womit man ihn hätte erpressen können."

„Haben Sie Kopien davon?"

„Mr. T. hat alles an sich genommen. Er wollte nicht, dass diese Papiere überall herumflogen." Willie verschränkte seine Arme im Nacken und streckte sich. Unter seinen Achseln zeigten sich dunkle Schwitzflecken. „Nee, ich glaub nicht, dass es um die Unterlagen ging. Ich denke, jemand kam zu ihm und bot ihm eine kleine, Sie wissen schon, Vorauszahlung, um die ganze Sache zu vergessen. Und das tat er."

„Aber Richard brauchte das Geld nicht", sagte Miranda. „Sie konnten Ihn nicht bestechen."

„Süße, man kann einfach jeden bestechen", sagte Willie, der

offensichtlich eine Autorität auf diesem Gebiet war. „Alles, was man dazu benötigt, ist, den richtigen Preis zu nennen. Und selbst ein so reicher Kerl wie Tremain hatte seinen Preis."

„Die Faulpelz-Methode des Enthüllungsjournalismus", stellte Chase fest. „Einen Schläger anzuheuern, damit er die Beweise stiehlt."

„Ich hatte keine Ahnung, dass er so etwas tun würde", sagte Miranda, während sie ungläubig vor sich hin starrte. Es war gerade Nachmittag, eine Zeit, wo die Hauptstraße von Bass Harbour normalerweise vor Touristen wimmelte. Heute hatte jedoch der kühle Sommerregen den Eifer der eingefleischtesten Stadtbummler gebremst. Miranda und Chase gingen allein in ihre Jacken vergraben durch die Straße.

„Und ich dachte, es wäre einfach sein Talent", erklärte sie leise. „Die Art, wie er eine Geschichte zusammenfügen konnte. Mit einem Beweis aufzutauchen, der jeden in Erstaunen versetzte. Die ganze Zeit bezahlte er jemanden für die Drecksarbeit."

„Das war genau Richards Art", sagte Chase. „Das heißt, immer den leichtesten Weg zu wählen."

Sie sah ihn an. Seine vom Nebel feuchten Haare wirkten wie eine Kappe schwarzer, unregelmäßiger Wellen. Er starrte geradeaus nach vorne. Seine Miene verriet nichts. „War er als Junge auch schon so?" fragte sie.

„Er war gut darin, Abkürzungen zu finden. Für ein paar Dollar hätte er jemanden gefunden, der ihm ein Zeugnis schreibt. Oder jemanden, der ihm half, für Prüfungen zu büffeln. Er fand sogar einen Idioten, der ihm die Mathematikaufgaben erledigte.“ Chase grinste verlegen. „Mich.“

„Er hat dich bestochen, damit du ihm seine Hausaufgaben machst?“

„Es war eher, na ja, Erpressung.“

„Was hatte er gegen dich in der Hand?“

„Vieles. Zerbrochene Scheiben. Zertrampelte Blumenbeete. Ich war ein ganz schön schlimmes Kind.“

„Aber offenbar gut in Mathematik.“

Chase lachte. „Wenn jemand mit Petzen drohte, dann war ich in vielen Dingen gut.“

„Und Richard hat Vorteile daraus gezogen.“

„Er war älter. In vielerlei Hinsicht schlauer. Jeder mochte ihn und unterstellte ihm nur das Beste. Und mir das Schlechteste.“ Er schüttelte den Kopf. „Ich kann sehen, was jetzt mit seinen Kinder passiert. Phillip ist der Goldjunge, und Cassie wird ihr Leben lang versuchen, es mit ihm aufzunehmen.“

„Wirst du *dein* ganzes Leben versuchen, es mit ihm aufzunehmen?“

Er sah sie an und wandte dann seinen Blick ab. „Nein, ich bin nicht besonders scharf darauf, dieselben Fehler zu machen wie Richard.“

Er meint mich, dachte sie.

Der Tag schien plötzlich kälter und dunkler, und das lag nicht nur an ihrer gesunkenen Laune. Das Nieseln hatte sich in Regen verwandelt.

„Lass uns irgendwo einkehren und Mittag essen“, schlug Chase vor. „Wir haben noch anderthalb Stunden, bis die Fähre geht.“

Sie fanden ein Bistro, das sich in einer Seitenstraße der Hauptstraße versteckte. Von außen wirkte es wie ein bescheidener Ort, der zu seinem Namen passte: Mary Jane’s. Der Geruch nach frischem Kaffee und gegrillten Fleisch zog sie schließlich hinein. Die Karte bot nichts Besonders, sondern gute, einfache Hausmannkost. Gerichte wie gebratenes Huhn und rote Kartoffeln zu knackigen, grünen Bohnen, die von einem frisch aufgebrühten Kaffee begleitet wurden. Mirandas Laune mochte vielleicht gesunken sein, aber ihrem Appetit konnte das nichts anhaben. Sie bestellte noch ein Stück Pfirsichkuchen und eine dritte Runde Kaffee. Es war nur gut, dass sie auf Stress normalerweise nicht mit Essen reagierte. Sonst hätte sie inzwischen zwanzig Kilo Übergewicht.

„Ich bin eigentlich ganz erleichtert darüber, die Wahrheit über diese Unterlagen erfahren zu haben.“

„Erleichtert zu erfahren, dass Richard einen Dieb bezahlt hat?“

„Wenigstens war nicht er derjenige, der seine Nachbarn ausspioniert hat. Oder derjenige, der eine Erpressung eiskalt plante.“

Sie ließ ihre Gabel sinken. „Ja, ich vermute, du kannst dich sogar dazu bringen, es so zu betrachten, dass der Einbruch bei Stone Coast Trust auf irgendeine Weise, nun, moralisch gerechtfertigt war.“

„Das behaupte ich nicht. Aber ich kann mir vorstellen, wie Richard es rechtfertigen würde. Er sah voraus, dass die Küste von dem Bauunternehmen zerstört würde. Ausgerechnet in der Nähe seines Zuhauses, und er beschloss, mit unsauberen Mitteln zu kämpfen. Wollte über den Bauunternehmer herausfinden, was möglich war. Ein paar Unterlagen stehlen, Finanzberichte. Um es ihm um die Ohren zu hauen."

„Aber er hat es nicht getan. Und das ist das Merkwürdige daran. Er bezahlt Rodell, damit er diese Unterlagen stiehlt und dann, nachdem er sie in den Händen hält, beendet er seinen Kreuzzug. Nimmt den Artikel zurück, feuert Rodell." Sie machte eine Pause, bevor sie ergänzte: „Und ändert sein Testament."

Chase runzelte mit den Brauen. „Ich sehe den Zusammenhang nicht."

„Es passt zeitlich zusammen. Vielleicht fand er irgendetwas in diesen Unterlagen, das ihn wütend auf Evelyn machte. Das ihn entscheiden ließ, Rose Hill nicht ihr zu hinterlassen."

„Du glaubst, es gab etwas über Evelyn? Wir haben keinen Bericht gefunden."

„Er könnte ihn vernichtet haben. Oder er könnte vom Cottage entwendet worden sein. Nach seinem Tod."

Auf diese Vermutung folgte ein betroffenes Schweigen. Wer, außer Evelyn, hätte sich die Mühe gemacht, diese Unterlage zu entwenden?

„Das ist verrückt", sagte Chase. „Warum sollte Evelyn sie

stehlen? Es war ihr verdammtes Cottage. Sie hätte ein- und ausgehen können, ohne dass jemand auch nur mit der Wimper gezuckt hätte.“ Er griff nach seiner Kaffeetasse und nahm einen großen Schluck. „Ich kann mir nicht vorstellen, dass sie einbricht und alles verwüstet.“

Du kannst dir auch nicht vorstellen, dass sie jemanden tötet, dachte sie. Sie geriet über Chase und dessen Schwägerin ins Grübeln. War ihr Verhältnis nur herzlich? Oder war da mehr? Er weigerte sich hartnäckig, die Möglichkeit in Betracht zu ziehen, dass Evelyn schuldig sein oder irgendetwas falsch machen könnte, egal ob Diebstahl oder Mord. Miranda konnte verstehen warum. Evelyn war eine wunderschöne Frau.

Und nun war sie zudem frei.

Letztendlich hätten Chase und Evelyn in ihrer wunderbaren Makellosigkeit ein passendes Paar abgeben. Das Geld wäre in der Familie geblieben genau wie der Nachname auf dem Scheckbuch. Alle würden mit einem Minimum an Aufwand in ihre neuen Rollen schlüpfen. Chase hatte seine Kindheit damit verbracht, in Richards Fußstapfen zu treten. Jetzt könnte er gleich Richards Stelle übernehmen. So sehr Miranda den Gedanken auch hasste, sie musste zugeben, dass diese Verbindung gesellschaftlich einwandfrei gewesen wäre.

Etwas, das ich ihm niemals bieten könnte.

Die Kellnerin kam und brachte die Rechnung. Miranda griff danach, doch Chase war schneller. „Ich kümmere mich darum“, sagte er.

Miranda nahm ein paar Scheine aus ihrer Tasche und legte sie auf den Tisch.

„Was soll das?" fragte Chase.

„Nenn es Stolz", sagte sie und erhob sich. „Aber ich bezahle immer auf meine Art."

„Bei mir brauchst du das nicht."

„Doch", sagte sie glatt heraus. „Gerade bei dir." Sie griff nach ihrer Jacke und ging zur Tür hinaus.

Draußen holte er sie ein. Der Regen hatte zwar aufgehört, aber die Sonne war noch nicht wieder durchgebrochen, und der Himmel bestand nur aus einem kalten monotonen Grau. Sie gingen eine Weile nebeneinander her, nicht Freund, nicht Feind.

„Ich will ehrlich sein", sagte er. „Ich hatte nicht vor, dich heute wiederzusehen, oder überhaupt noch einmal."

„Wir leben in einer kleinen Stadt, Chase. Es ist schwierig, hier jemanden zu meiden."

„Ich wollte morgen nach Greenwich zurückfahren."

„Oh." Sie schlug die Augen nieder und zwang sich, nicht enttäuscht zu sein. Oder verletzt. Gefühle, die sie sich geschworen hatte, nie mehr für einen Tremain zu empfinden. Gefühle, die sie jetzt aufwühlten.

„Aber ich habe nachgedacht", sagte er.

Diese Worte ließen sie aufhorchen. Sie blieb stehen und blickte zu ihm auf. *Er beobachtet mich, wartet darauf, dass ich mich verrate, dass ich mich als dumm und naiv oute.*

Was ich verdammt noch einmal auch bin.

„Ich habe gedacht“, sagte er, „dass ich noch ein paar Tage länger bleiben werde. Nur, um die Fragen um Richard aufzuklären.“

Sie schwieg.

„Das der Grund, weshalb ich in der Stadt bleibe. Der einzige Grund.“

Sie reckte ihr Kinn. „Habe ich etwas anderes behauptet?“

„Nein.“ Er stieß geräuschvoll Luft aus. „Nein. Das hast du nicht.“

Schweigend setzten sie ihren Weg fort.

„Du wirst nach denselben Antworten suchen, hoffe ich“, meinte er.

„Mir bleibt kaum eine andere Wahl, oder? Es geht um meine Zukunft. Und meine Freiheit.“

„Hör mal, ich weiß, dass es sinnvoll wäre, wenn du und ich zusammenarbeiten würden, aber es ist nicht gerade ...“

„Schicklich“, beendete sie seinen Satz für ihn. „Das meinst du doch, oder? Dass es peinlich für dich ist, mit einer Frau wie mir zu verkehren.“

„Das habe ich nicht gesagt.“

„Schon gut, Chase.“ Irritiert wandte sie sich von ihm ab und ging weiter. „Du hast natürlich Recht. Wir können nicht zusammenarbeiten, weil wir uns nicht richtig vertrauen. Nicht wahr?“

Er antwortete nicht, sondern ging, seine Hände in den Taschen vergraben, neben ihr her. Und das verletzte sie mehr, als alles, was er hätte sagen können.

Mochten sie sich auch nicht vertraut haben. Mochten sie auch nichts mehr miteinander zu tun haben wollen. Tatsache war, dass sie, falls sie Antworten haben wollten, beide im Cottage danach suchen mussten. Deshalb wunderte sich Miranda nicht darüber, Chase geparkten Wagen zu entdecken, als sie am nächsten Morgen auf den Kiesweg von Rose Hill einbog. Ozzie lag ausgestreckt auf der Veranda und sah niedergeschlagen aus. Er brachte es zu einem halbherzigen Schwanzwedeln, als sie die Treppen hinaufkam. Doch als er bemerkte, dass sie ihn nicht dazu einladen würde, ihr ins Haus zu folgen, verwandelte er sich wieder in die winselnde Imitation eines Teppichs.

Miss St. John und Chase hatten bereits den zweiten Bücherschrank durchsucht. Dieser Ort glich mehr und mehr einem Katastrophengebiet mit den Kisten, aus denen Papier quoll, den Bücherstapeln, leeren Kaffeetassen und schmutzigen Löffeln, die am Ende des Tisches herum lagen.

„Ich sehe, ihr habt schon ohne mich angefangen", sagte Miranda, wobei sie es vorsichtig vermied, Chase anzusehen. Er versuchte genauso vorsichtig, ihrem Blick auszuweichen. „Was habt ihr gefunden?"

„Kleinkram", sagte Miss St. John, die beide nachdenklich betrachtete. „Einkaufszettel, Quittungen, noch eine Liebesbotschaft von M. und ein paar ziemlich gebildete Thesenpapiere für das College."

„Phillips?"

„Cassandras. Sie muss hier draußen geschrieben haben. Ein paar der Bücher gehören ihr ebenfalls."

Miranda nahm einen Papierstapel in die Hand und überflog die Titel. „Eine politische Analyse des de Boer Konflikts“, „Vorhersehbares Verhängnis: die französischen Besatzer in Vietnam“, „Die Medien und die Politik des Präsidenten.“ Die Autorin all dieser Werke hieß Cassandra Tremain.

„Ein schlaues Köpfchen“, sagte Miss St. John. „Schade, dass ihr Bruder sie immer in den Schatten stellt.“

Miranda grub tiefer in der Kiste und holte die neueste Notiz von M. ans Licht. Sie war mit der Maschine geschrieben.

„Ich habe bis Mitternacht gewartet – du bist nicht gekommen. Hast du es vergessen? Ich wollte dich anrufen, aber ich habe immer Angst, dass sie ans Telefon geht. Sie hat dich jedes Wochenende, jede Nacht, jeden Urlaub. Und ich bekomme den Bodensatz.

Wie kannst du behaupten, du liebst mich, wenn du mich hier auf dich warten lässt? Ich bin mehr wert als das. Das bin ich wirklich.“

Miranda legte diese Notiz ruhig in die Kiste zurück. Dann ging sie zum Fenster und starrte aufs Meer hinaus. Sie empfand Mitleid für die Frau, die diese Sätze geschrieben hatte wegen des Schmerzes, den sie erlitten hatte. *Das ist der Preis, den wir beide bezahlten, weil wir den falschen Mann geliebt haben.*

„Miranda?“ fragte Chase, „Ist irgendetwas?“

„Nein.“ Sie räusperte sich und wandte sich dann nach

ihm um. „Es geht mir gut. Also … wo soll ich mit der Suche beginnen?“

„Du könntest mir helfen, dieses Regal auszuräumen. Ich finde überall haufenweise Zettel und es dauert länger, als ich erwartet hatte.“

„Ja, natürlich.“ Sie ging zum Regal hinüber, nahm ein Buch heraus und setzte sich auf den Boden neben ihn. Nicht zu nah und nicht zu weit entfernt. *Nicht Freund, nicht Feind,* dachte sie. Nur zwei Menschen, die sich denselben Teppich teilen, denselben Zweck. *Dafür müssen wir uns nicht einmal mögen.*

Eine Stunde lang durchblätterten sie die Seiten der Bücher und wischten den Staub von ihnen ab. Wie es schien, waren die meisten der Bücher seit Jahren nicht mehr in die Hand genommen worden. Es gab Postkarten von vor zwanzig Jahren, die an Chase Mutter adressiert waren. Und es gab eine handgeschriebene Liste über Vogelarten, die in Rose Hill gesichtet worden waren und eine zwölf Jahre alte Mahnung der Bücherei, die immer noch in dem zur Abgabe fälligen Buch steckte. Über die Jahre waren so viele kleine Dinge der Familien Tremain und Pruitt in diesen Regalen gelandet. Es brauchte Zeit, die wichtigen von den unwichtigen Dingen zu trennen.

Ein übergroßer Atlas des Bundesstaates Maine enthielt die nächste Spur. Chase nahm ihn aus dem Regal und betrachtete das Cover. Dann wandte er sich um. „Miss St. John? Haben Sie je von einem Ort namens Tannenhöhe gehört?“

„Nein, warum?“

„Hier ist eine Karte davon daran befestigt." Chase zog das Dokument aus dem Atlas und breitete es auf dem Teppich aus. Es war eine Sammlung von sechs fotokopierten Seiten, die zusammengeklebt eine Straßenkarte ergaben. Die Seiten sahen ziemlich neu aus. Die Eigentumsgrenzen waren eingezeichnet und die Parzellen nummeriert worden. Oben am Kopf der Karte war der Name des Bauprojektes vermerkt: Tannenhöhe. „Ich frage mich, ob Richard daran dachte, in Immobilien zu investieren."

Miss St. John ging in die Hocke, um einen genaueren Blick darauf zu werfen. „Warten Sie. Das kommt mir bekannt vor. Ist das nicht unsere Zufahrtsstraße? Und diese Parzelle am Ende, Nummer eins. Das ist Rose Hill. Ich erkenne die kleine Spitze oben auf dem Berg."

Chase nickte. „Sie haben Recht. So ist es. Da ist St. John's Wood und die Steinmauer."

„Das ist die Karte von Stone Coast Trust", sagte Miranda. „Seht ihr? Die meisten der Parzellen sind als verkauft markiert."

„Gütiger Himmel", stöhnte Miss St. John. „Ich hatte keine Ahnung, dass so viele dieser Grundstücke den Besitzer gewechselt haben. Es sind nur vier von uns, die nicht an Tony Graffam verkauft haben."

„Was hat er für St. John's Wood angeboten?" fragte Miranda.

„Es war derzeit ein guter Preis. Als ich ablehnte zu verkaufen, ging er sogar noch höher. Das war vor einem Jahr.

Ich konnte nicht verstehen, weshalb das Angebot so generös ausfiel. Seht ihr, hier war alles Naturschutzgebiet. Diese alten Häuser stehen schon seit Großvaters Zeiten. Sie waren noch vor den Tagen der Landkommissionen gebaut worden. Die Cottages durften stehen bleiben, aber es war nicht erlaubt, sie auszubauen. Vom kaufmännischen Standpunkt aus war dieses Land wertlos. Und dann wurden die Nutzungspläne plötzlich verändert und zu Baugelände umdefiniert. Nun sitze ich auf einer Goldmine." Sie betrachtete die anderen unverkauften Parzellen auf der Karte. „Und so geht es auch dem alten Sulaway und den Hippies im Frenchman's Cottage."

„Und Tony Graffam", sagte Miranda.

„Aber was, wenn die Parzellierungen nur ein Bluff sind?" sagte Chase. „Was, wenn es Bestechungen gab? Falls das an die Öffentlichkeit gedrungen wäre ..."

„Ich vermute, dass es dann einen Riesenprotest gegeben hätte und dass die Nutzungsumwandlungspläne rückgängig gemacht worden wären", sagte Miss St. John. „Und Mr. Graffam wäre der stolze Besitzer einer Menge wertloser Grundstücke."

„Aber sie sind momentan wertlos für ihn, Miss St. John", gab Miranda, die die Karte ausgiebig studierte, zu Bedenken. „Graffam braucht die Zufahrtsstraße, um zu den Parzellen zu gelangen. Und Sie sagten, die Straße gehört – gehört Richard?"

„Ja, wir kommen immer wieder darauf zurück, oder?" sagte Chase sanft. „Auf die Verbindung zwischen Richard und Stone Coast Trust. Diese Verbindung, die immer wieder auftaucht ..." Er erhob sich und schlug sich den Staub von der Hose. „Vielleicht wird es Zeit, den Nachbarn einen Besuch abzustatten."

„Welchen?" fragte Miranda.

„Sulaway und den Hippies. Die anderen beiden an der Straße, die nicht verkauft haben. Lasst uns herausfinden, ob Graffam sie mit ein oder zwei Erpressungsversuche unter Druck gesetzt hat."

„Er hat nicht versucht, Miss St. John zu erpressen", wies Miranda ihn hin. „Und sie hat nicht verkauft."

„Ach, aber mein Grundstück ist kaum der Mühe Wert", sagte Miss St. John. „Es ist nur ein kleines Stück an der Seite. Und was den Versuch, mich zu erpressen anbelangt, haben Sie selbst gesehen, dass er nichts in der Hand hat, das es Wert wäre, erwähnt zu werden. Nicht, dass es mir nichts ausmachen würde, in meinem Alter den Hauch eines Skandals zu verursachen."

„Die anderen könnten verletzlicher sein", meinte Chase. „Der alte Sulaway, zum Beispiel. Wir sollten wenigstens mit ihm reden."

„Gute Idee", sagte Miss St. John. „Und weil Sie, Chase, daran gedacht haben, sprechen *Sie* mit ihm."

Chase lachte. „Sie sind ein Feigling, Miss St. John."

„Nein, ich bin einfach nur zu alt für Ärger."

Chase nahm ohne Vorwarnung Mirandas Hand und zog sie mit einer sanften halben Drehung hoch, so dass sie fast in seinen Armen landete. Halt suchend, streckte sie ihre Hände aus und legte sie ihm instinktiv auf die Brust. Sofort trat sie einen Schritt zurück.

„War das vielleicht eine Bitte an mich, dich zu begleiten?" fragte sie.

„Es ist mehr ein Appell, mir dabei zu helfen, den alten Sulaway ein wenig aufzulockern."

„Muss er denn aufgelockert werden?"

„Lass es uns einfach so sagen, er ist mir nicht besonders wohl gesonnen, seit ich ihm einen Baseball durch sein Fenster geschmettert habe. Das ist fünfundzwanzig Jahre her."

Miranda lachte ungläubig. „Du hörst dich an, als hättest du Angst vor ihm. Beide klingt ihr so."

„Offensichtlich ist sie dem alten Sulaway noch nie begegnet", sagte Miss St. John.

„Gibt es etwas, dass ich über ihn wissen sollte?"

Chase und Miss St. John schauten sich an.

„Seien Sie einfach vorsichtig, wenn Sie seinen Vorgarten betreten", mahnte Miss St. John. „Warnen Sie ihn vor und seien Sie bereit, schnell wieder wegzukommen."

„Warum? Hat er einen Hund oder so etwas?"

„Nein, aber er besitzt ein Gewehr."

10. KAPITEL

„Du bist doch der Junge, der meine Scheibe eingeschmissen hat!“ brüllte Homer Sulaway. „Ja, ich erkenne dich.“ Er stand auf der vorderen Veranda, seine dünnen Arme um ein Gewehr geschlungen, die Ärmel seines Fischerhemds hochgekrempelt. Chase hatte Miranda erzählt, dass der Mann fünfundachtzig Jahre alt war. Die zahnlose, pflaumengesichtige Erscheinung auf der Veranda hingegen sah gut und gern ein Jahrhundert älter aus. „Ihr zwei haut ab jetzt! Lasst mich alleine. Ich kann es mir nicht leisten, noch mehr Fenster austauschen zu müssen.“

„Ich habe damals die Reparatur bezahlt, wenn Sie sich erinnern“, entgegnete Chase. „Ich musste sechs Monate lang die Raten abzahlen, aber ich habe gezahlt.“

„Das ist verdammt richtig“, sagte Sully. „Andernfalls hätte ich es deinem alten Herrn aus den Rippen geleiert.“

„Können wir mit Ihnen sprechen, Mr. Sulaway?“

„Worüber?“

„Stone Coast Trust. Ich wollte wissen, ob …“

„Interessiert mich nicht.“ Sully wandte sich ab und schlurfte über die Veranda zurück.

„Mr. Sulaway, ich bin mit einer jungen Dame hier, die fragen wollte …“

„Ich habe keine Verwendung für junge Damen. Und für alte auch nicht.“ Die Tür flog hinter ihm ins Schloss.

Betreten schweigend blieben die beiden draußen stehen.

„Tja“, murmelte Chase. „Der alte Kerl ist definitiv heiter gestimmt.“

„Ich glaube, er fürchtet sich“, sagte Miranda. „Deshalb spricht er nicht mit uns.“

„Fürchten, wovor?“

„Lass es uns herausfinden.“ Sie ging ein paar Schritte auf das Cottage zu. „Mr. Sulaway? Wir wollen nur wissen, ob man Sie zu erpressen versucht? Setzt Stone Coast Trust Sie irgendwie unter Druck?“

„Das sind Lügen, die Sie verbreiten!“ brüllte Sulaway durch die Tür. „Gemeine Lügen! Nichts davon ist wahr!“

„Tony Graffam behauptet aber etwas anderes.“

Da flog die Tür auf und Sully stürmte auf die Veranda. „Was hat Graffam über mich zu sagen? Was erzählt er den Leuten jetzt?“

„Wir können hier stehen bleiben und uns anbrüllen, oder wir könnten unter vier Augen weitersprechen. Was ist Ihnen lieber?“

Sulaway blickte sich um, als ob er den Wald nach Beobachtern absuchte. Dann keifte er: „Na, und? Braucht Ihr beiden eine Extraeinladung, oder was?“

Sie folgten ihm nach drinnen. Sullys Küche war klein und dunkel, die Sicht nach draußen von großen Bäumen versperrt, und jedes Regal, jede Ablagefläche war mit Müll und Firlefanz voll gestellt. Zeitungen türmten sich in Stapeln auf dem Boden. Eine einzige freie Fläche bot sich auf dem Küchentisch. Das ungleiche Trio nahm auf alten schwarzen Stühlen, die aussahen, als würden sie jeden Moment zusammenbrechen, rund um den Tisch Platz.

„Ihr Bruder war der Einzige, den sie wirklich unter Druck setzten“, erzählte Sully Chase. „Aber Richard dachte nicht daran, nachzugeben, nein Sir. Er sagte uns, wir müssen zusammenhalten. Sagte, wir können nicht verkaufen, egal, wie viele Briefe sie uns schicken oder wie viele Lügen sie über uns verbreiten.“ Sully schüttelte den Kopf. „Hat nicht viel genützt. Fast jeder an der Straße ging und unterschrieb auf dem Papier von Graffam, einfach so. Und Richard ahnte, was passieren und was das bedeuten würde. Habe gehört, er wurde mit einem Messer gepiekt.“

Miranda bemerkte, dass Chase sie ansah. Der alte Sully war so mit sich beschäftigt, dass er nicht erkannte, dass er mit genau der Frau zusammensaß, die beschuldigt wurde, dieses Messer in Richard Tremain gestoßen zu haben.

„Sie erwähnten einen Brief“, sagte Chase. „in dem Sie aufgefordert wurden zu verkaufen. Hat Graffam ihn geschickt?“

„War nicht unterschrieben. Ich habe gehört, keiner der Briefe war es.“

„Also, hat Richard auch so einen Brief bekommen?“

„Glaub schon. So wie die Barretts die Straße runter. Vielleicht hat jeder einen bekommen. Die Leute hier reden nicht darüber.“

„Was stand in diesem Brief? In dem, den Sie bekommen haben?“

„Lügen. Bösartige, gemeine Lügen …“

„Und in dem, den sie Richard schickten?“

Sully zuckte mit den Achseln. „ Da bin ich nicht eingeweiht.“

Miranda sah sich in der Küche mit den überquellenden Regalen um. Dieser Mr. Sulaway war ein echter Messie. Er schien alles aufzuheben, Müll, Werbung, alte Verpackungen, einfach alles. „Haben Sie diesen Brief noch?“ fragte sie.

Sully machte einen Buckel wie ein Einsiedlerkrebs, der drauf und dran war, sich in einer Muschel zu verkriechen. Er grunzte. „Vielleicht.“

„Können wir ihn sehen?“

„Weiß nicht.“ Er seufzte und rieb sich über das Gesicht. „Weiß nicht.“

„Wir wissen, dass es Lügen sind, Mr. Sulaway. Wir wollen nur sehen, nach welcher Taktik sie vorgehen. Wir müssen Graffam stoppen, bevor er noch mehr Unheil anrichtet.“

Einen Moment lang saß Sully buckelig und still auf seinem Stuhl. Miranda fragte sich, ob er sie vielleicht nicht richtig verstanden hatte. Aber da erhob er sich und schlurfte zum Küchentresen hinüber. Er entnahm dem Mehlbehälter ein zusammengefaltetes Blatt Papier und gab es Miranda.

Sie breitete es auf dem Tisch aus.

„Was geschah wirklich mit Stanley? Die *Lula M.* weiß es. Und wir wissen es auch.“

Unter diese kryptische Worte hatte jemand eine Notiz gekritzelt. „Verkauf, Sully.“

„Wer ist Stanley?“ wollte Miranda wissen.

Sully war auf seinem Stuhl zusammengesunken und starrte auf seine ledrigen Hände hinunter.

„Mr. Sulaway?"

Die Antwort war nur ein Flüstern. „Mein Bruder."

„Worauf bezieht sich die Notiz?"

„Es ist schon lange her …" Sully fuhr sich über die Augen, als wollte er etwas wegwischen, dass seine Sicht trübte. „Ein Unfall", murmelte er. „Das passiert die ganze Zeit da draußen. Die See. Man kann ihr nicht trauen. Darfst ihr nie den Rücken zukehren …"

„Was passierte mit Stanley?" fragte Miranda freundlich.

„Bekam … bekam seinen Stiefel in die Leine der Netzwurfmaschine. Hat ihn sauber über die Seite gezogen. Das Wasser ist kalt im Dezember. Es bringt dein Blut zum Gefrieren. Ich war an Bord der *Sally M.*, habe es aber nicht gesehen." Er drehte sich um und starrte zum Fenster. Die Bäume draußen schienen das Haus einzuschließen und es von jeglichem Licht und aller Wärme abzuschneiden.

Sie warteten.

Dann sagte er leise: „Ich war derjenige, der ihn fand. Die *Lula* schleppte ihn in der Hecksee mit. Ich schnitt ihn frei … hievte ihn an Bord … brachte ihn in den Hafen." Er schauderte. „Das war's. Lange Zeit her, fünfzig Jahre. Vielleicht mehr …"

„Und diese Notiz?"

„Das ist eine Lüge, die später verbreitet wurde …"

„Wann später?"

„Als ich Jessie geheiratet habe.“ Er machte eine Pause. „Stanleys Frau.“

Da haben wir es, dachte Miranda. Das Geheimnis. Die Schande.

„Mr. Sulaway?“ sagte Chase vorsichtig. „Was wussten die über Richard?“

Sully schüttelte den Kopf. „Haben sie mir nicht gesagt.“

„Aber sie hatten etwas?“

„Was auch immer es war, es brachte ihn nicht dazu zu verkaufen. Hatte einen dicken Schädel, Ihr Bruder. Und das hat ihm am Ende das Leben gekostet.“

„Warum verkaufen Sie nicht, Mr. Sulaway?“ wollte Miranda wissen.

Der alte Mann fuhr herum. „Weil ich nicht verkaufen will“, sagte er. In seinen Augen erkannte sie den Blick eines Mannes, dessen Lebensfunke schon beinahe erloschen war. „Es gibt keinen Weg, wie sie mich einschüchtern können. Jetzt nicht mehr.“

„Können sie nicht?“

Er schüttelte den Kopf. „Ich habe Krebs.“

„Glaubst du, er hat seinen Bruder umgebracht? fragte Miranda.

Sie spazierten an der Straße unter den gesprenkelten Schatten der Pinien und Birken entlang. Chase hatte seine Hände in den Taschen vergraben. „Was spielt es jetzt für eine Rolle, ob er es tat oder nicht?“

Ja, was spielte es für eine Rolle? fragte sie sich. Der alte Mann war dabei, dem jüngsten Gericht gegenüberzutreten. Unschuldig oder schuldig, er hatte bereits fünfzig Jahre mit den Konsequenzen gelebt.

„Es ist schwer zu glauben, dass Graffam in der Lage war, diese alte Geschichte auszugraben", sagte Miranda. „Er ist neu auf der Insel. Was er gegen Sully in der Hand hatte, liegt über fünfzig Jahre zurück. Wie hatte er das über ihn herausgefunden?"

„Er heuerte einen Detektiv an?"

„Und der benutzte den Namen „Sully"? Nur ein Einheimischer kennt diesen Spitznamen."

„Dann hatte er einen einheimischen Informanten. Jemanden, der sich auskennt."

„Oder jemanden, dessen Geschäft es ist herauszufinden, was auf der Insel vor sich geht und den hiesigen Leuten nachspionieret", fügte sie hinzu und dachte an Willie B. Rodell und die Alamo Detektei.

Sie kamen an ein Schild mit der Aufschrift Harmony House.

„Es wurde Frenchman's Cottage genannt", sagte Chase. „Bis die Hippies es gekauft haben." Sie bogen in einen Schotterweg ein und hörten das Klingeln der Windspiele lange bevor sie das Cottage erreichten.

„Ist jemand zu Hause?" rief Chase, als sie vor der Veranda standen.

Zuerst antworteten nur die Windspiele. Dann hörten sie Gelächter und Stimmen, die sich näherten. Zwischen den Bäumen sahen sie zwei Männer und eine Frau auf sie zu kommen.

Keiner von ihnen trug auch nur einen Faden Stoff auf dem Leib.

Dennoch wirkte das Trio nicht im Geringsten beunruhigt, als es die unerwarteten Besucher entdeckte. Die Frau hatte eine wilde Mähne, die großzügig von grauen Strähnen durchzogen war. Auf ihrem Gesicht lag ein Ausdruck friedlicher Gelassenheit. Die beiden Männer an ihrer Seite waren genauso zottelig und gelassen. Der Wetter gegerbte Mann mit den silbergrauen Haaren schien der offizielle Sprecher zu sein. Als seine beiden Kumpanen ins Cottage gingen, kam er auf Miranda und Chase zu und streckte seine Hand zur Begrüßung aus.

„Sie haben Harmony House gefunden“, sagte er. „War das Absicht oder Zufall?“

„Absicht“, erwiderte Chase, während er die Hand des Mannes schüttelte. „Ich bin Chase Tremain, Richards Bruder. Ihm gehörte das Rose Hill Cottage, oben an der Straße.“

„Ach ja, der Ort mit der unguten Aura.“

„Ungut?“

„Vanna spürt sie, wann immer sie sich dem Haus nähert. Disharmonische Schwingungen.“

„Das muss mir bislang entgangen sein.“

„Fleischessern entgeht so etwas für gewöhnlich.“ Der Mann schaute Miranda aus seinen blassblauen Augen offensiv an, zu offensiv, für ihren Geschmack. „Haben Sie etwas gegen mein Auftreten?“

„Nein", sagte sie. „Es ist nur, dass ich es nicht gewöhnt bin ..." Ihr Blick wanderte nach unten und dann zurück in sein Gesicht.

Der Mann sah sie an, als sei sie eine bemitleidenswerte Kreatur. „Wie weit haben wir uns nur von unseren natürlichen Ursprüngen entfernt", seufzte er. Er ging zur Brüstung der Veranda und griff nach einem Sarong, der dort zum Trocknen aufgehängt worden war. „Aber das erste Gebot der Gastfreundschaft lautet", sagte er, während er das Tuch um seine Hüften schlang, „dass die Gäste sich wohl fühlen sollen. Also bedecken wir einfach die Familienjuwelen." Dann führte er sie ins Cottage hinein.

Drinnen saß die Frau, Vanna, inzwischen ebenfalls in einen Sarong gehüllt, im Schneidersitz unter einem fleckigen Fenster. Ihre Augen waren geschlossen und ihre Hände ruhten mit den Handflächen nach außen auf ihren Knien. Der andere Mann kniete an einem niedrigen Tisch und rollte etwas, dass sich als braune Matte zum Sushirollen entpuppte. Überall standen Topfpflanzen herum, die sich wie Unkraut ausbreiteten. Sie passten gut zu den indonesischen Wandteppichen, den Kristallen, die von der Decke baumelten und dem Geruch von Räucherstäbchen. Dieser Gesamteindruck wurde nur durch ein Faxgerät in der Ecke gestört.

Ihr Gastgeber, der auf den überraschend weltlichen Namen Fred hörte, schenkte ihnen einen Hagebuttentee ein und bot ihnen Johannisbrotkekse an. Sie kämen jeden Sommer nach Maine, um sich mit der Erde zu verbinden, wie er sagte. New York sei das Fegefeuer, ein Ort so schlecht wie die Hölle selbst. Falsche Menschen, falsche Werte. Sie arbeiteten nur deshalb dort, um mit dem gewöhnlichen Volk in Verbindung zu bleiben. Außerdem brauchten sie das Einkommen. In der meisten Zeit des Jahres tolerierten sie das kranke Stadtleben, atmeten schädliche Luft und vergifteten ihre Körper mit raffiniertem Zucker. Die Sommer dienten der Säuberung. Und deshalb kamen sie her, deshalb verließen sie ihre Schreibtische für zwei Monate im Jahr.

„Was *arbeiten* Sie?" fragte Miranda.

„Uns gehört das Finanzunternehmen Nickels, Fay und Bledsoe. Ich bin Nickels."

„Ich bin Fay", sagte der Mann, der die Sushirollen vorbereitete.

Die Frau, ohne Zweifel Bledsoe, fuhr in Ruhe mit der Meditation fort.

„Wie Sie sehen", sagte Fred Nickels, „gibt es keine Möglichkeit, uns zum Verkauf zu überreden. Dieses Land ist die Verbindung zu unserer Mutter."

„Gehörte es ihr?" fragte Chase.

„Mutter Erde gehört alles."

Chase räusperte sich. „Oh."

„Wir lehnen es ab zu verkaufen. Egal, wie viele dieser lächerlichen Briefe sie uns noch schicken."

Miranda und Chase richteten sich auf. „Briefe?" fragte sie beide gleichzeitig.

„Wir drei leben schon seit fünfzehn Jahren in perfekter sexueller Harmonie zusammen. Ohne Eifersucht und Reibung. Unsere Freunde wissen das alle. Also störte es uns kaum, wenn man unser Arrangement in die Welt hinausposaunen würde."

„Das wird in den Briefen angedroht?" fragte Miranda.

„Ja. Man würde sich vorbehalten, ‚unseren abnormen Lebensstil zu offenbaren', hieß es, glaube ich."

„Sie sind nicht die Einzigen, die Briefe bekommen", erklärte Chase.

„Mein Gefühl sagt mir, dass jeder in dieser Straße – jeder, der nicht verkaufen will – so etwas in der Post hatte."

„Tja, die bedrohen hier nur die falschen Leute. Abnorme Lebensarten sind genau das, was wir zu fördern wünschen. Da liege ich doch richtig, Freunde?"

Der Mann mit dem Sushi schaute kurz auf. „Jo."

„Er stimmt mir zu", erklärte Fred.

„War der Brief unterschrieben?" wollte Miranda wissen.

„Nein. Er trug einen Stempel von Bass Harbour und wurde uns nach New York geschickt."

„Wann?"

„Vor drei oder vier Monaten. Man riet uns, das Cottage zu verkaufen. Doch es stand nicht darin an wen. Als wir ein Angebot von Tony Graffam bekamen, vermutete ich, dass er dahinter steckte. Ich habe Stone Coast Trust überprüft. Hier und da ein paar Nachforschungen, nur um herauszufinden, mit wem ich es zu tun habe. Meine Quellen verrieten mir, dass Geld im Spiel ist. Graffam ist nur der Strohmann für einen stillen Investor. Ich wette, da steckt das organisierte Verbrechen dahinter.“

„Was würden sie mit Shephard’s Island anfangen wollen?“ fragte Chase.

„New York wird ihnen zu unbequem. Ich glaube, sie weichen an die Küste aus. Und die Nordküste ist genau der Stützpunkt, den sie gerne hätten. Die Tourismusindustrie boomt hier oben bereits. Und sehen Sie sich den Ort mal an! Das Meer. Wald. Keine Kriminalität. Sagen Sie bloß nicht, dass ein armer, kleiner Schlumpf aus der Stadt nicht viel Geld dafür bezahlen würde, um sich hier in einer Ferienanlage niederlassen zu dürfen.“

„Sagen Sie, haben Sie Tony Graffam eigentlich jemals kennengelernt?“

„Er besuchte uns, um über das Geschäft zu sprechen. Und wir gaben ihm unmissverständlich zu verstehen, dass …“ Fred hielt inne und grinste. „ …er Unzucht mit sich selber treiben soll. Ich weiß nicht, ob er die Bedeutung dieses Wortes verstanden hat.“

„Was für ein Typ ist er?“ fragte Miranda.

Fred schnaubte. „Glatt. Dumm. Ich meine, wir sprechen hier von *wirklich* dumm. Mit dem IQ eines Hühnereis. Welcher Idiot nennt ein Bauprojekt Tannenhöhe? Er hätte es genauso gut Gifteichen Immobilien nennen können.“ Er schüttelte den Kopf. „Ich kann nicht glauben, dass er diese anderen Lutscher dazu gebracht hat, zu verkaufen.“ Er lachte. „Sie sollten ihn kennen lernen, Tremain. Und dann erzählen Sie mir, ob Sie nicht auch der Meinung sind, dass er der letzte lebende Neandertaler ist."

„Ein Neandertaler", warf die Frau, Bledsoe, ein und öffnete kurz ihre Augen, „ist sehr viel weiter entwickelt."

„Unglücklicherweise", sagte Fred, „fürchte ich, dass die Parzellierung bereits beschlossene Sache ist. Es wird nicht mehr lange dauern, und dann stehen hier Apartmenthäuser, Imbissbuden. Ballermann auf Shephard's Island." Er machte eine Pause. „Und wissen Sie was? *Dann* werden wir verkaufen! Meine Güte, welch ein Profit! Wir könnten für den Erlös einen ganzen verdammten Bezirk oben in Allagash kaufen."

„Das Projekt könnte immer noch gestoppt werden", sagte Miranda. „Sie werden Rose Hill nicht in die Finger bekommen. Und die Parzellierung könnte rückgängig gemacht werden."

„Keine Chance", sagte Fred, „wir sprechen hier über Steuereinnahmen. Ein Naturschutzgebiet bringt der Insel rein gar nichts. Aber eine nette kleine Ferienanlage? Hey, ich bin ein Finanzmensch. Ich kenne die Macht des allmächtigen Geldes."

„Es gibt Menschen, die dagegen kämpfen werden."

„Das macht keinen Unterschied." Fred schnüffelte anerkennend an seinem Hagebuttentee. Die Enden seines Sarongs waren verrutscht, und nun saß er mit entblößten Schenkeln da. Der Rauch eines Räucherstäbchens kräuselte sich über seinem grauen Haupt. „Sie schreien ‚Protest', legen sich vor die Bulldozer, aber es ist hoffnungslos. Es gibt Dinge, die man nicht aufhalten kann."

„Eine zynische Antwort", erwiderte Miranda.

„Zynische Zeiten."

„Also, Rose Hill können sie nicht kaufen", sagte Miranda und erhob sich. „Und falls wirklich das organisierte Verbrechen dahinter stecken sollte, dann können Sie darauf wetten, dass die Inselbewohner zurückschlagen werden. Die Leute hier dulden keine Verbrecher. Und keine Zugereisten."

Fred schaute lächelnd zu ihr hoch. „Aber *Sie* sind doch auch eine Zugereiste und werden trotzdem akzeptiert, Ms. Wood. Oder etwa nicht?"

„Nein, das werde ich nicht." Miranda wandte sich zur Tür. Sie blieb einen Augenblick dort stehen und starrte nach draußen, wo die Bäume unter einem Baldachin aus Blau wogen. „Sie haben mich nie akzeptiert", sagte sie leise. „Und wissen Sie was?" Sie stieß einen resignierten Seufzer aus. „Ich habe es erst jetzt bemerkt. Sie werden es niemals tun."

In der Auffahrt von Rose Hill parkte ein dritter Wagen.

Sie entdeckten ihn, als sie um die letzte Kurve der Straße bogen – es war das neueste Modell von Saab in einer glänzenden burgunderroten Lackierung. Ein Blick durch das Autofenster verriet ein makelloses Interieur, nicht einmal eine einzelne Visitenkarte oder Bonbonpapier waren auf den Lederpolstern zu sehen.

Die Verandatür öffnete sich knarrend und Miss St. John kam heraus. „Da sind Sie ja", sagte sie. „Wir haben Besuch, Jill Vickery."

Natürlich, dachte Miranda. Wer sonst besaß einen so perfekt gepflegten Wagen?

Jill stand inmitten der Bücher und hielt einen Karton im Arm. Sie bedachte Miranda mit einem offensichtlich überraschten Blick, enthielt sich aber eines Kommentars. „Entschuldigung, dass ich ohne Vorwarnung aufgetaucht bin", sagte sie. „Ich musste ein paar Unterlagen abholen. Phillip und ich, wir treffen uns morgen mit dem Buchhalter. Ihr wisst, wir müssen die Steuerunterlagen für die Übergabe des *Herald* vorbereiten."

Chase runzelte die Stirn. „Sie haben die Finanzunterlagen hier gefunden?"

„Nur die vom letzten Monat. Im Büro waren sie nicht, also habe ich mir gedacht, dass er sie hier heraus gebracht hat, um daran zu arbeiten. Und ich hatte Recht."

„Wo waren sie?" fragte Chase. „Wir haben seine gesamten Unterlagen durchsucht. Ich habe sie nirgends entdeckt."

„Sie waren oben. In der Nachttischschublade." Sie machte sich nicht die Mühe zu erklären, woher sie wusste, dass sie dort fündig werden konnte. Sie blickte sich um. „Ihr habt diesen Ort ja wirklich auseinander genommen. Wonach sucht ihr? Nach einem versteckten Schatz?"

„Nach allen Unterlagen über Stone Coast Trust", sagte Chase.

„Ja, Annie hat erwähnt, dass euch die Sache nicht aus dem Kopf geht. Ich persönlich glaube ja, es ist eine Sackgasse." Sie wandte sich um und betrachtete Miranda kühl. „Und wie stehen die Dinge für dich?“ Diese Frage war eher höflich gemeint. Sie klang weder warm noch besorgt.

„Die Dinge sind … schwierig“, antwortete Miranda ausweichend.

„Das kann ich mir vorstellen. Ich hörte, du wohnst momentan bei Annie.“

„Nur vorübergehend.“

Jill schenkte ihr ein ironisches Lächeln. „Das ist ziemlich ungünstig. Die Verhandlung sollte Annies Geschichte werden. Und nun lebst du bei ihr. Ich werde sie abziehen müssen. Von wegen neutraler Berichterstattung.“

„Niemand vom *Herald* kann sich ernsthaft als neutral betrachten“, stellte Chase klar.

„Mag sein.“ Jill schob den Karton von einem Arm in den anderen. „Also, ich gehe dann mal besser und lasse euch bei eurer Suche allein.“

„Ms. Vickery?“ rief Miss St. John. „Ich frage mich, ob Sie ein wenig Licht in etwas bringen können, das wir hier gefunden haben?“

„Ja?“

„Es ist ein Zettel von jemandem namens M.“ Miss St. John reichte ihr den Zettel. „Miranda hat ihn nicht geschrieben. Wissen Sie, wer es gewesen sein könnte?“

Jill las die Notiz ohne jegliche äußere Regung, und Miranda bewunderte sie für diese Selbstbeherrschung.

„Sie ist nicht datiert. Also …“ Jill schaute hoch. „Ich kann mir mehrere Möglichkeiten vorstellen. Keine davon mit diesem Anfangsbuchstaben, aber M. könnte auch für einen Spitznamen stehen. Zum Beispiel *Maus.*"

„Mehrere Möglichkeiten?"

„Ja." Jill blickte Miranda unbehaglich an. „Richard, er ... war sehr attraktiv. Speziell für die Sommerpraktikantinnen. Da gab es eine im letzten Sommer, bevor du eingestellt worden bist, Miranda. Sie hieß Chloe Sowienoch und konnte überhaupt nicht schreiben, aber sie war ganz hübsch anzusehen. Und sie bekam Interviews, die niemand sonst bekam, was Annie die Wände hochgehen ließ." Jill betrachtete die Notiz noch einmal. „Das wurde auf einer Schreibmaschine getippt. Seht ihr? Die Schleife am *e* ist verwischt, der Hammer müsste gereinigt werden. Wenn ich mich recht erinnere, dann benutzte Chloe immer eine alte Schreibmaschine. Sie war die Einzige in der ganzen Redaktion, der am Computer angeblich nichts einfiel." Sie gab Miss St. John den Zettel zurück.

„Sie könnte es gewesen sein."

„Wie ging die Sache aus?" fragte Chase.

„Wie solche Sachen meistens ausgehen. Ein heißer Flirt, ein bisschen Feuerwerk, und danach gab es noch ein gebrochenes Herz mehr."

Miranda spürte, wie sich ihr Nacken versteifte und sie errötete. Keiner der anderen schaute sie direkt an, aber sie wusste, dass ihre Aufmerksamkeit auf sie gerichtet war; sie ging zum Fenster und hielt sich unbewusst an den Vorhängen fest, während sie mit sich kämpfte und versuchte, ihren Kopf aufrecht und ihren Rücken gerade zu halten. Noch ein gebrochenes Herz. Sie fühlte sich wie ein Objekt auf dem Fließband dummer und leichtgläubiger Frauen. Und sie dachten bestimmt dasselbe über sie.

Sie dachte es über sich.

Jill schob den Karton erneut von einem Arm in den anderen. „Ich sollte besser ins Büro zurückfahren, sonst tanzen die Mäuse auf dem Tisch." Sie ging zur Tür und blieb stehen. „Oh, ich hätte beinahe vergessen, es Ihnen zu sagen, Chase. Annie hat die Neuigkeiten gerade erst gehört."

„Welche Neuigkeiten?" fragte Chase.

„Tony Graffam ist zurück."

Miranda reagierte nicht. Sie hörte Jill die Verandatreppe hinuntergehen, hörte wie der Saabmotor aufheulte und die Reifen auf dem Kiesweg knirschten. Sie spürte die Blicke von Chase und Miss St. John in ihrem Rücken. Sie beobachteten sie mit einer unerträglichen, mitleidigen Ruhe.

Sie stieß die Tür auf und floh aus dem Cottage.

Auf dem halben Weg über das Feld holte Chase sie ein. Er packte sie am Arm und zog sie zu sich herum. „Miranda ..."

„Lass mich alleine!"

„Du kannst nicht einfach davor weglaufen!"

„Du hast gut reden!" schrie sie. „Jill hat es gesagt. Ich bin nur ein weiteres gebrochenes Herz. Eine weitere dumme Frau, die genau das bekommen hat, was sie verdiente."

„Du hast es nicht verdient."

„Verdammt, Chase, jetzt bitte kein Mitleid! Das wär das letzte, was ich ausgerechnet von dir ertragen könnte." Sie befreite sich aus seiner Umklammerung und wandte sich ab, doch er zog sie zurück. Diesmal hielt er sie mit eisernem Griff um die Handgelenke fest. Sie starrte in seine dunklen, unnachgiebigen Augen.

„Du tust mir nicht Leid!“ gab er zurück. „Du bist viel zu kostbar für Mitleid, Miranda. Du bist besser als alle Frauen, die ich bisher getroffen habe. Vielleicht bist du naiv. Und leichtgläubig. Damit fangen wir alle an. Jetzt willst du dich selbst bestrafen. Aber übertreibe es nicht. Ich persönlich glaube, dass Richard genauso viel für dich empfunden hat wie du für ihn.“

„Ach was? Und, soll ich mich jetzt besser fühlen?“

„Ich sage das nicht, damit du dich besser fühlst, sondern weil ich es für die Wahrheit halte.“

„Richtig.“ Ihr Lachen klang spöttisch. „Ich bin etwas besser als ein gewöhnliches Flittchen. Phantastisch.“ Miranda versuchte erneut, sich von ihm zu befreien. Doch er hielt sie weiter fest umklammert.

„Nein“, sagte er ruhig. „Was ich damit sagen will, ist Folgendes. Ich weiß, dass du nicht die Erste bist. Ich weiß, dass Richard eine Menge Frauen hatte. Über die Jahre habe ich ein paar davon getroffen. Manche von ihnen waren hinreißend. Einige sehr talentiert, sogar brillant. Aber von all diesen Frauen – und jede einzelne von ihnen war außergewöhnlich – bist du die Einzige, bei der ich mir vorstellen kann, dass er sie wirklich geliebt hat.“

„Von all diesen *hinreißenden* Frauen?“ Sie schüttelte den Kopf und lachte. „Warum ich?“

„Weil du diejenige bist, in die *ich* mich verliebt hätte", sagt er leise.

Er starrte sie an, seine dunklen Haare wehten im Wind. Sonnenlicht überflutete sein Gesicht. Sie hörte ihre eigenen schnellen Atemzüge, hörte, wie ihr Herz in den Ohren pochte. Da ließ er ihre Handgelenke los. Sie bewegte sich nicht, auch dann nicht, als er seine Arme um sie legte und nicht einmal, als er sie an sich heranzog. Sie konnte kaum atmen, als er seinen Mund auf ihren presste.

Nach der ersten Berührung seiner Lippen war sie verloren. Die Sonne schien ihre Größe vervielfacht zu haben, so hell strahlte sie vor einem blauen Feld. Und dann gab es nur noch ihn, seine Umrisse, sein Körper. Seine Haare verdeckten den Himmel und sein Mund stahl ihren Atem. Sie legte ihre Hände um seinen Nacken und öffnete ihre Lippen, offenbarte sich ihm, presste sich an ihn. Sie saugte ihn ein, berauschte sich an seinem Geschmack und seiner Wärme. Wie durch einen Schleier hindurch hörte sie sein leises Stöhnen. Es klang nach Befriedigung und Lust. Er wollte sie. Wie schnell sie sich ergeben hatte, wie leicht sie ihm verfallen war – die Frau, die erst von dem einen Bruder und jetzt von dem anderen beherrscht wurde.

Die unerträgliche Helligkeit des Tages blendete ihre Augen, als sie sich von ihm befreite. Ihre Wangen glühten. Das Summen der Insekten im Feld und das Rascheln der Gräser im Wind verlor sich beinahe hinter ihrem eigenen heftigen Atmen.

„Ich laufe nicht von einem zum nächsten, Chase", sagte sie. „Das ist nicht mein Stil."

Dann wandte sie sich von ihm ab und stapfte über das Feld davon, zurück zum Cottage. Sie wusste, dass er ihr folgte, aber diesmal machte er keine Anstalten, sie einzuholen. Sie musste ihren Weg alleine gehen. Die Helligkeit des Nachmittags, die im Wind tanzenden Blumen und die aufstiebenden Löwenzahnsamen schienen ihr Elend nur noch zu verschlimmern.

Miss St. John stand auf der Veranda. Miranda nickte der Frau kaum merklich zu und eilte an ihr vorüber ins Cottage hinein. Drinnen begab sie sich direkt zum Bücherschrank, nahm eine Handvoll Bücher vom Regal und setzte sich auf den Boden. Sie blätterte zielstrebig durch die Seiten, als sie Schritte die Verandastufen hinaufkommen hörte.

„Das ist keine gute Zeit für einen Streit, Chase", hörte sie Miss St. John sagen.

„Ich habe nicht vor, mich zu streiten."

„Du siehst aber so aus. Um Himmels Willen, beruhige dich. Stopp, verdammt noch mal."

„Bei allem Respekt, Miss St. John, Sie sind *nicht* meine Mutter."

„Na gut, ich bin nicht deine Mutter!" bellte Miss St. John. Und als sie die Treppen hinunterstampfte, fügte sie leise für sich hinzu: „Aber ich sehe, wenn ein Mann dringend meinen Rat benötigt!"

Die Verandatür schlug hinter Chase zu. Er sah Miranda

auf dem Boden knien und sah sie wütend an. „Du hast das falsch aufgefasst."

Miranda sah zu ihm hoch. „Habe ich das?"

„Was zwischen dir und Richard passierte, ist eine andere Angelegenheit. Und sie ist vorbei. Das hat nichts mit dir und mir zu tun."

Sie schlug ein Buch zu. „Es hat alles mit dir und mir zu tun."

„Aber bei dir klingt es so, als ob ich in die Geschichte einfach ... einfach einsteige, wo er sie verlassen hat."

„Gut, vielleicht ist es nicht ganz so einfach. Vielleicht merkst du nicht einmal, dass du genau das tust." Sie griff nach einem anderen Buch und konzentrierte sich stur auf die Seiten, die sie durchblätterte. „Aber wir wissen beide, dass Richard der Goldjunge der Familie war. Derjenige, der alles hatte und alles erbte. Du warst der Tremain, dem nicht einmal ein bescheidenes Treuhandkonto überantwortet wurde. Tja, und wenn du schon weder Zeitung noch Vermögen erben kannst, dann vielleicht wenigstens die ehemalige Geliebte deines Bruders. Oder, hui, vielleicht sogar seine Frau. Überlege nur einmal. Evelyn würde sich nicht einmal die Mühe machen müssen, ihren Namen zu ändern."

„Bist du fertig?"

„Definitiv."

„Gut. Weil ich nämlich nicht glaube, dass ich noch länger hier stehen und mir diesen Mist weiter anhören kann. Aber zu deinen Anwürfen, erstens: Ich bin nicht im Geringsten an meiner Schwägerin interessiert. Das war ich nie. Als Richard sie heiratete, musste ich mich zurückhalten, ihm nicht mein Beileid auszusprechen. Zweitens ist es mir verdammt egal, wer den *Herald* bekommt. Ich wollte diesen Job nie haben. Das ist so sicher wie das Amen in der Kirche. Die Zeitung war von Anfang an Richards Baby. Und drittens ..." Er machte eine Pause und holte tief Luft, so als wollte er seinen Mut sammeln für das, was er zu sagen hatte. „Drittens", sagte er leise. „Ich bin kein Tremain."

Skeptisch sah sie ihn an. „Was sagst du da? Du bist aber doch Richards Bruder, oder nicht?"

„Sein Halbbruder."

„Du meinst ..." Sie starrte in diese Zigeuneraugen und entdeckte ihr Spiegelbild in den kohlrabenschwarzen Pupillen.

Chase nickte. „Mein Vater wusste es. Ich glaube nicht, dass Mutter es ihm jemals erzählt hat. Brauchte sie auch nicht. Er musste mich nur ansehen, um es zu wissen." Er schenkte ihr ein bitter-ironisches Lächeln. „Lustig, dass ich das nie bemerkt habe. Meine ganze Kindheit über verstand ich nicht, weshalb ich es nicht mit Richard aufnehmen konnte. Egal, wie sehr ich mich auch bemühte, war immer er derjenige, dem Vaters Aufmerksamkeit gehörte. Meine Mutter versuchte, es wett zu machen. Sie war bis zu ihren Tod mein allerbester Freund. Und dann waren wir nur noch zu dritt." Er ließ sich in einen Sessel fallen und rieb sich die Stirn, so als wollte er seine Erinnerungen wegwischen.

„Wann hast du erfahren“, fragte Miranda behutsam, „dass er nicht dein Vater war?“

Erst Jahre später, als er im Sterben lag. Es gab eine Beichte am Totenbett, wie man es aus schlechten Filmen kennt. Nur, dass er es nicht *mir* erzählt hat, sondern Richard, dem Privilegierten.“ Erschöpft lehnte sich Chase im Sessel zurück und presste seinen Kopf gegen die Kissen, den Blick an die Decke gerichtet. „Später, bei der Testamentsverlesung, konnte ich nicht verstehen, warum ich übergangen worden war. Oh, er hinterließ mir genug, um mir beruflich etwas aufzubauen, aber das war alles. Ich dachte, es läge an meiner Ehe, daran, dass Vater von Anfang an dagegen gewesen war. Ich war verletzt, aber ich akzeptierte es. Nicht so meine Frau. Sie und Richard lieferten sich einen lautstarken Streit. Sie schrie, dass es nicht fair sei. Da verlor Richard die Beherrschung und verriet alles. Das große Geheimnis. Die Tatsache, dass sein Bruder ein Bastard war.“

„Hast du damals die Insel verlassen?“

Er nickte. „Meiner Frau zuliebe kam ich ein- oder zweimal zurück, und nachdem wir geschieden worden waren, schien ich meine letzte Verbindung zu dieser Insel verloren zu haben. Also blieb ich weg. Bis jetzt.“

Sie schwiegen. Es schien, als verlöre er sich in traurigen Erinnerungen und alten Wunden. Kein Wunder, dass ich niemals eine Ähnlichkeit mit Richard in Chase Gesicht fand, dachte Miranda. Er ist überhaupt kein Tremain. Er ist nur er selber, die Art von Mann, die Richard nie sein konnte.

Die Art von Mann, die ich lieben könnte.

Er spürte, dass sie ihn beobachtete und dass sie im Begriff war, ihre Hand nach ihm auszustrecken. Abrupt erhob er sich und schlenderte mit einstudierter Gleichgültigkeit zur Verandatür. Dort blieb er stehen und sah hinaus auf die Felder. „Vielleicht hast du Recht", sagte er.

„Womit?"

„Dass die Geschichte zwischen Richard und dir immer noch über uns schwebt."

„Du meinst, wir sollten es besser bleiben lassen, oder?" murmelte sie.

„Das allein ist es nicht." Er drehte sich um und schaute ihr ins Gesicht. Ihr Blick wurde fast gegen ihren Willen von seinen Augen angezogen. „Miranda, die Wahrheit ist, dass zu viele Gründe dagegen sprechen. Das, was zwischen uns geschehen ist, war …" Er zuckte mit den Achseln. „ pure Anziehung, mehr nicht."

Das ist alles. Nichts Besonderes im großen Spiel eines Lebens. Nichts, wofür man sein Herz riskierte. Nichts, wofür es sich lohnte, weiter darüber nachzudenken.

„Trotzdem …", sagte er.

„Ja?" Sie schaute hoch und war plötzlich von einer irrsinnigen Hoffnung beseelt.

„Wir können nicht einfach auseinander gehen. Nicht nach allem, was geschehen ist. Richards Tod. Das Feuer." Er gestikulierte und zeigte auf die im Zimmer verstreuten Bücher. „Und dem hier."

„Du vertraust mir nicht und willst dann trotzdem meine Hilfe?“

„Du bist die Einzige, die in der Lage ist, Ordnung in das Chaos zu bringen.“

Sie stieß ein müdes Lachen aus. „Da hast du wohl Recht.“ Sie schlang ihre Arme eng um ihren Körper. „Also, was kommt als nächstes?“

„Ich werde mit Tony Graffam sprechen.“

„Soll ich mitkommen?“

„Nein. Ich will ihn alleine unter die Lupe nehmen. In der Zwischenzeit könntest du hiermit fertig werden. Im oberen Stockwerk waren wir auch noch nicht.“

Miranda ließ ihren Blick durch den Raum schweifen, über die staubigen Bücherstapel, das viele Papier und schüttelte den Kopf. „Wenn ich bloß wüsste, wonach ich suche. Wonach der Einbrecher suchte?“

„Ich habe das Gefühl, es ist noch irgendwo.“

„Was auch immer *es* sein mag.“

Chase drückte die Tür auf. „Du wirst es wissen, sobald du es gefunden hast.“

11. KAPITEL

Fred Nickels hatte gesagt, Tony Graffam sei aalglatt und dumm. Er hatte mit beidem Recht. Graffam trug einen Seidenanzug, eine Krawatte mit rotem Paisleymuster und einen goldenen Ring am kleinen Finger. Das Büro war, wie der Mann, strahlend, aber von geringer Substanz: Plüschteppich, glänzende, neue Ledersessel, weder Sekretärin noch Bücherregale, ein papierloser Schreibtisch. An der Wand hing als einzige Dekoration eine Karte der Nordküste von Shephard's Island. Es war zwar nicht als solche bezeichnet, aber Chase genügte ein Blick auf die weite, geschwungene Bucht, um die Küstenlinie zu erkennen.

„Ich sage Ihnen, das ist eine Hexenjagd!" beschwerte sich Graffam. „Zuerst die Polizei und nun Sie." Er blieb hinter seinem Schreibtisch sitzen und lehnte es sogar ab, zur Begrüßung aufzustehen, so als ob er sich hinter diesem polierten Schutzwall verschanzen wollte. Nervös fuhr er sich mit den Fingern durch das dauergewellte Haar. „Sie glauben, ich gehe einfach hin und beseitige jemanden? Einfach so? Und wofür? Ein Stück Land? Sehe ich so dumm aus?"

Chase verzichtete höflich auf eine Antwort. „Sie haben ein Angebot für Rose Hill abgegeben, oder?"

„Ja, natürlich. Es ist ein erstklassiges Grundstück."

„Und mein Bruder lehnte ab, es zu verkaufen."

„Hören Sie, es tut mir Leid um Ihren Bruder. Eine Tragödie, eine echte Tragödie. Nicht, dass wir uns besonders gemocht hätten, wenn Sie verstehen. Mit ihm war einfach nicht zu reden. Er blockte alles ab, sobald es um das Projekt ging, wurde er regelrecht feindselig. Dabei ging es doch nur ums Geschäft, richtig?"

„Aber ich hatte den Eindruck, dass das überhaupt kein Geschäft war. Stone Coast Trust wies es als Landschutzprojekt aus."

„Und genauso ist es. Ich habe Ihrem Bruder ein Topangebot für das Land gemacht, mehr als die Naturschutzbehörde ihm geboten hätte. Außerdem hätte er ein lebenslanges Nutzungsrecht für das Cottage erhalten. Ein unglaubliches Geschäft."

„Unglaublich."

„Mit Rose Hill könnten wir den Park über den ganzen Hang hinunter ausweiten. Rose Hill würde Anstieg, Aussicht und Zufahrt ermöglichen.

„Zufahrt?"

„Für die Instandhaltung natürlich. Sie wissen schon, der Wanderwege. Unauffällige Pfade, damit jeder die Natur ungehindert genießen könnte. Selbst Behinderte. Ich meine, Menschen, mit eingeschränkter Mobilität."

„Sie haben ja an alles gedacht."

Graffam lächelte. „Ja. Das haben wir."

„Wie passt Tannenhöhe dazu?"

Graffam hielt inne. „Bitte?"

„Tannenhöhe. Das ist, glaube ich, der Name Ihres geplanten Bauprojektes."

„Tja, da war nichts *geplant* …“

„Und warum haben Sie dann die Umwandlung des Nutzungsplans beantragt? Und wie viel hat es gekostet, die Landkommission zu bestechen?“

Grahams Gesicht wirkte wie versteinert. „Lassen Sie es mich wiederholen, Mr. Tremain. Stone Coast Trust hat sich formiert, um die Nordküste zu schützen. Ich gebe zu, dass wir möglicherweise hier und da parzellieren müssen, um die Treuhandgesellschaft bei Laune zu halten. Aber manchmal muss man Kompromisse schließen und Dinge tun, die man lieber nicht tun würden.“

„Ist damit auch Erpressung gemeint?“

Graffam richtete sich auf. „Was?“

„Ich rede von Fred Nickels und Homer Sulaway. Die Namen dürften Ihnen bekannt sein.“

„Ja, natürlich. Das sind zwei der Grundstücksbesitzer. Sie haben mein Angebot abgelehnt.“

„Jemand hat ihnen äußerst uncharmante Briefe geschickt und den Verkauf nahe gelegt.“

„Glauben Sie, ich habe diese Briefe verschickt?“

„Wer sonst? Vier Menschen haben abgelehnt. Zwei davon bekamen Drohbriefe. Und ein dritter – mein Bruder – ist tot.“

„Darauf wollen Sie hinaus, nicht wahr? Sie versuchen, es aussehen zu lassen, als hätte ich etwas mit dem Mord zu tun.“

„Habe ich das gesagt?“

„Hören Sie, ich habe genug Energie in dieses Projekt gesteckt. Ich muss mich schon seit einem Jahr um diesen Kleinstadtkram kümmern. Ich habe Kopfstände gemacht, um alles ins Laufen zu bringen, aber ich werde mich nicht zum Prügelknaben machen lassen."

Chase starrte Graham verwirrt an. Worüber sprach dieser Mann? Wessen Prügelknabe sollte er sein?

„Ich war nicht auf der Insel, als es passierte. Ich habe Zeugen, die das beschwören werden."

„Für wen arbeiten Sie?" unterbrach Chase ihn.

Graffams verkniff den Mund und lehnte sich langsam zurück. Seine Miene war wie versteinert.

„Also haben Sie einen Geldgeber?" sagte Chase. „Jemanden, der bezahlt. Jemanden, der die schmutzige Arbeit erledigt. Wen wollen Sie decken?"

Graffam schwieg.

„Sie haben Angst, Graffam, das kann ich Ihnen ansehen."

„Ich muss keine Ihrer Fragen beantworten."

Chase ging zum Angriff über. „Mein Bruder war erpicht darauf, Stone Coast auffliegen zu lassen, oder nicht? Also schickten Sie ihm einen Ihrer Drohbriefe. Doch dann stellten Sie fest, dass Sie ihn weder erpressen noch kaufen konnten. Also, was taten Sie? Jemanden bezahlen, der sich des Problems annahm?"

„Sie meinen Mord?" Graffam brach in Gelächter aus. „Kommen Sie, Tremain. Ein Weibstück hat ihn umgebracht.

Das wissen wir beide. Gefährliche Biester, diese Weiber. Man gibt ihnen den Laufpass und schon kommen sie auf die absurdesten Ideen. Sie sehen rot, schnappen sich das Küchenmesser, und das war es. Selbst die Polizei ist da einer Meinung. Es war eine Frau. Sie hatte ein Motiv."

„Und Sie hatten eine Menge Geld zu verlieren. Genau wie Ihr Geldgeber. Richard hatte bereits seine Hände auf Ihren Konten. Er spürte Ihre unsichtbaren Partner auf. Er hätte das Geschäft auffliegen lassen können ..."

„Aber er tat es nicht. Er zog den Artikel zurück, erinnern Sie sich? Ich weiß aus zuverlässiger Quelle, dass er die Story nicht bringen würde. Also, warum hätten wir länger hinter ihm her sein sollen?"

Chase schwieg. Das entsprach dem, was auch Jill gesagt hatte. Richard selbst war derjenige, der den Artikel zurückgezogen und den Kreuzzug beendet hatte. Das war das einzige Detail, das keinen Sinn ergab. Warum hatte Richard einen Rückzieher gemacht?

Aber *hatte* er wirklich einen Rückzieher gemacht? Oder hatte Jill Vickery gelogen?

Noch auf dem Weg aus Graffams Büro zu seinem Wagen erwog er diese Möglichkeit. Was wusste er genau über Jill? Nur, dass sie seit fünf Jahren beim *Herald* war und dass sie gute Arbeit leistete. Dass sie schlau war, elegant und unterbezahlt. Sie hätte überall an der Ostküste einen besseren Job bekommen können. Warum hatte sie beschlossen, bei diesem Provinzblatt zu bleiben und für einen Hungerlohn zu arbeiten?

Chase hatte eigentlich vorgehabt, direkt zum Rose Hill Cottage zurückzufahren. Nun aber schlug er den Weg zum *Herald* ein.

In der Redaktion war kaum noch jemand; der Sommerpraktikant saß vor einem Computer, und der Layouter beugte sich über den Zeichentisch. Chase ging an ihnen vorbei in Richards Büro und begab sich direkt zum Aktenschrank.

Chase fand Jill Vickerys Personalakte dort, wo sie hingehörte. Er setzte sich an den Tisch und öffnete neugierig den Aktendeckel.

Die Akte enthielt eine sauber getippte, dreiseitige Zusammenfassung ihrer Vita. Vordiplom, Bowdoin, 1977. Examen, Columbia, 1979. Lokalredaktion, *San Francisco Chronicle;* dann Nachrufe, *San Diego Union;* Polizeireporterin, *San José Times;* Chefredakteurin, *Portland Press Herald.* Eine solide Karriere.

Also, weshalb war sie hier gelandet?

Irgendetwas an diesem Lebenslauf störte ihn. Irgendetwas erschien ihm zweifelhaft. Und es war genug, um ihn zum Hörer greifen und die Nummer ihres früheren Arbeitgebers, dem *Portland Press Herald* wählen zu lassen. Er sprach mit der aktuellen Redakteurin, einer Frau, die sich nur noch vage an Jill Vickery erinnerte.

Als nächstes rief Chase bei der *San José Times* an. Diesmal schien es ungewiss, man brüllte durch die Redaktion, ob jemand eine Reporterin namens Jill Vickery kannte, die sieben Jahre vorher dort gearbeitet hatte. Jemand schrie zurück, ob da nicht vor ein paar Jahren eine Jill als Polizeireporterin gearbeitet hätte. Das genügte Chase. Er legte auf und überlegte schon aufzugeben.

San Diego Union, las er noch einmal. Schwerpunkt: Nachrufe. Das ergab keinen Sinn. Nachrufe waren die Entsprechung der Kohlengrube im Zeitungsgeschäft. Von da aus arbeitete man sich nach oben. Warum war sie von der Lokalredaktion in San Francisco auf dieser niederen Position gelandet?

Er rief beim *San Diego Union* an. Jemand mit dem Namen Jill Vickery hatte nie dort gearbeitet.

Dasselbe galt für San Francisco.

Die Hälfte des Lebenslaufs schien gefälscht. Warum? Und wenn dem so war – was hatte Jill in den acht Jahren zwischen der Universität und ihrem Job bei der *San José Time*s gemacht?

Er griff noch einmal zum Hörer. Diesmal rief er bei der Columbia Universität in der Fakultät für Journalismus an. Wie viele Studenten pro Jahrgang schlossen mit einem Examen ab? Und wie viele dieser Studenten hießen mit Vornamen Jill?

1979 gab es nur eine, erklärten sie ihm. Aber es war keine Jill Vickery, die erfolgreich abgeschlossen hatte, sondern eine Jill Westcott.

Dann rief Chase noch einmal bei der *San Diego Union* an. Diesmal fragte er nach Jill Westcott, und diesmal erinnerte man sich an den Namen. Wir faxen Ihnen den Artikel, sagten sie.

Ein paar Minuten später kam er scharf und klar aus dem Faxgerät.

Er zeigte ein Foto von Jill Westcott, die nun Jill Vickery hieß. Und erzählte die Geschichte eines kaltblütigen Mordes.

Miranda saß im schwindenden Tageslicht und starrte planlos auf ihre Umgebung. Sie hatte den Nachmittag damit verbracht, das Badezimmer und zwei Schlafzimmer zu durchsuchen. Inzwischen war ihr heiß geworden und sie fühlte sich staubig und entmutigt. Nichts von Substanz war aufgetaucht, nur harmlose Zettel – Quittungen, eine zehn Jahre alte Ansichtskarte aus Spanien und eine weitere Maschinen geschriebene Nachricht von M.

„… Ich bin nicht das schwache kleine Nichts, das ich einmal gewesen war. Ich kann gut ohne dich leben, und das werde ich auch. Ich brauche dein Mitleid nicht. Ich bin nicht wie die anderen, diese Frauen ohne Grips. Was, um Himmels Willen, findest du nur an diesen Kreaturen? Ist es die Lust des Fleisches? Die blinde Verehrung, die sie dir entgegen bringen? Gut, es bedeutet nichts. Es ist nur leere Anbetung. Ohne dein Geld würdest du keines zweiten Blickes von diesen Puppen gewürdigt. Ich bin die Einzige, der es egal ist, wie viel du auf der Bank hast. Und nun hast du mich verloren.“

Die Bitterkeit und das Leid, das aus diesem Brief sprach, waren ihrer eigenen Laune nicht zuträglich. Miranda steckte den

Brief in die Schublade zurück und vergrub ihn unter der Seidenunterwäsche. Die Wäsche einer anderen Frau. Die Qualen einer anderen Frau.

Als sie das Zimmer aufgeräumt hatte, war der Nachmittag bereits in den Abend übergegangen. Sie schaltete dennoch kein Licht an. Das Halbdunkel, das sich wie ein Vorhang über sie legte und das Zirpen der Grillen, das durch das offene Fenster zu ihr drang, übten eine beruhigende Wirkung auf sie aus. Vom Feld kam der undefinierbare Geruch des Abends – nach Seenebel und kühlem Gras. Sie ging zu einem Sessel am Fenster, setzte sich hin und legte ihren Kopf zurück, um sich auszuruhen. So viele Zweifel, so viele Sorgen lasteten auf ihr. Und immer, hinter jedem zaghaften Augenblick der Freude, lauerte drohend das Gefängnis. Während der letzten Tage in Freiheit hatte es Momente gegeben, in denen sie beinahe in der Lage gewesen war, diesen Gedanken von sich wegzuschieben. Doch in Momenten wie diesem, wenn es still war, blieb sie alleine mit ihren Ängsten, und die Vorstellung von Gefängnisgittern schien sie zu erdrücken. *Wie viele Jahre werden sie mich einsperren? Zehn, zwanzig, ein Leben lang?*

Lieber würde ich sterben.

Sie erschauderte.

Unten öffnete sich leise knarrend die Verandatür.

„Chase?“ rief sie. „Bist du das?“ Stille.

Sie stand auf und stellte sich an den oberen Treppenabsatz. „Chase?“

Die Verandatür fiel leise ins Schloss. Danach hörte sie

nichts mehr, nur noch das Zirpen der Grillen auf dem Feld. Ihrem ersten Instinkt folgend, wollte sie das Licht anschalten, aber sie hielt sich noch rechtzeitig zurück. Die Dunkelheit war ihr Freund. Sie würde sie verstecken und beschützen.

Sie zog sich von der Treppe zurück. Zitternd presste sie ihren Rücken gegen die Wand und lauschte in die Dunkelheit. Es drangen keine neuen Geräusche vom Erdgeschoss zu ihr hinauf. Sie hörte nur das Hämmern ihres eigenen Herzschlags. Ihre Handflächen schwitzten. Ihre Nerven waren zum Reißen gespannt.

Und da hörte sie es ... Schritte. In der Küche. Ein Bild schoss ihr durch den Kopf. Die Regale, die Schubladen. Die Messer.

Ihr Atem ging stoßweise. Sie entfernte sich noch weiter von der Treppe, während sie sich verzweifelt mit Fluchtgedanken beschäftigte. Hier oben gab es zwei Schlafzimmer und ein Bad. Und Fliegengitter an allen Fenstern. Könnte sie es rechtzeitig schaffen?

Unten waren weitere Schritte zu hören. Der Eindringling hatte die Küche verlassen. Er näherte sich der Treppe.

Miranda floh in das große Schlafzimmer. Die Dunkelheit erschwerte ihr den Weg. Sie stieß gegen einen Nachttisch. Eine Lampe wackelte und fiel hinunter. Das Klirren, das die Lampe verursachte, als sie auf dem Boden aufschlug, war genau das, was der Einbrecher brauchte, um sich in Richtung Schlafzimmer zu bewegen.

Panisch eilte sie zum Fenster. In der Dunkelheit erkannte

sie ein Stück Dach, das sich leicht neigte. Von da waren es nur ein paar Meter bis zum Boden. Das Schiebefenster stand bereits offen. Nur das Fliegengitter trennte sie noch von der Freiheit. Sie drückte dagegen, aber nichts geschah. Und dann bemerkte sie, dass das Gitter gegen den Fensterrahmen genagelt war.

Jetzt begann sie verzweifelt, gegen das Drahtgebilde zu treten und schluchzte, weil es ihren Tritten widerstand. Immer wieder trat sie dagegen, doch obwohl es sich immer weiter nach außen wölbte, hielt es dennoch stand.

Da ächzte eine Treppenstufe.

Sie gab dem Fliegengitter einen letzten verzweifelten Tritt.

Der Fensterrahmen zersplitterte und das Fliegengitter schlug dumpf auf dem Boden auf. Hastig kletterte Miranda hinaus und ließ sich auf den Dachvorsprung fallen. Dort zögerte sie, hin und her gerissen zwischen den tröstlich soliden Dachziegeln unter ihren Füßen und ihrer einzigen Chance auf Entrinnen durch den freien Fall. Sie konnte nicht erkennen, was direkt unter ihr lag. Die Rosenbüsche? Miranda hielt sich am Dach fest und kletterte über die Kante. Ein paar Sekunden lang hielt sie inne und wappnete sich für den Aufprall.

Dann ließ sie los.

Die Nachtluft streifte ihr Gesicht. Der Fall schien endlos, ein schmerzhafter Abstieg durch Zeit und Raum.

Ihre Füße prallten auf den Boden, die Beine knickten ein

und sie fiel der Länge nach auf den Kies. Sie blieb einen Moment lang liegen, den Blick in den sternenklaren Himmel gerichtet, der aufgrund ihres Schwindels an Kontur verlor. Dennoch spürte sie keinen Schmerz. Vielleicht hatte sie sich die Beine gebrochen, doch ihre Glieder waren wie taub. Aber sie wusste, das sie hier nicht liegen bleiben durfte.

Sie rappelte sich auf und begann, die Straße hinunter zu stolpern. Sie bog um eine Kurve … und sah sich sofort von einem Paar Scheinwerfer geblendet, die sie aus der Dunkelheit heraus ansprangen. Instinktiv hob sie ihre Arme, um die Augen vor der Helligkeit zu schützen. Dann hörte sie Bremsen quietschen und Kieselsteine, die unter den schlitternden Reifen zur Seite spritzten. Die Tür flog auf.

„Miranda?“

Mit einem Freudenschluchzer stolperte sie in Chase Arme. „Du bist es“, schrie sie. „Gott sei Dank bist du es.“

„Was ist los?“ flüsterte er und zog sie an sich. „Miranda, was ist geschehen?“

Sie klammerte sich an seine Brust wie an einen soliden Anker. „Er ist da … im Cottage …“

„Wer?“

Plötzlich hörten sie es beide: das Zuschlagen der hinteren Tür und die Geräusche sich entfernender Schritte im Gebüsch.

„Setz dich in den Wagen!“ befahl Chase. „Und schließ die Türen!“

„Was?“

Er gab ihr einen Schubs. „Tu es einfach!"

„Chase!" schrie sie.

„Bin gleich zurück!"

Verblüfft sah sie ihn in der Nacht verschwinden und hörte, wie sich seine Schritte entfernten. Ihr Instinkt sagte ihr, dass sie ihm folgen sollte, um im Notfall bei ihm zu sein, doch da hatte sie ihn bereits aus den Augen verloren und sah nichts mehr, außer den turmhohen Schatten der Baumkronen, die sich gegen den sternklaren Himmel abzeichneten. Und ringsherum lag nur noch die undurchdringlich wirkende Dunkelheit.

Tu was er sagt!

Sie kletterte in den Wagen, verschloss die Türen und fühlte sich auf der Stelle leer und ausgelaugt. Während sie hier saß und auf Chase wartete, hätte sie um sein Leben kämpfen können.

Und was würde ich ihm nutzen?

Sie drückte die Tür auf und kletterte aus dem Wagen, um zum Kofferraum zum gelangen. Dort fand sie einen Wagenheber aus Stahl, der schwer und solide in ihrer Hand lag.

Sie drehte sich um und blickte in den Wald, der wie eine Wand aus Schatten, wie eine formlose Bedrohung auf sie zu lauern schien.

Irgendwo in dieser Dunkelheit begab sich Chase vielleicht gerade in Lebensgefahr.

Sie umklammerte den stählernen Wagenheber und lief in die Nacht.

Das Geräusch knirschender Schritte im Unterholz bedeutete Chase, dass sein Gegner die Richtung gewechselt hatte. Chase hielt sich rechts, um dem Geräusch zu folgen. Zweige streiften sein Gesicht, und Dornen verhakten sich an seiner Hose. Die Dunkelheit war hier unter den Bäumen so dicht, dass er sich fühlte wie ein Blinder, der durch eine Landschaft voller Fallen stolperte.

Wenigstens konnte sein Gegner auch nicht mehr sehen. Aber was, wenn er bewaffnet ist? Was, wenn ich in die Falle gelockt werde? dachte er und duckte sich unter einen Pinienzweig.

Das ist ein Risiko, das ich auf mich nehmen muss.

Die Schritte bewegten sich links von ihm. Im Sternenlicht, das wie in Streifen durch die Bäume fiel, sah Chase eine flüchtige Bewegung. Doch mehr als ein Schatten war nicht auszumachen. Ohne auf die Zweige zu achten, die ihm gegen das Gesicht schlugen, drang er tiefer in den Wald, bis er sich in einem Strauch verhedderte. Der Schatten huschte im Zickzack zwischen den Bäumen hindurch. Chase befreite sich aus dem Dickicht und nahm die Verfolgung wieder auf. Er holte ihn ein. Trotz des Pochens seines eigenen Herzens, konnte er den Herzschlag seines Gegners spüren. Der Schatten befand sich direkt vor seiner Nase, gleich hinter dem Vorhang aus Zweigen.

Chase sammelte seine Kräfte und stürmte so schnell er konnte durch das Gestrüpp auf eine Lichtung. Dort blieb er stehen.

Der Angreifer war verschwunden. Nichts regte sich. Es

war still bis auf den Wind, der in den Baumwipfeln rauschte. Ein flatterndes Geräusch neben ihm ließ ihn herumwirbeln. Vielleicht ein Tier. Verwirrt blieb er stehen, bis er das Knacken im Unterholz zu seiner Linken vernahm. Er drehte sich um, lauschte nach Schritten und versuchte, seinen Gegner zu lokalisieren. Hörte er jemanden atmen? Nein, es war nur der Wind …

Wieder dieses Knacken im Gehölz. Er machte einen Schritt nach vorne. Und noch einen.

Zu spät bemerkte er den Lufthauch des Zweiges, der auf seinen Kopf zuschoss.

Der Schlag ließ ihn nach vorne fallen. Er streckte seine Hände aus, um den Sturz abzufedern und fühlte die Stiche der Piniennadeln und die feuchten Blätter, als er über den Waldboden schrammte. Er versuchte, bei Bewusstsein zu bleiben, damit er seinem Körper befehlen konnte, sich aufzurichten und dem Feind gegenüber zu treten, aber er gehorchte ihm nicht. Chase sah schon, wie sich die Dunkelheit vor seinen Augen verdichtete und wollte über seine eigene Hilflosigkeit schimpfen und fluchen, doch er brachte nur ein Stöhnen heraus.

Schmerz … Sein Schädel fühlte sich an, als würde ein Presslufthammer darin wummern. Chase fasste sich an die Schläfen, doch das Dröhnen hörte nicht auf.

„Er wird durchkommen“, sagte eine Stimme.

Dann eine andere Stimme, weicher und ängstlich: „Chase? Chase?“

Er öffnete die Augen und sah Miranda, die auf ihn hinab blickte. Der Lampenschein schimmerte in ihrem zerzausten Haar, das ihre Wangen wie flüssiges Gold umrahmte. Bereits ihr Anblick schien den Schmerz in seinem Schädel zu verringern. Er versuchte sich daran zu erinnern, wo er sich befand und wie er dahin gekommen war. Doch die Bilder von Dunkelheit und vom Schatten der Bäume ließen sich nicht vertreiben.

Abrupt probierte er, sich aufzurichten und entdeckte noch mehr Menschen und Gesichter in dem Zimmer, das sich um ihn drehte.

„Nein", sagte Miranda. „Beweg dich nicht. Bleib einfach ruhig liegen."

„Jemand ... jemand da draußen ..."

„Er ist weg. Wir haben den Wald bereits durchsucht", sagte Lorne Tibbetts.

Chase ließ sich wieder auf das Sofa sinken. Er wusste jetzt, wo er sich befand. In Miss St. Johns Cottage. Er erkannte den Chintzstoff und den Pflanzendschungel. Und den Hund. Dieser hechelnde schwarze Mopp saß nahe beim Fußende des Sofas und beobachtete ihn. Oder nicht? Wer konnte schon sagen, ob das Biest unter dem vielen Fell überhaupt Augen hatte. Chase Blick wanderte langsam zu den anderen Menschen in diesem Zimmer. Lorne, Ellis, Miss St. John. Und Dr. Steiner, der seine alte Stablampe schwang.

„Die Pupillen sehen gut aus. Klar. Und sie reagieren", stellte Dr. Steiner fest.

„Nehmen Sie dieses verfluchte Ding da weg“, stöhnte Chase und schlug nach der Lampe.

Dr. Steiner schnaubte. „Kann an einem so dicken Schädel keinen Schaden anrichten.“ Dann stellte er eine Pillendose auf den Beistelltisch. „Gegen die Kopfschmerzen. Können schläfrig machen, aber der Schmerz lässt nach.“ Er ließ den Verschluss seiner Tasche zuschnappen und ging zur Tür. „Rufen Sie mich morgen früh an, aber nicht zu früh. Und, wenn ich Sie – alle – daran erinnern darf, ich mache keine, ich wiederhole, *keine* Hausbesuche!“ Dann schlug er die Tür hinter sich zu.

„Sehr fürsorglich“, jammerte Chase.

„Erinnern Sie sich an irgendetwas?“ lenkte Lorne zu einem anderen Thema über.

Chase gelang es, sich aufzurichten, wenngleich diese Anstrengung durch einen üblen Stich in seinem Schädel bestraft wurde. Er vergrub den Kopf in seinen Händen.

„An nicht das Geringste“, murmelte er.

„Haben Sie sein Gesicht gesehen?“

„Nur einen Schatten.“

Lorne machte eine Pause. „Aber Sie sind sicher, dass jemand da war?“

„Hey, glauben Sie, ich bilde mir die Kopfschmerzen bloß ein?“ Chase griff nach der Pillendose, machte sich am Verschluss zu schaffen und schluckte zwei Tabletten hinunter. Trocken. „Jemand hat mich niedergeschlagen.“

„Ein Mann? Eine Frau?“ drängte Lorne.

„Ich habe es nicht gesehen."

Lorne wandte sich an Miranda. „Er war bewusstlos, als Sie ihn fanden?"

„So ähnlich. Ich hörte ihn stöhnen."

„Entschuldigen Sie bitte die Frage, Ms. Wood, aber kann ich den Wagenheber sehen, den sie dabei hatten?"

„Was?"

„Den Wagenheber, den sie vorhin bei sich hatten."

Miss St. John seufzte. „Machen Sie sich nicht lächerlich, Lorne."

„Ich bin nur gründlich. Ich muss ihn mir ansehen."

Wortlos holte Miranda den Wagenheber von der Veranda und brachte ihn Lorne. „Keine Blutspuren, keine Haare", sagte sie knapp. „Ich war es nicht, die ihn niedergeschlagen hat."

„Nein, ich denke nicht", bestätigte Lorne.

„Jill Vickery", murmelte Chase.

Lorne schaute ihn an. „Wer?"

Plötzlich verdrängte die klare Erinnerung an den Abend Chase Kopfschmerzen. „Das ist nicht ihr richtiger Name. Überprüfen Sie das bei der Polizei von San Diego, Lorne. Vielleicht hat es nichts damit zu tun, aber sie wurde schon einmal wegen Mordes angeklagt."

„Wie bitte?"

Chase hob seinen Kopf. „Sie hat ihren Liebhaber umgebracht."

Sie starrten ihn alle an.

„*Jill?*“ rief Miranda ungläubig. „Wann hast du das herausgefunden?“

„Diesen Nachtmittag. Es war vor etwa zehn oder elf Jahren. Sie wurde freigesprochen. Notwehr, hieß es. Sie gab an, er hätte ihr Leben bedroht.“

„Wie passt das zu allem anderen?“ fragte Lorne.

„Ich bin nicht sicher. Ich weiß nur, dass die Hälfte ihres Lebenslaufs erfunden ist. Vielleicht hatte Richard das herausgefunden. Und falls er es herausgefunden hatte und sie damit konfrontierte ...“

Lorne wandte sich an Miss St. John. „Ich müsste mal Ihr Telefon benutzen.“

„In der Küche.“

Lorne verbrachte nur ein paar Minuten am Telefon. Er kam aus der Küche und schüttelte den Kopf. „Jill Vickery ist zu Hause. Sie sagt, sie war den ganzen Abend zu Hause.“

„Bis in die Stadt dauert es mit dem Wagen nur eine halbe Stunde“, sagte Miss St. John. „Sie könnte es gerade so geschafft haben.“

„Vorausgesetzt, ihr Wagen wäre gleich in der Nähe gewesen. Und vorausgesetzt, sie hätte sich gleich hinter das Steuer gesetzt und wäre davongefahren.“ Er schaute zu Ellis. „Haben Sie die Straße überprüft?“

Ellis nickte. „Keine fremden Wagen. Niemand hat etwas gesehen.“

„Gut“, sagte Lorne, „Wer auch immer es war, ich glaube nicht, dass er zurückkommen wird.“ Er griff nach seinem

Hut. „Beherzigen Sie meinen Rat, Chase. Fahren Sie heute nacht nirgendwo mehr hin. Sie sind nicht in der Verfassung, sich hinters Steuer zu setzen."

Chase stieß ein müdes Lachen aus. „Das hatte ich auch nicht vor."

„Ich kann ihn ins Cottage bringen", sagte Miranda. „Ich werde ihn im Auge behalten."

Lorne hielt inne und schaute zuerst auf Miranda und dann auf Chase. Falls er Zweifel an der Sinnhaftigkeit dieses Angebots hegte, dann zeigte er sie nicht. Er sagte nur, „Tun Sie das, Ms. Wood. Behalten Sie ihn *gut* im Auge." Dann ging er auf Ellis zu und öffnete die Tür. „Wir werden in Kontakt bleiben."

12. KAPITEL

Das Licht breitete sich von der Diele über den Pinienboden des Schlafzimmers aus. Miranda schlug die Bettdecke zurück und sagte, „Komm, leg dich hin. Anweisung des Doktors."

„Zum Teufel mit den Quacksalbern. Und mit diesem allemal", grummelte Chase. Er saß auf der Bettkante und schüttelte den Kopf, so als wollte er ihn zurechtrütteln. „Ich bin in Ordnung. Es geht mir gut."

Sie betrachtete sein geschundenes, unrasiertes Gesicht. „Chase, du siehst aus, als wärst du unter einen Lastwagen geraten."

„Die brutale Wahrheit!" Er lachte. „Bist du immer so verdammt ehrlich?"

Schweigend sah sie ihn an. „Ja", sagte sie leise. „Das bin ich tatsächlich."

Er schaute zu ihr hoch. *Was siehst du in meinen Augen?* fragte sie sich. *Aufrichtigkeit? Oder Lügen, glatte, gefährliche Lügen?*

Sie setzte sich neben ihn aufs Bett. „Erzähl mir alles, was du heute über Jill erfahren hast."

„Ich weiß nur, was ich in dem Presseartikel aus San Diego gelesen habe." Er beugte sich hinunter, um seine Schuhe auszuziehen. „Die Verhandlung sorgte für mächtig Wirbel. Du weißt schon, Sex und Gewalt. Sehr verkaufsfördernd."

„Was ist passiert?"

„Die Verteidigung behauptete, sie sei eine emotional geschundene Frau: jung, naiv und verletzlich. Und dass ihr Freund alkoholsüchtig war und sie regelmäßig schlug. Die Jury glaubte es."

„Was sagte die Anklage?"

„Dass Jill einen wahnsinnigen Hass auf Männer hat. Dass sie sie benutzte und manipulierte. Dass sie, als der Liebhaber sie verlassen wollte, in Wut geriet. Bei den Fakten stimmten beide Seiten wieder überein. Sie hat ihrem betrunkenen Liebhaber im Schlaf ein Gewehr an den Kopf gehalten und abgedrückt."

Chase lag erschöpft in den Kissen. Die Tabletten zeigten Wirkung. Seine Augenlider fielen nach unten. „Das war vor zehn Jahren", erklärte er. „Eine Ära, die Jill der Bequemlichkeit halber hinter sich gelassen hatte, als sie nach Maine kam."

„Wusste Richard davon?"

„Falls er sich die Mühe gemacht hat, den Lebenslauf zu überprüfen, wusste er es. Die letzte Hälfte ihrer Angaben war korrekt. Richard war möglicherweise so beeindruckt von diesem Gesamtpaket, dass er sich nicht die Mühe machte, mehr als die letzten beiden Jobs zu überprüfen. Oder vielleicht hatte er es erst vor Kurzem herausbekommen, wer weiß?"

Miranda saß da und überlegte. Sie versuchte sich Jill vor zehn Jahren vorzustellen. Jung, verletzlich und ängstlich.

Wie ich.

Oder ergab die Beschreibung der Anklage ein passenderes Bild? Eine Männerhasserin, eine Frau mit kranken Leidenschaften?

So werden sie versuchen, mich zu beschreiben. Als eine Mörderin. Und einige werden es glauben.

Chase war eingeschlafen.

Sie saß einen Moment lang an seiner Seite und lauschte seinen regelmäßigen Atemzügen, wobei sie sich fragte, ob er es je schaffen würde, ihr zu vertrauen. Wenn Sie doch jemals mehr für ihn sein könnte als nur ein kleines Teilchen in einem Puzzlespiel, das den Tod seines Bruders zum Thema hatte.

Sie stand auf und zog die Bettdecke über seinen schlafenden Körper. Er bewegte sich nicht. Sanft strich sie ihm das Haar zurück und streichelte über seine stoppelbärtige Wange. Er bewegte sich immer noch nicht.

Dann ließ sie ihn alleine und ging nach unten, wo sie Kisten voller Papier erwarteten und weitere Teile des Puzzlespiels. Sie sortierte sie in verschiedene Mappen ein. Artikel. Finanzberichte. Persönliche Nachrichten von M. und von anderen, nicht identifizierten Frauen. Die verschiedenen Trümmer aus dem Leben eines Mannes. Wie wenig sie über Richard gewusst hatte! Welch einen großen Teil seines Lebens er für sich behalten und sogar vor seiner Familie verschwiegen hatte. Deshalb hatte er dieses Rückzugsgebiet an der Nordküste so eifersüchtig behütet.

In seinem Leben spielte ich nur eine kleine, unwichtige Rolle. Wann wird es aufhören, mir weh zu tun?

Sie erhob sich und überprüfte die Türen und Fenster. Dann kehrte sie nach oben in das Schlafzimmer zurück.

Chase schlief immer noch. Sie wusste, dass sie das andere

Zimmer, das andere Bett benutzen sollte, doch in dieser Nacht wollte sie nicht alleine im Dunkeln liegen. Sie wollte Wärme und Sicherheit und das Gefühl, das Chase in der Nähe war.

Sie hatte versprochen, in dieser Nacht nach ihm zu sehen. Gab es einen besseren Ort, ihn im Auge zu behalten, als dasselbe Bett?

Sie legte sich neben ihn, nicht zu nahe, aber doch nah genug, um sich vorzustellen zu können, wie seine Wärme über das Laken zu ihr kroch.

Irgendwann während der Nacht kamen die Träume.

Ein Mann, ein Liebhaber hielt sie in seinen Armen, beschützte sie. Dann sah sie ihm ins Gesicht und entdeckte einen Fremden. Sie riss sich los und begann, davonzulaufen. Sie fand sich in einer Menschenmenge wieder und suchte nach einem bekannten Gesicht, nach Armen, die sich nach ihr ausstreckten, doch die Menschen um sie herum waren ihr fremd.

Und dann war er da. Ein Stück entfernt zwar, aber in Sichtweite. Sie rief ihn, streckte ihre Hände nach ihm aus. Da kam er auf sie zu und ihre Hände trafen sich, verbanden ihr warmes, festes Fleisch miteinander. Sie hörte ihn sagen: „Ich bin hier Miranda, ich bin hier …“

Und so war es.

Sie sah sein Gesicht im Halbdunkeln schimmern und die Schatten unter seinen Augen. Sein Blick ruhte still auf ihr. Miranda stockte der Atem, als er ihr Gesicht zwischen seine Hände nahm und seine Lippen langsam auf ihren Mund presste. Bei dieser Berührung lief ein wohliger Schauer durch ihren Körper. Sie schauten sich an, und die Nacht schien nur noch mit ihrem heftigen Atem angefüllt.

Er küsste sie noch einmal.

Und wieder fühlte sie, wie eine Welle des Wohlbehagens sie mit sich fort trug und zu einer Woge des Verlangens anschwoll. Sie wollte mehr. Mehr. Immer mehr. Ihr schlaftrunkener Körper war hungrig erwacht. Sie drückte sich an Chase, damit ihre Körper verschmolzen, ihre Wärme sich vermischte.

Er griff nach ihrem T-Shirt, schob es langsam hoch, zog es ihr dann über den Kopf und ließ es neben das Bett fallen. Sie war nicht so geduldig, sondern öffnete bereits die Knöpfe an seinem Hemd, ließ es ihm über die Schulter gleiten und machte sich an seiner Gürtelschnalle zu schaffen. Sie sprachen kein Wort. Doch das war auch nicht nötig. Leises Flüstern, Seufzen und Stöhnen sagten mehr, als Worte je vermocht hätten.

Genau wie seine Hände. Seine Finger glitten über und in alle warmen und geheimen Stellen ihres Körpers. Sie neckten, entflammten sie, und brachten Miranda an den Rand der Verzückung, um sich dann mit berechnender Grausamkeit kurz vor dem entscheidenden Moment zurückzuziehen. Sie griff nach Chase und bettelte um mehr.

Er packte ihre Hüften und drang bereitwillig wieder in sie ein, doch diesmal nicht mit den Fingern.

Sie schrie auf vor Wonne.

Bei den ersten Anzeichen ihres Höhepunkts, überließ er sich seinem Verlangen. Er drang immer und immer wieder tief in sie ein. Als eine letzte Welle des vollkommenen Glücksgefühls sie durchströmte, erreichte er seinen eigenen, brechenden Wellenkamm. Er ritt ihn bis zum Ende und brach schließlich schweißgebadet und triumphierend in ihren ausgebreiteten Armen zusammen.

Und so schliefen sie ein.

Chase erwachte als Erster, sein Gesicht in ihren süß duftenden Haarsträhnen vergraben, die Arme um sie geschlungen. Sie lag zusammengerollt auf der Seite und wandte ihm den Rücken zu, ihre seidige Haut an seine Brust gepresst. Plötzlich erinnerte er sich so lebhaft daran, was in der Nacht geschehen war, dass sein Körper mit augenblicklicher Lust darauf reagierte. Warum auch nicht? Mit dieser Frau in seinen Armen? Sie war Leben und Lust und Honigwärme. Sie war alles, was eine Frau nur sein konnte.

Ich betrete gefährliches Terrain.

Mit diesem Gedanken riss er sich los und richtete sich auf. Die Morgensonne fiel durch das Fenster auf ihr Kopfkissen. Sie sah so unschuldig aus, so unberührt vom Bösen. Es kam ihm in den Sinn, dass Jill Vickery auch einmal so rein ausgesehen haben musste.

Bevor sie ihren Liebhaber erschossen hatte.

Gefährliche Frauen. Wie konnte man sie von den unschuldigen unterscheiden?

Er verließ das Bett und ging gleich unter die Dusche. *Den magischen Bann abwaschen,* dachte er. Die Sehnsucht abwaschen, das Verlangen nach Miranda Wood. Sie steckte wie eine Krankheit in seinem Blut, brachte ihn dazu, die falschen Dinge zu tun.

Letzte Nacht zum Beispiel.

Es ist einfach passiert, sagte er zu sich selbst. Ein körperlicher Akt, nichts weiter, eine zufällige Verschmelzung zweier warmer Körper.

Er beobachtete ihren Schlaf, während er sich anzog. Mit jeder Lage Kleidung fühlte er sich sicherer und unverwundbarer. Aber als sie sich rührte und die Augen öffnete und ihn an lächelte, bemerkte er, wie dünn sein emotionaler Panzer wirklich war.

„Wie fühlst du dich heute?" fragte sie sanft.

„Viel besser, danke. Ich glaube, ich kann selbst zurück in die Stadt fahren."

Stille. Ihr Lächeln verblasste, als sie feststellte, dass er sich bereits angezogen hatte. „Du fährst?"

„Ja, ich wollte nur sichergehen, dass du heil von hier weg kommst."

Sie richtete sich auf. Während sie sich das Laken um die Brust schlang, beobachtete sie ihn, so als versuchte sie zu verstehen, was sie in den Stunden des Schlafs getrennt haben mochte. Schließlich sagte sie: „Ich kann auf mich selbst aufpassen. Du musst nicht warten."

„Ich bleibe, bis du angezogen bist."

Sie ging nicht darauf ein, sondern zuckte mit den Achseln, als ob ihr beides recht gewesen wäre. *Gut,* dachte er. *Keine*

Sentimentalitäten wegen letzter Nacht. Wir sind beide zu erwachsen dafür.

Dann wollte er gehen, blieb aber noch einmal stehen. „Miranda?"

„Ja?"

Er drehte sich um und sah sie an. Sie umarmte immer noch ihre Knie, war immer noch bezaubernd. Sie so zu sehen, hätte das Herz eines jeden Mannes gebrochen. „Nicht, dass ich denken würde, du seiest keine wundervolle Frau, es ist nur, dass …"

„Mach dir keine Sorgen, Chase", sagte sie müde. „Wir wissen beide, dass es nicht funktionieren würde."

Er wollte sagen, dass es ihm Leid tat, aber das schien irgendwie zu platt, zu einfach. Sie waren beide erwachsen. Sie hatten beide denselben Fehler begangen.

Es gab nichts mehr dazu zu sagen.

„Nichts davon ist belastend", sagte Annie, während sie durch die Notizen von M. blätterte, die auf ihrem Küchentisch ausgebreitet lagen. „Nur die üblichen Sätze aller enttäuschten Frauen: Liebling. Wenn du mich nur gesehen hättest. Wenn nur dies und wenn nur das. Es ist pathetisch, aber nicht tötlich. Nichts davon sagt uns, dass M. – wer auch immer sie ist – ihn umgebracht hat."

„Du hast Recht." Miranda seufzte und lehnte sich in dem Küchenstuhl zurück. „Und es scheint überhaupt nichts mit Jill zu tun zu haben."

„Entschuldigung, aber die einzige M. in dieser Gegend bist du. Ich würde sagen, diese Briefe könnten mehr Schaden anrichten als helfen."

„Jill sprach von einer Sommerpraktikantin im letzten Jahr. Eine Frau, die etwas mit Richard hatte."

„Chloe? Das ist eine alte Geschichte. Ich kann mir nicht vorstellen, dass sie in die Stadt zurückgekehrt wäre, um ihren Ex-Geliebten umzubringen. Außerdem gibt es kein M in ihrem Namen."

„Das M könnte für einen Kosenamen stehen. Einen Namen, den nur Richard für sie hatte."

„Mäuschen? Mausezahn?" Lachend erhob sich Annie. „Ich glaube, wir reiten auf einem toten Pferd. Und wenn ich jetzt nicht fahre, werde ich zu spät kommen."

Sie ging zum Schrank und holte ein warmes Jackett heraus. „Irving mag es nicht, wenn ich ihn warten lasse."

Miranda blickte amüsiert auf Annies Kleidung: ein altes T-Shirt, abgewetzte Joggingschuhe und eine Trainingshose. „Irving mag es wohl lässig?"

„Irving ist die *Lässigkeit* in Person." Annie schlang den Riemen ihrer Tasche über die Schulter. „Wir schleifen diese Woche das Deck. Was für ein Spaß."

„Werde ich deinen Bootsmann jemals kennen lernen?"

Annie grinste. „Sobald ich ihn an Land schleppen kann. Ich meine, die Segelsaison muss dieser Tage zu Ende gehen." Sie winkte. „Bis später."

Nachdem Annie gegangen war, bereitete Miranda sich

einen Salat zu und setzte sich für ein einsames Abendessen an den Tisch. Irving und sein Schiff, das klang nicht besonders innig, aber wenigstens hatte Annie jemanden, der ihr Gesellschaft leistete. Jemand, der die Einsamkeit von ihr fern hielt.

Es hatte einmal eine Zeit gegeben, da hatte es Miranda nichts ausgemacht, alleine zu sein. Sie hatte die Ruhe und den Frieden eines Hauses, das sie ganz für sich hatte, sogar genossen. Inzwischen sehnte sie sich einfach nach der Gegenwart eines anderen Menschen. Selbst ein Hund wäre in Ordnung gewesen. Sie würde einmal darüber nachdenken müssen, sich einen zuzulegen, einen großen. Ein Hund würde sie nicht so im Stich lassen, wie die meisten ihrer Freunde es getan hatten. Und wie Chase.

Sie legte ihre Gabel auf den Tisch. Der Appetit war ihr vergangen. Wo war Chase in diesem Augenblick? Vielleicht saß er in diesem Haus in der Chestnut Street umringt von den anderen Tremains. Evelyn und die Zwillinge würden ihm Gesellschaft leisten. Er wäre nicht einsam oder alleine. Ihm würde es fabelhaft gehen ohne sie.

Verärgert stand sie auf und warf die Reste ihres Salats in den Mülleimer. Dann ging sie zur Tür. Sie musste raus, einmal um den Block laufen, frische Luft schnappen, irgendetwas tun, um diesem Haus zu entfliehen.

Kurz vor der Haustür stoppte sie. Auf der Veranda stand ein Besucher, die Hand bereits zum Klingeln erhoben.

„Jill“, flüsterte Miranda.

Das war nicht die kühle, unerschütterliche Jill, die sie kannte. Diese Jill war bleich und zerbrechlich.

„Annie ist nicht da", sagte Miranda. „Sie ... müsste aber jeden Augenblick zurück sein."

„Du bist diejenige, die ich sehen wollte." Jill schlüpfte ohne Vorwarnung an ihr vorbei in den Flur und schloss die Tür.

„Ich ... Ich war gerade auf dem Weg nach draußen." Miranda bewegte sich langsam zur Tür.

Jill trat einen Schritt zu Seite und verstellte ihr den Weg. Dort blieb sie stehen und betrachtete Miranda. „Glaube nicht, dass ich nicht dafür bestraft worden wäre", sagte sie sanft. „Ich habe alles, was ich tun konnte, getan, um es hinter mir zu lassen. Alles. Ich habe in den letzten fünf Jahren wie eine Verrückte geschuftet. Habe den *Herald* zu einer echten Zeitung gemacht. Glaubst du, Richard hätte gewusst, was er tat? Natürlich nicht! Er vertraute mir. *Mir.* Oh, er hätte es zwar niemals zugegeben, aber er hat mich alles machen lassen. Fünf Jahre lang. Und nun hast du mir alles kaputt gemacht. Hast sogar die Polizei dazu gebracht, im alten Dreck zu wühlen. Glaubst du, die Tremains werden mich behalten? Jetzt, wo sie alles wissen? Jetzt wo es alle wissen?"

„Ich war es nicht. Ich habe es Lorne nicht gesagt."

„*Du bist* aber die Ursache dafür, dass alles wieder hochkommt! Du und dein pathetisches Abstreiten! Warum gibt's du nicht einfach zu, dass du ihn getötet hast? Und lass den Rest von uns aus dem Spiel."

„Aber ich habe ihn nicht umgebracht.“

Jill durchquerte rastlos das Zimmer. „Ich habe gesündigt, du hast gesündigt. Jeder hat. Wir sind alle gleich. Was uns voneinander unterscheidet, ist, wie wir mit unseren Sünden umgehen. Ich habe das Beste getan, was ich konnte. Und jetzt finde ich heraus, dass es nicht gut genug war. Nicht gut genug, um auszulöschen, was geschehen ist ...“

„Wusste es Richard? Das mit San Diego?“

„Nein, ich meine, am Ende schon. Er fand es heraus, aber es war ihm egal ...“

„Es war ihm egal, dass du einen Mann getötet hast?“

„Er verstand die Umstände. Richard war gut in dieser Hinsicht.“ Sie stieß ein unsicheres Lachen aus. „Außerdem war er selbst kleinen Sünden gegenüber nicht abgeneigt.“

Miranda schwieg, um den Mut für ihre nächste Frage zu sammeln. „Du hattest etwas mit ihm, nicht wahr?“

Jill antwortete mit einem gleichgültigen Achselzucken. „Es bedeutete nichts. Es ist Jahre her. Du weißt schon, das neue Mädchen in der Stadt. Er hatte es bald über.“ Sie schnippte mit dem Finger. „Einfach so. Wir blieben Freunde, und wir verstanden einander.“ Sie hielt inne und drehte sich zu Miranda um. „Und nun will Lorne wissen, wo ich in der Nacht war, als Richard getötet wurde. Er fragt *mich* nach einem Alibi! Du schiebst die Schuld überall hin, oder? Zum Teufel mit denen, die dabei verletzt werden. Du möchtest nur vom Haken kommen. Tja, das ist manchmal nicht möglich.“ Sie näherte sich, während ihr Blick auf Miranda ruhte, wie der Blick einer

Katze auf einer Maus. Sie sagte sanft, „Manchmal müssen wir für unsere Sünden büßen. Ob es sich nun um eine indiskrete Affäre handelt oder um einen Mord. Wir bezahlen dafür. Ich habe dafür bezahlt. Warum kannst du es nicht?“

Sie starrten sich an, gefangen in der gegenseitigen Faszination ihrer Verfehlungen, ihres Leids. *Mörder und Opfer,* dachte Miranda. *Das lese ich in deinen Augen. Was liest du in meinen?*

Da zerriss das Läuten des Telefons die Stille.

Das Geräusch schien Jill durcheinander zu bringen. Sie wandte sich sofort ab und ging zur Tür. „Du glaubst, du bist eine Ausnahme, Miranda. Du glaubst, du bist unberührbar. Warte einfach ab. In ein paar Jahren, wenn du in meinem Alter bist, wirst du wissen, wie verwundbar du bist. Wir sind es alle.“

Sie ging und zog die Tür hinter sich zu.

Miranda schob sofort den Riegel vor.

Das Telefon hatte aufgehört zu läuten. Miranda starrte es an und fragte sich, ob es Chase gewesen war. Sie betete dafür, dass er es noch einmal versuchen würde.

Das Telefon blieb still.

Sie ging unruhig im Wohnzimmer hin und her, während sie hoffte, dass Chase, Annie oder irgendwer anrufen würde. Ausgehungert nach einer menschlichen Stimme, schaltete sie den Fernseher ein. Schlichte Unterhaltung war genau das, was sie brauchte. Dann saß sie eine halbe Stunde lang zwischen Annies abgelegten Socken und zappte sich nervös durch die

Kanäle. Eine Daily Soap. Basketball. Game Show. Noch eine Serie. Enttäuscht schaltete sie zum Basketball zurück.

Da klapperte irgendetwas im Zimmer nebenan.

Erschrocken sprang sie von der Couch auf und eilte in die Küche, wo sie eine Plastikschüssel fand, die über den Linoleumboden kullerte, bis sie schließlich umfiel, erzitterte und liegen blieb. War sie von der Abtropffläche der Spüle hinuntergefallen? Sie schaute hoch und bemerkte zum ersten Mal, dass das Fenster weit offen stand.

Ich habe es nicht offen stehen lassen.

Langsam trat sie den Rückzug an. Die Waffe – Annies Waffe. Sie musste sie holen.

Panisch wandte sie sich um und wollte zum Wohnzimmer hinübergehen – doch dann hielt plötzlich jemand ihren Kopf fest und drückte ihr ein Stück Stoff auf Mund und Nase. Sie kämpfte blind gegen die Umklammerung und die Dämpfe, die in ihrer Nase und in ihrer Kehle brannten, musste aber merken, dass ihre Arme ihr nicht mehr gehorchten. Ihre Beine schienen plötzlich weich wie Gummi. Sie spürte, wie sie in sich zusammensackte. Sie versuchte, in das Licht zu greifen, das sie blendete, doch auch ihre Arme gehorchten ihr nicht mehr.

Der Lichtstrahl verengte sich zu einem winzigen Punkt.

Und dann wurde es dunkel um Miranda.

Phillip immer noch auf den Tasten des Klaviers herum. *Rachmaninow,* dachte Chase. Hätte der Junge sich nichts

Beruhigenderes aussuchen können? Mozart, zum Beispiel, oder Haydn. Alles, außer diesem russischen Donnerwetter.

Chase floh hinaus auf die Veranda, wo er dem Krach zu entkommen hoffte, aber die Klaviermusik schien direkt durch die Wände zu dringen. Resigniert stand er an der Brüstung und starrte auf den Hafen hinunter. Die Sonne ging fast unter. Die See hatte sich nun in ein rotes Flammenmeer verwandelt.

Er fragte sich, wie es Miranda jetzt ging.

Und er fragte sich, ob er jemals aufhören würde, sich das zu fragen.

Als sie sich ihre Wege an diesem Morgen getrennt hatten, wusste er, dass sie das Maximum dessen, was sie sich erlauben durften, ausgeschöpft hatte. Noch weiter zu gehen, hätte das Maß an Vertrauen erfordert, das er nicht bereit war, ihr zu geben. Ihre amateurhafte Detektivarbeit war in eine Sackgasse geraten. Ab jetzt hatten sie keinen Grund mehr, sich zu sehen. Es war Zeit, dass die Profis die Arbeit übernahmen. Die Polizei wäre wenigstens objektiv. Sie würde sich nicht von Gefühlen oder Hormonen leiten lassen.

Sie hielt Miranda immer noch für schuldig.

„Onkel Chase?“ Cassie schob sich durch die Verandatür, um ihm Gesellschaft zu leisten. „Wie ich sehe, erträgst du diese Musik genau so wenig wie ich.“

Er lächelte. „Verrat es deinem Bruder nicht.“

„Er ist kein schlechter Musiker. Er ist nur … laut.“ Sie lehnte sich gegen einen Pfosten und schaute hoch in den Himmel, wo in der zunehmenden Dunkelheit die ersten Sterne blinkten. Könntest du mir einen Gefallen tun?“ fragte sie.

„Was für einen Gefallen?“

„Wirst du mit Mama über den *Herald* sprechen, wenn sie zurückkommt?“

„Worüber?“

„Na ja, nach allem, was so heraus kommt – über Jill Vickery, meine ich – sieht es so aus, als ob wir eine starke Hand an der Spitze gebrauchen könnten. Wir wissen alle, dass Papa Phillip als seinen Nachfolger vorgesehen hatte. Und Phillip ist ein schlaues Kind … das ist es nicht. Aber Tatsache ist, dass Phillip sich nicht so für die Zeitung interessiert, wie es nötig wäre.“

„Er hat sich bisher noch nicht dazu geäußert, weder in die eine noch in die andere Richtung.“

„Oh, er wird sich auch nicht äußern. Er wird niemals zugeben, dass er in Wahrheit nicht verrückt auf den Job ist.“ Sie zögerte und sagte dann: „Aber ich bin es.“

Chase sah seine Nichte stirnrunzelnd an. Sie war noch nicht einmal zwanzig, wirkte aber bereits wie eine Frau, die genau wusste, was sie im Leben wollte. „Du glaubst, du kannst alles, was man dafür können muss?“

„Ich habe es im Blut! Und zwar seit ich das erste Mal einen Füller in der Hand hielt und meine Finger eine Tastatur berührten. Ich weiß, wie diese Arbeit geht. Ich kann schreiben, redigieren, Anzeigen layouten und sogar den verdammten Lieferwagen fahren. Ich kann die Zeitung leiten. Phillip kann es nicht.“

Chase erinnerte sich an Cassies Thesenpapiere, auf die er im Cottage einen Blick geworfen hatte. Es waren nicht die typischen, wiedergekäuten Fakten aus den Fachbüchern, sondern durchdachte, kritische Analysen.

„Ich glaube, du würdest einen guten Job machen", stimmte er ihr zu. „Ich werde mit deiner Mutter reden."

„Danke, Onkel Chase. Und ich werde mich daran erinnern, deinen Namen zu erwähnen, wenn ich den Pulitzerpreis bekomme." Dann wandte sie sich grinsend um und wollte ins Haus zurückkehren.

„Cassie?"

„Ja?"

„Was denkst du über Jill Vickery?"

Cassie runzelte bei diesem Themenwechsel die Stirn. „Meinst du als Geschäftsführerin? Da war sie in Ordnung. Und wenn man ihr Gehalt bedenkt, dann konnten wir froh sein, sie zu halten."

„Ich meine persönlich."

„Hm, das ist schwer zu sagen. Man kommt nicht richtig an sie heran. Sie ist wie ein verschlossenes Buch. Ich hatte keine Ahnung von dieser Sache in San Diego."

„Glaubst du, sie hatte ein Verhältnis mit deinem Vater?"

Cassie zuckte gleichgültig mit den Achseln. „Hatten sie das nicht alle?"

„Glaubst du, sie war verletzt, als er sie fallen ließ?"

Cassie überlegte einen Moment. „Ich glaube, falls sie es war, dann ist sie darüber hinweggekommen. Jill ist ein harter

Brocken. Ich wäre gerne genauso." Sie drehte sich um und ging ins Haus.

Phillip spielte immer noch Rachmaninow.

Chase stand da und betrachtete den roten Schein am Horizont. Er dachte an Jill Vickery, an Miranda und an alle Frauen, die Richard verletzt hatte, inklusive seiner eigenen Frau, Evelyn.

Wir, die Männer der Tremains, sind ekelhaft, dachte er. Wir benutzen die Frauen und dann tun wir ihnen weh.

Bin ich genauso?

Frustriert schlug er gegen die Brüstung der Veranda. Nein. Ich bin anders. Zumindest wäre ich es, wenn ich ihr nur vertrauen könnte.

Phillips Klavierspiel war ihm nunmehr unerträglich geworden.

Chase verließ die Veranda, ging die Stufen hinunter und steuerte seinen Wagen an.

Er würde ein letztes Mal mit ihr reden. Er würde ihr in die Augen sehen und sie fragen, ob sie schuldig war. Heute nacht würde er die Antwort erhalten. Heute nacht würde er ein für allemal entscheiden, ob Miranda Wood die Wahrheit sagte.

Auf sein Klopfen reagierte niemand.

Drinnen brannten die Lichter, und Chase konnte den Fernseher hören. Er klingelte, klopfte und rief Mirandas Namen. Doch es kam noch immer keine Antwort. Schließlich bewegte er den Türknauf und stellte fest, dass die Tür unverschlossen war. Er streckte seinen Kopf in die Diele und schaute sich um.

„Miranda? Annie?“

Das Wohnzimmer lag verlassen da. Im Fernseher liefen die letzten Minuten eines Basketballspiels. Ein paar von Annies Socken lagen über der Sofalehne. Alles wirkte ziemlich normal, und trotzdem stimmte irgendetwas nicht. Er blieb einen Moment lang stehen, als erwartete er, dass die Bewohner dieses Zimmers wie von Zauberhand aus dem Nichts auftauchen und ihm gegenüberstehen würden.

Das Basketballspiel ging in die letzten fünfzehn Sekunden. Ein letzter Wurf über das Feld. Korb. Die Menge johlte.

Chase durchquerte das Zimmer, ging in die Küche und blieb stehen. Hier war definitiv etwas nicht in Ordnung. Ein Stuhl war umgefallen, und auf dem Boden lag eine umgedrehte Schüssel. Obwohl das Küchenfenster sperrangelweit offen stand, hing ein merkwürdiger Geruch in der Luft. Irgendetwas Scharfes, Medizinisches.

Rasch durchsuchte er das restliche Haus. Doch er fand weder Annie noch Miranda.

Mit wachsender Panik eilte er nach draußen und blickte die Straße hinauf und hinunter. Doch außer einem in der Ferne bellenden Hund, blieb es still.

Nein, nicht ganz. Hörte er da ein Motorengeräusch? Es wirkte gedämpft oder weit weg. Er umrundete das Haus und entdeckte eine kleine versteckte Garage dahinter. Die Tür war geschlossen. Das Motorengeräusch, obgleich immer noch gedämpft, schien näher zu kommen.

Chase ging auf die Garage zu und dann bemerkte er aus den Augenwinkeln, wie etwas sich bewegte. Er drehte sich gerade rechtzeitig um, um einen Schatten auszumachen, der in der Dunkelheit verschwand.

Diesmal entkommst du mir nicht, du Bastard“, dachte Chase und nahm die Verfolgung auf.

Er hörte, wie sein Gegner nach links ins Gebüsch auswich. Chase hielt sich ebenfalls links, stolperte über eine niedrige Steinmauer und lief weiter.

Der fliehende Schatten brach durch die Hecke und schlug einen scharfen Haken nach rechts auf das Nachbargrundstück, das mit Gartengeräten übersät war. Im allerletzten Moment bemerkte Chase den Rechen, der durch die Dunkelheit auf ihn zu flog.

Chase duckte sich. Der Rechen flog mit den Zinken vorweg über seinen Kopf und fiel dann klappernd in eine Schubkarre hinter ihm. Chase sprang auf.

Sein Gegner griff nach einer Spitzhacke und schleuderte sie ihm entgegen.

Chase wich wieder aus. Er hörte den Luftzug, als die tödliche Waffe an ihm vorbeizischte. Als er sein Gleichgewicht wiedergefunden hatte, entfloh der Schemen schon in Richtung einer Baumgruppe.

Chase sammelte seine Kraft für einen letzten Sprint, um ihn einzuholen. Sein Gegner war müde. Er konnte die keuchenden Atemzüge des Mannes hören. Chase machte einen Satz nach vorne, griff sich einen Zipfel vom Hemd und hielt ihn daran fest.

Sein Gegner, anstatt zu versuchen, sich loszureißen, wirbelte herum und ging wie ein Stier auf ihn los.

Chase wurde nach hinten gegen einen Baum gestoßen. Der Schock dauerte nur einen Augenblick lang. In einer ersten wütenden Reaktion spürte er keinen Schmerz. Er rappelte sich auf und stürzte sich auf den Angreifer. Beide Männer verloren das Gleichgewicht und wälzten sich auf den nassen Blättern. Der Angreifer boxte auf Chase ein und ein Schlag traf ihn in den Magen. Mit neuer Kraft, die aus der Wut geboren wurde, schmetterte Chase seine Faust auf den gekrümmten Schatten. Der Mann stöhnte auf und versuchte zu entkommen. Chase schlug noch einmal auf ihn ein. Und noch einmal. Da sackte der Mann zusammen.

Chase rollte sich von dem fremden Körper weg. Dann blieb er einen Moment lang keuchend sitzen und zuckte vor dem Schmerz in seinen Knöcheln zusammen. Der Mann lebte noch – Chase hörte ihn atmen. Er packte die reglose Person an den Beinen und schleifte sie über den von Blättern übersäten Rasen in den schwachen Lichtkegel einer entfernten Laterne. Dort kniete er nieder, um herauszufinden, wer sein Gefangener war. Fassungslos starrte er auf das bekannte Gesicht.

Es war Noah DeBolt. Evelyns Vater.

13. KAPITEL

Das beständige Grollen eines Motors drang erst allmählich in Chase benommenes Bewusstsein ein. Das Auto in der Garage … die geschlossene Tür …

Und da traf ihn die Erkenntnis. Er erhob sich mit einem Ruck.

Miranda.

Er rannte durch den Garten zur Garage. Eine Abgaswolke umfing ihn, als er die Tür aufstieß. Er erkannte Mirandas Wagen. Der Motor lief. Panisch riss er die Wagentür auf.

Miranda lag der Länge nach auf dem Vordersitz. Ihr Antlitz waqr kreideweiß.

Er stellte die Zündung ab. Hustend und würgend schlepppte er sie aus dem Auto ins Freie. Es erschreckte ihn, wie leblos sie in seinen Armen hing. Er brachte sie zum Rasen und legte sie auf das Gras.

„Miranda!“ schrie er. Er schüttelte sie so heftig, dass ihr ganzer Körper vibrierte. „Wach auf“, flehte er. „Verdammt Miranda. Gib nicht auf. Wach auf!“

Sie bewegte sich immer noch nicht.

Voller Panik schlug er ihr ins Gesicht. Die Brutalität dieses Schlages und seine brennende Haut schockierten ihn. Er legte sein Ohr an ihre Brust. Ihr Herz schlug. Und dann – ein Atemzug!

Sie stöhnte und bewegte ihren Kopf.

„Ja!“ rief er. „Komm schon. Komm.“ Sie versank wieder

in ihrer Bewusstlosigkeit. Er wollte es nicht, aber ihm blieb keine andere Wahl. Er schlug sie noch einmal.

Diesmal bewegte sie ihre Hand, ein Reflex, um sich vor den harten Schlägen zu schützen. „Nein“, wimmerte sie.

„Miranda, ich bin es! Wach auf.“ Er strich ihr das Haar zurück, nahm ihr Gesicht vorsichtig in seine Hände und küsste sie auf Stirn und Schläfen. „Bitte, Miranda“, flüsterte er. „Schau mich an.“

Langsam öffnete sie die Augen. Sie wirkte benommen und konfus. Plötzlich schlug sie blindlings aus, als ob sie immer noch um ihr Leben kämpfte.

„Nein, ich bin es!“ rief er. Er hielt sie in seinen Armen und drückte sie fest an sich. Ihre heftige Gegenwehr ließ nach. Er spürte, wie die Panik aus ihrem Körper wich, bis sie ruhig in seinen Armen lag.

„Es ist alles vorbei“, flüsterte er. „Alles vorbei.“

Sie riss sich los und starrte ihn verwirrt an. „Wer …“

„Es war Noah.“

„Evelyns *Vater?*“

Chase nickte. „Er ist derjenige, der versucht hat, dich umzubringen.“

„Sie haben kein recht darauf mich festzuhalten, Lorne. Verstehen Sie? Kein *Recht.*“ Noah, mit hässlichen blauen Flecken im Gesicht, starrte seine Ankläger an. Durch die geschlossene Tür drangen die Geräusche des Polizeireviers: das Klappern der Schreibmaschinen, Telefonläuten und die Stimmen der wachhabenden Patrouille. Doch hier in diesem Hinterzimmer herrschte Totenstille.

„Sie sind nicht in der Position, uns zurecht zu weisen, Noah“, entgegnete Lorne ruhig. „Also, erzählen Sie.“

„Ich habe nichts zu sagen“, sagte Noah. „Nicht, bevor Les Hardee hier ist.“

Lorne seufzte. „Juristisch gesehen kann ich Sie verstehen. Aber es würde die Sache bestimmt erleichtern, wenn Sie uns einfach erzählen würden, warum Sie versucht haben, sie umzubringen.“

„Das habe ich nicht. Ich ging zu ihrem Haus, um mit ihr zu sprechen. Ich hörte, dass der Motor in der Garage lief. Ich dachte, vielleicht versucht sie, sich umzubringen. Ich wollte hingehen und nachsehen. Dann tauchte Chase auf. Ich geriet vermutlich in Panik. Deshalb bin ich weggerannt.“

„Und das ist alles, was sie dort getan haben? Sie wollten Miranda Wood einfach nur besuchen?“

Noah nickte eisig.

„In dieser Montur?“ Lorne deutete mit dem Kopf auf Noahs schwarzes Hemd und die schwarze Hose.

„Wie ich mich anziehe, ist immer noch meine Sache.“

„Chase behauptet etwas anderes. Er sagt, Sie schleppten sie in die Garage, ließen sie dort liegen und starteten den Motor.“

Noah schnaubte. „Chase hat ein kleines Problem mit der Objektivität. Vor allem, wenn es Miranda Wood betrifft. Außerdem hat *er mich* angegriffen. Wer zum Teufel hat denn die blauen Flecken? Sehen Sie sich doch einmal mein Gesicht an. Sehen Sie!“

„Auf mich wirkt es so, als hätten Sie beide ein paar ordentlich blaue Flecken“, sagte Lorne.

„Notwehr“, behauptete Noah. „Ich musste zurückschlagen.“

„Chase glaubt, dass Sie hinter ihr her waren. Dass Sie ihr Haus in Brand steckten. Versuchten, sie mit einem gestohlenen Wagen zu überfahren. Und was war heute Nacht? Sollte das nach einem netten, kleinen Selbstmord aussehen?“

„Sie hat ihm völlig den Kopf verdreht. Hat ihn auf ihre Seite gezogen. Die Seite einer Mörderin …“

„ Ich weiß wirklich nicht, ob es noch an Ihnen ist zu richten, Noah.“

„Ich sage nichts mehr, bis Les hier ist.“

Genervt zerdrückte Lorne seinen Pappbecher. „In Ordnung“, sagte er und ließ sich in seinen Sessel fallen. „Wir können warten. Solange es auch dauert, Noah. Solange es auch dauert.“

„Es wird nicht gut ausgehen“, sagte Miranda. „Ich weiß, dass es nicht gut ausgehen wird.“

Sie saßen zusammengedrängt auf einer Bank in der Aufnahme der Polizei. Ellis Snipe brachte ihnen Kaffee und Kekse. Vielleicht war das seine Art der persönlichen Wiedergutmachung für die Tortur, die sie bei der Polizei über sich ergehen lassen hatten. So viele Fragen, so viele Berichte, die ausgefüllt werden mussten. Und dann war auch noch Dr. Steiner, den Lorne angerufen hatte, damit er sie untersuchte, nach der Hälfte der Befragungen aufgetaucht. Während dieser Untersuchung hatte er sie beinahe mit seinem Stethoskop erwürgt. „Atmen Sie tief ein, verdammt noch einmal! Ich muss ihre Lungen untersuchen. Glauben Sie, ich mag diese ganzen Hausbesuche? Wenn das so weiter geht, dann werden Sie beide mir mein Honorar in Zukunft im voraus bezahlen!“

Die Fragen, die Anstrengung, hatten sie erschöpft. Sie schaffte es gerade noch, sich an Chase Schulter gelehnt aufrecht zu halten. Warten ... worauf? Auf Noahs Geständnis? Darauf, dass die Polizei ihr erzählt, dass der Albtraum vorüber war?

Sie wusste es besser.

„Er wird da herauskommen“, sagte sie. „Er wird einen Weg finden.“

„Diesmal nicht“, meinte Chase.

„Aber ich habe sein Gesicht nicht gesehen. Ich kann mich kaum daran erinnern, was passiert ist. Womit können Sie ihn belasten?“ Hausfriedensbruch?“ Miranda schüttelte den Kopf. „Wir reden über Noah DeBolt. In dieser Stadt kann ein DeBolt sogar mit Mord davonkommen.“

„Nicht mit dem Mord an Richard.“

Sie starrte ihn an. „Du glaubst, dass er Richard getötet hat? Seinen eigenen Schwiegersohn?“

„Es beginnt alles zusammenzupassen, Miranda. Erinnerst du dich daran, was dieser Anwalt FitzHugh uns erzählte?

Über den wirklichen Grund, weshalb Richard dir Rose Hill vermacht hat? Er wollte das Land nicht Evelyn überlassen."

„Ich verstehe nicht, worauf du hinauswillst?"

„Wer ist der einzige Mensch auf der Welt, auf den Evelyn hört, dem sie vertraut? Ihr *Vater.* Noah könnte sie dazu überredet haben, das Land zu verkaufen."

„Denkst du, dass alles hier passiert nur wegen Rose Hill? Das ist aber ein schwaches Motiv für einen Mord."

„Nicht, wenn er einen drohenden Bankrott abzuwenden hätte. Wenn nicht alles nach Plan läuft, dann würde Noah nur Land bleiben, das er niemals bebauen könnte. Wertloses Land."

„Die Nordküste? Du glaubst, dass Noahs Geld hinter Stone Coast Trust steckt?"

„Was aus Tony Graffam nichts als einen Strohmann macht. Ich vermute, dass Richard das herausfand. Er kannte die Finanzberichte von Stone Coast Trust, erinnerst du dich? Die Kontonummern, die Steuerrückzahlungen. Ich denke, er verglich eine dieser Kontonummern mit Noahs."

„Richard hätte ihn damals schon ruinieren können", meinte sie. „Er hätte diese Story nur im *Herald* bringen müssen. Aber er hat die Geschichte zurückgezogen."

„Auf diese Art funktionierte die Beziehung von Richard und Noah. Sie waren immer darauf aus, den anderen runterzumachen. Aber nicht in der Öffentlichkeit, *nie* in der Öffentlichkeit. Zwischen ihnen bestand eine private Rivalität und deshalb hat Richard diesen Artikel nicht gebracht. Er hätte seinen eigenen Schwiegervater bloßgestellt und der Öffentlichkeit die schmutzige Familienwäsche gezeigt."

Miranda schüttelte den Kopf. „Das werden wir niemals beweisen können. Nicht, wenn Noahs Anwalt ihm zur Seite steht und alles vernebelt. Du warst zu lange von der Insel weg, Chase. Du hast vergessen, wie es ist. Die DeBolts sind in dieser Stadt so etwas wie Götter."

„Nicht mehr lange."

„Du hat nichts in der Hand! Wie willst du beweisen, dass er Richard umgebracht hat?" Sie seufzte resigniert. „Nein, ich bin die angenehmere Verdächtige. Diejenige, die sie für schuldig halten werden." Geschwächt lehnte sie sich zurück. „Diejenige, die sie einsperren werden."

„Das wird nicht passieren, Miranda. Ich werde es nicht zulassen."

Ihre Blicke trafen sich. Und zum ersten Mal entdeckte sie in seinen Augen, wonach sie sich schon so lange sehnte. Vertrauen. „Dann glaubst du also, dass ich die Wahrheit sage."

„Ich weiß, dass du die Wahrheit sagst." Er berührte ihr Gesicht. Als seine Hand die Kurve ihres Nackens nachzeichnete, schloss sie die Augen und fühlte, wie ihre Sinne sich der Berührung hingaben. „Ich glaube, ich habe es schon die ganze Zeit gewusst, aber ich hatte Angst, es zuzugeben. Ich hatte Angst, die anderen Möglichkeiten in Betracht zu ziehen …"

„Ich war es nicht, Chase. Ich war es nicht." Sie glitt in seine Arme, wo sie Wärme und Mut fand, allen Mut, den sie selbst während dieser letzten, deprimierenden Tage verloren hatte. *Glaub mir!* dachte sie. *Hör niemals damit auf, mir zu glauben.*

Sie waren immer noch eng umschlungen, als Evelyn Tremain durch die Tür der Polizeistation hereinkam.

Miranda spürte, wie Chase sich versteifte und hörte, wie er scharf Atem holte. Langsam hob sie ihren Kopf und sah Evelyn und den Anwalt der Familie DeBolt, Les Hardee, der ein paar Schritte von ihnen entfernt stand.

„So, jetzt ist es also so weit?“ sagte Evelyn in ruhigem Ton.

Chase schwieg.

„Wo ist mein Vater?“ fragte Evelyn.

„In einem Zimmer am Ende des Korridors“, erklärte Chase. „Er spricht mit Lorne.“

„Ohne mich?“ schaltete sich der Anwalt ein. Er lenkte seine eiligen Schritte den Korridor hinunter und murmelte: „Eine klare Rechtsverletzung ...“

Evelyn hatte sich nicht gerührt. Sie starrte immer noch auf das Paar.

„Welche infamen Lügen verbreitet ihr über meinen Vater, Chase?“

Chase stand langsam auf und trat ihr entgegen. „Nur die Wahrheit, Evelyn. Es mag hart sein, aber du wirst sie akzeptieren müssen.“

„Die *Wahrheit?*“ Evelyn stieß ein ungläubiges Lachen aus. „Man hat mich angerufen, um mir zu erzählen, dass man meinen Vater wegen eines tätlichen Angriffs festgenommen hat. Tätlicher Angriff? *Noah DeBolt?* Wer lügt hier, Chase? Mein Vater? Oder du?“ Sie blickte auf Miranda. „Oder jemand anderes?“

„Lorne wird es erklären. Du solltest besser mit ihm sprechen.“

„Weil du es mir nicht erklären wirst? Ist es das? Oh, Chase.“ Sie schüttelte den Kopf. „Du fällst deiner eigenen Familie in den Rücken. Wir lieben dich. Aber du verletzt uns.“ Sie wandte sich um und sah den Korridor hinunter. Dann sagte sie sanft: „Ich hoffe nur, dass Lorne ein gutes Gespür dafür hat, die Wahrheit zu erkennen, wenn er sie hört.“ Sie holte tief Luft und ging weg.

„Warte hier“, sagte Chase zu Miranda.

„Was hast du vor?“

Er antwortete ihr nicht. Stattdessen begann er, Evelyn zu folgen.

Verblüfft beobachtete Miranda ihn, bis er hinter einer Ecke verschwand. Sie hörte, wie eine Tür geöffnet und dann hinter ihm geschlossen wurde, wie um sie auszusperren. Sie fragte sich, was in diesem Raum vor sich ging, welche Worte gewechselt und welche Absprachen getroffen wurden. Sie zweifelte nicht daran, dass es *Absprachen* gäbe und Erklärungen, wonach Noah unschuldig wäre. Sein Anwalt würde sein Bestes tun, um die Geschichte so zu verdrehen, dass sie am Ende wie ein verrücktes Missverständnis erscheinen würde. Irgendwie würden sie es schon hinbekommen, Miranda die Schuld in die Schuhe zu schieben.

Bitte, Chase, dachte sie. *Lass dich nicht von ihnen ins Schwanken bringen. Fang nicht wieder an, mir zu misstrauen.*

Sie starrte in den Flur und wartete.

Und sie befürchtete das Schlimmste.

„Die Vorwürfe sind absurd“, sagte Evelyn. „Mein Vater hat nie in seinem Leben ein Gesetz gebrochen. Warum wäre er sonst durch die halbe Stadt gelaufen, um Wechselgeld zurückzubringen, das ihm ein Bankangestellter zu viel ausbezahlt hatte? Wie kannst du ihn nur eines tätlichen Angriffs beschuldigen, geschweige denn des versuchten Mordes?“

„Mr. Tremains blaue Flecken beweisen es“, sagte Lorne.

„Mein Klient hat auch blaue Flecken!“ mischte sich Les Hardee ein. „Das beweist doch nur, dass sie sich im Dunkeln geschlagen haben. Ein Fall von Verwechslung, den zwei Männer blindlings mit den Fäusten ausgetragen haben. Schlimmstenfalls dürfen Sie meinem Klienten idiotisches Verhalten unterstellen.“

„Danke vielmals, Les“, grunzte Noah.

„Der Punkt ist“, sagte Hardee, „Sie können ihn nicht festhalten. Der Schaden …“ Er warf einen Blick auf Chase geschundenes Gesicht und anschließend auf Noahs blaue Flecken, „… scheint beiderseitig. Und was den Unfug über den Mordversuch an Miranda Wood betrifft, wo sind Ihre Beweise? Sie war kurz davor, ins Gefängnis zu gehen und ist selbstverständlich deprimiert. Natürlich dachte sie an Selbstmord.“

„Und das Feuer?“ fragte Chase. „Der Wagen, der sie beinahe überfahren hätte? Ich war da und habe alles gesehen. Jemand versucht, sie umzubringen.“

„Nicht Mr. DeBolt.“

„Hat er Alibis?“

„Haben *Sie* Beweise?“ gab Hardee zurück. Er wandte sich an Lorne. „Hören Sie, lassen Sie uns diese Farce beenden. Ich übernehme die Verantwortung. Lassen Sie Mr. DeBolt frei.“

Lorne seufzte. „Das kann ich nicht.“

Evelyn und Hardee starrten den gedrungenen Polizeichef fassungslos an.

„Ich fürchte, es *gibt* einen Beweis“, sagte Lorne, beinahe entschuldigend. „Ellis fand eine Flasche Chloroform hinter der Garage. Das spricht doch gegen einen Selbstmordversuch, oder?“

„Das hat nichts mit mir zu tun“, erklärte Noah.

„Dann gibt es noch einen Beweis“, mischte sich Chase ein. Es war Zeit, etwas zu riskieren. Er war drauf und dran, eine Vermutung zu äußern und hoffte, dass es die richtige war. „Wissen Sie, dieses Geld von der Bostoner Bank, diese hunderttausend Dollar Kaution für Miranda Wood; nun, ich habe das von einem befreundeten Banker gründlich recherchieren lassen.“

„Was?“ Lorne drehte sich überrascht zu Chase um. „Sie wissen, wer die Kaution gestellt hat?“

„Ja.“ Chase setzte alles auf eine Karte. „Noah DeBolt.“

Evelyn reagierte als Erste. Die Wut verwandelte ihr Gesicht in eine hässliche Fratze. Sie richtete den Blick auf ihren Vater. „Du hast *was?*“

Noah schwieg. Sein Schweigen genügte Chase, um zu wissen, dass er Recht hatte. Volltreffer.

„Das kann offiziell bestätigt werden“, sagte er. „Ja, es war dein Vater, der die Kaution stellte.“

Evelyn starrte immer noch auf Noah. „Du hast sie aus dem Gefängnis geholt?“

Noah ließ den Kopf hängen. Von einem Augenblick zum anderen hatte er sich in einen sehr alten, müden Mann verwandelt. „Ich habe es für dich getan“, flüsterte er.

„Für mich? Für *mich?*“ Evelyn lachte. „Hast du mir noch mehr Gefallen getan, Vater?“

„Es war deinetwegen. Alles deinetwegen ...“

„Du verrückter, alter Mann“, murmelte Evelyn. „Du musst senil geworden sein.“

„Nein.“ Noah hob den Kopf. „Ich hätte alles getan, begreifst du das nicht? Ich habe dich beschützt! Mein kleines Mädchen ...“

„Beschützt vor was?“

„Vor dir selber. Vor dem, was du getan hast ...“

Evelyn wandte sich angewidert ab. „Ich habe keine Ahnung, worüber er spricht, verdammt noch einmal. Er redet wirres Zeug.“

„Dreh mir nicht den Rücken zu, junge Dame!“

„Sie sehen, dass er einen Arzt braucht, Lorne. Versuchen Sie es mit einem Psychiater.“

„Ist das der Dank dafür“, schimpfte Noah, „dass ich dich vor dem *Gefängnis* bewahrt habe?“

Stille. Evelyn wandte sich um und sah ihren Vater an. Ihr Gesicht war bleich. „Gefängnis? Warum?“

„Richard.“ Noah, dessen Wut plötzlich verflogen war, sank langsam in seinen Stuhl zurück. Dann sagte er leise, „wegen Richard.“

„Du denkst, dass ich ...“ Evelyn schüttelte den Kopf. „Warum? Du wusstest doch, dass es diese ... diese Hure war!“

Noah wich ihrem Blick aus. In dieser Geste lag seine Antwort. Eine Antwort, die Chase Seele von einer bleischweren Last befreite. Er hatte das Gefühl zu schweben. Erst jetzt bestätigte sich, dass diese Bürde die ganze Zeit auf ihm gelastet hatte, die Bürde des fehlenden Beweises. Mit dieser einen Geste war auch der letzte Zweifel an Mirandas Unschuld weggewischt worden.

„Du weißt, dass Miranda unschuldig ist“, stellte Chase fest.

Noah vergrub den Kopf in den Händen. „Ja, so ist es“, flüsterte er.

„Wieso?“ mischte sich Lorne ein.

„Weil ich sie beobachten ließ. Oh, ich wusste von dem Verhältnis. Ich wusste, worauf Richard aus war, und ich hatte genug davon! Ich wollte nicht zusehen, wie er Evelyn schon wieder verletzte. Also heuerte ich einen Mann an, damit er Miranda Wood beobachtete, ihr folgte und Fotos machte. Er sollte sie auf frischer Tat ertappen. Ich wollte, dass Evelyn ein für allemal wusste, mit welchem Bastard sie verheiratet war."

„Und in der Nacht, in der er getötet wurde, stand Miranda unter Beobachtung?" fragte Lorne.

Noah nickte.

„Was hat Ihr Mann gesehen?"

„Vom Mord? Nichts. Er war damit beschäftigt, der Frau zu folgen. Sie verließ das Haus und ging zum Strand, wo sie ungefähr eine Stunde lang saß. Dann kehrte sie um. Und als sie zu Hause ankam, war mein Schwiegersohn bereits tot."

Genau wie sie sagte, dachte Chase. Es war alles wahr, bis hin zur letzten Kleinigkeit.

„Dann hat Ihr Mann den Mörder nicht gesehen?" fragte Lorne.

„Nein."

„Aber Sie vermuteten, dass Ihre Tochter …"

Noah zuckte mit den Achseln. „Es schien … naheliegend zu sein. Er hätte es kommen sehen müssen. All die Jahre voller Demütigungen für sie. Glauben Sie, er hätte es nicht verdient? Glauben Sie, sie hätte sich nicht gerechtfertigt?"

„Aber ich habe es nicht getan", sagte Evleyn. Doch man ignorierte ihren Einwand.

„Warum haben Sie Miranda aus dem Gefängnis geholt?" fragte Lorne.

„Ich dachte, wenn sie vor Gericht auf ihrer Geschichte bestanden hätte, wäre man vielleicht auf die Idee gekommen wäre, nach anderen Verdächtigen Ausschau zu halten."

„Sie meinen Evelyn?“

„Besser, wenn sich die Sache ein für alle Mal erledigt hätte!“ platzte es aus Noah heraus. „Wenn es einen Unfall gegeben hätte, wäre alles vorbei gewesen. Keine weiteren Fragen. Keine weiteren Verdächtigen.“

„Also wolltest du, dass sie aus dem Gefängnis herauskam“, sagte Chase. „Weil du sie draußen auf der Straße besser erwischen konntest.“

„Das ist genug, Noah!“ mischte sich Hardee ein. „Sie müssen diese Frage nicht beantworten.“

„Verflucht, Les!“ fauchte Evelyn. „Das hätten Sie ihm früher sagen sollen!“ Sie betrachtete ihren Vater mit einer Mischung aus Mitleid und Ekel. „Zu deiner Beruhigung, Vater. Ich habe Richard nicht getötet. Das, was du dir da ausgedacht hast, zeigt nur, wie wenig du mich kennst. Oder wie wenig ich dich kenne.“

„Es tut mir Leid, Evelyn“, sagte Lorne ruhig. „Aber nun muss ich Ihnen ein paar Fragen stellen.“

Evelyn drehte sich zu ihm um. Sie reckte ihr Kinn und demonstrierte mit dieser Geste einen sturen Stolz und unbeugsame Stärke. Zum ersten Mal, seit sie sich kannten, empfand Chase so etwas wie Bewunderung für seine Schwägerin.

„Fragen Sie nur, Lorne“, sagte sie. „Sie sind der Polizist. Und ich vermute, ich bin jetzt Ihre Hauptverdächtige.“

Chase wollte den Rest nicht mehr hören. Er verließ den Raum und ging den Korridor hinunter, um Miranda zu finden. *Jetzt kann man es beweisen. Jedes Wort, das du gesagt hast, war wahr.* Er hoffte, dass sie wieder von vorne beginnen könnten. Und er stürmte plötzlich mit neuem Elan und neuen Erwartungen voran. Der Mord stand nicht mehr zwischen ihnen, und sie hatten die Chance, es noch einmal zu versuchen und alles richtig zu machen.

Ungeduldig bog er um die Ecke, wo er erwartete, sie auf der Bank sitzen zu sehen.

Doch die Bank war leer.

Er ging zum diensthabenden Polizisten hinüber, der damit beschäftigt war, Noahs Haftbericht zu tippen. „Haben Sie gesehen, wo sie hingegangen ist?"

Der Polizist blickte auf. „Meinen Sie Ms. Wood?"

„Ja."

„Sie ist vor ungefähr, hm, zwanzig Minuten gegangen."

„Hat sie gesagt wohin?"

„Nee. Ist einfach aufgestanden und weg war sie."

Enttäuscht ging Chase zur Tür. *Du machst es mir nicht leicht, was?* dachte er. Dann drückte er die Tür auf und trat in die Nacht hinaus.

Den ganzen Tag schon war Ozzie ruhelos auf und ab gewandert. Letzte Nacht hatte die Anwesenheit der Polizei und das hektische Hin und Her das Tier beinahe verrückt gemacht vor Aufregung. Und nun, einen Tag später, hatte sich diese Aufregung immer noch nicht gelegt. Er war nervös, kratzte an der Tür und tappte winselnd auf dem Holzboden hin und her.

Vielleicht bin ich daran schuld, dachte Miss St. John, während sie entnervt auf ihren Hund blickte. Vielleicht überträgt sich meine Unruhe.

Ozzie lag an der Haustür wie ein abgelegter Pelzmantel und starrte sein Frauchen mitleidig an.

„Du“, sagte Miss St. John. „Du bist ein Tyrann.“

Ozzie winselte leise.

„Oh, schon in Ordnung“, meinte Miss St. John. „Raus, raus!“ Sie öffnete die Tür. Der Hund stürmte hinaus in die Abenddämmerung.

Miss St. John folgte dem Tier die Kiesauffahrt hinunter. Ozzie tanzte herum und dabei wippte sein Fell wie Korkenzieherlocken auf und ab. Wirklich kein schönes Tier, dachte Miss St. John wie jedes Mal, wenn sie spazieren gingen. Dass er schon alleine wegen seines Stammbaums mehrere tausend Dollar wert war, zeigte, wie wenig diese Stammbäume aussagten, und das galt für Menschen ebenso wie für Hunde. Doch, was Ozzie an Schönheit mangelte, machte er durch Energie wett. Er trottete bereits weit entfernt von ihr den Pfad zum Rose Hill Cottage entlang.

Miss St. John, die sich so mehr als Hund, denn als Frauchen fühlte, folgte ihm.

Im Cottage war es dunkel. Chase und Miranda hatten es am Morgen verlassen, und jetzt lag es einsam da. Schade. Solche hübschen Cottages sollten nicht leer stehen, vor allem nicht im Sommer.

Sie erklomm die Stufen der Veranda und schaute prüfend durch das Fenster. Die Möbel wirkten unberührt. Die Bücher standen wieder im Regal. Sie konnte den Schimmer der aufgereihten Bücherrücken erkennen. Obwohl sie diese Bücher und Unterlagen gründlich untersucht hatten, fragte sie sich immer noch, ob sie nicht irgendetwas übersehen hatten. Ein kleiner, scheinbar unbedeutender Hinweis, der die Antwort auf Richard Tremains Tod enthielt.

Die Tür war verschlossen, aber sie wusste, wo der Schlüssel aufbewahrt wurde. Welchen Schaden könnte ein kleiner Besuch schon anrichten? Was Rose Hill betraf, hatte sie sich immer ein wenig wie die Eigentümerin gefühlt. Schließlich hatte sie hier in der Nähe schon als Kind gespielt. Und als sie erwachsen war, hatte sie den Tremains einen Gefallen getan und Rose Hill im Auge behalten.

Ozzie wirkte glücklich, wenn er durch den Garten streunen durfte.

Miss St. John nahm den Schlüssel aus dem Blumenkasten, schloss die Tür auf und ging hinein.

Das Wohnzimmer wirkte still und traurig. Sie schaltete die Lampen an und wanderte herum, während sie mit Blicken alle Ecken und Kanten der Möbel untersuchte. Sie hatten diese Dinge bereits durchsucht. Es hatte keinen Zweck, es noch einmal zu wiederholen.

Dann ging sie durch die Küche, durch die beiden Schlafzimmer und kehrte wieder nach unten zurück. Keine Anhaltspunkte. Nichts Auffälliges.

Sie hatte sich bereits zum Gehen gewandt, als ihr Blick auf den Teppich vor der Tür in der Diele fiel. Und da erinnerte sie sich an eine Szene aus *Tess of the D'Ubervilles.* Eine vertrauliche Nachricht, die unter der Tür hindurchgeschoben und dabei versehentlich unter den angrenzenden Teppich geraten war. Eine Notiz, die nie gefunden wurde, weil sie den Blicken verborgen blieb.

Diese Erinnerung war so lebendig, dass es sie überhaupt nicht überraschte, einen Umschlag unter dem Teppich zu finden, nachdem sie sich gebückt hatte, um eine Ecke des Teppichs hochzuheben.

Diese Notiz stammte von M. Der gewünschte Empfänger hatte sie nie gefunden und nie gelesen.

„Der Schmerz lebt. Er ist ein Ungeheuer, das an meinen Organen nagt. Es wird nicht sterben. Es will nicht sterben. Du hast es dorthin gebracht, dort eingepflanzt, und du hast es die ganzen Jahre lang gefüttert.

Und dann bist du gegangen.

Du sagst, du tust mir einen Gefallen, weil es, wenn es noch länger so weiterginge, mich noch mehr verletzten würde. Du weißt gar nicht, was es bedeutet, zu verletzen. Du hast einmal behauptet, du seiest eine aus Liebe verletzte offene Wunde. Ich dachte einmal, ich könnte dich retten.

Du warst die Natter, die ich lange an meiner Brust genährt habe.

Nun sagst du, hast du Heilung gefunden. Du glaubst, sie wird dich glücklich machen. Aber das wird sie nicht. Mit ihr wird es dasselbe sein wie mit den anderen. Du wirst entscheiden, dass sie nicht perfekt ist. Niemand, der dich je liebte, dich wirklich liebte, war jemals gut genug für dich.

Aber du wirst alt und schlaff und denkst immer noch, dass es irgendwo eine junge perfekte Frau gibt, die sich bloß danach sehnt, mit deiner faltigen alten Hülle zu schlafen.

Sie kennt dich nicht so gut ich. Ich brauchte Jahre, um hinter deine schmutzigen, kleinen Geheimnisse zu kommen. Deine Betrügereien, deine Lügen und deine Grausamkeit. Du wirst sie benutzen, wie du alle anderen benutzt hast. Und dann wird du sie wegwerfen wie den Rest von uns; eine weitere Frau, die du schrecklich verletzt hast.

Du solltest leiden, weil du gesündigt hast. Ein sauberer, glatter Schnitt ...“

Miss St. John hielt den Brief noch immer umklammert, als sie Rose Hill abrupt verließ, um nach Hause zu eilen.

Mit zitternden Händen erledigte sie zwei Telefonanrufe. Der erste galt Lorne Tibbetts. Der zweite Miranda Wood.

14 KAPITEL

Miranda war am Rande der Erschöpfung, als sie die Stufen zu Annies Veranda hinauf ging. Es war nur ein zehnminütiger Spaziergang vom Polizeirevier bis hier, aber die Distanz, die sie in dieser Zeit hinter sich gebracht hatte, betraf eher ihr Gefühl als ihren Körper. Als sie alleine und von den merkwürdigen Absprachen zwischen Anwalt und Polizei ausgeschlossen, auf der Bank gesessen hatte, wusste sie, dass Noah DeBolt niemals wegen etwas Schlimmeren als Hausfriedensbruch angeklagt würde. Und dass sie, Miranda, eine zu bequeme Verdächtige wäre, als dass man sie einfach laufen lassen würde. Und dass Chase, der sich mit Evelyn und Noah hinter den verschlossenen Türen verschanzte, seine Wahl getroffen hatte.

Hieß es nicht, dass eine Krise die Familie zusammenschweißt? Eben, und die Verhaftung des Patriarchen Noah DeBolt war, weiß Gott, eine ungeheuerliche Krise. Die Familie würde hinter ihm stehen.

Miranda gehörte nicht zu dieser Familie, und sie würde niemals dazugehören.

Sie betrat den Flur. Annie war noch immer nicht da.

Die Stille hing wie eine Glocke über dem Haus. Als das Telefon plötzlich läutete, dröhnte das Geräusch beinahe schockierend laut in ihren Ohren.

Sie nahm den Hörer ab.

„Miranda?“ fragte eine atemlose Stimme.

„Miss St. John? Stimmt irgendetwas nicht? Ist etwas Schlimmes passiert?“

„Sind Sie alleine zu Hause?“ lautete Miss St. Johns bizarre Antwort.

„Nun, ja, im Moment noch …“

„Ich möchte, dass Sie die Tür abschließen. Und zwar gleich.“

„Nein, es ist alles in Ordnung. Sie haben Noah DeBolt verhaftet …“

„Hören Sie auf mich! Ich habe noch einen Brief in Rose Hill gefunden. Das ist der Grund, weshalb sie immer wieder ins Cottage zurückkehrte. Sie wollte alle Briefe zurück haben. Sie war hinter den Briefen her!“

„Wessen Briefe?“

„M.“

„Aber Noah DeBolt …“

„Es hat nichts mit Noah zu tun! Es war ein Verbrechen aus Leidenschaft, Miranda. Das klassische Motiv. Lassen Sie mich Ihnen den Brief vorlesen …“

Miranda hörte ihr zu.

Als Miss St. John mit dem Vorlesen fertig war, waren Mirandas Hände von der Umklammerung des Telefonhörers taub geworden.

„Ich habe die Polizei bereits verständigt“, sagte Miss St. John. „Sie haben einen Mann losgeschickt, der Jill Vickery festnehmen soll. Bis dahin halten Sie die Türen verschlossen. Es ist ein kranker Brief, Miranda, geschrieben von einer kranken Frau. Falls sie zu Ihnen nach Hause kommt, lassen Sie sie nicht herein."

Miranda legte auf.

Und vermisste sogleich eine menschliche Stimme, irgendeine Stimme, selbst eine, die durchs Telefonkabel übertragen wurde. Annie, komm nach Hause, bitte.

Sie starrte auf das Telefon und fragte sich, ob sie jemanden anrufen sollte. Aber wen? Erst jetzt bemerkte sie die Post, die sich seit mehreren Tagen neben dem Telefon stapelte. Der Stapel drohte umzukippen. Ein halbes Dutzend Rechnungen vermischt mit Zeitschriften und Wurfsendungen. Annies Buchhaltung ist bestimmt genauso schlampig wie ihre Haushaltsführung, dachte sie, während sie den Papierstapel neu aufschichtete. Erst da registrierte sie den Brief der Alumni Gesellschaft der Tufts Universität – Annies alter Universität. Er lag auf der Ecke des Tisches. Die Vorderseite des DinA-4-Umschlages war mit einem Serienadressaufkleber bedruckt. Es hätte Miranda nicht besonders interessiert – wäre ihr nicht dieses winzige Detail aufgefallen.

Der Brief war an Margaret Ann Berenger adressiert.

Du bist die einzige M., die ich kenne, hatte Annie gesagt.

Und hatte die ganze Zeit verschwiegen, dass auch sie diesen Buchstaben im Namen trug.

Es muss nicht heißen, dass sie diejenige war.

Miranda starrte auf den Aufkleber. Margaret Ann Berenger. Wo gab es den Beweis, wo die Verbindung zwischen Annie und diesen Briefen von M.?

Und dann fiel es ihr plötzlich ein. Die Schreibmaschine.

Ein altes Modell, hatte Jill gesagt, mit einem *e*, das gesäubert werden muss. Eine Schreibmaschine konnte man nicht so einfach verstecken. Eine schnelle Überprüfung der Schränke und Fächer bestätigte, dass es im Haus keine Schreibmaschine gab. Vielleicht in der Garage?

Nein, Miranda war in der Garage gewesen. Die Garage bot kaum Platz genug für einen Wagen.

Sie untersuchte sie trotzdem. Keine Schreibmaschine.

Dann kehrte sie ins Haus zurück. Ihre Gedanken rasten. Inzwischen war Jill wahrscheinlich bereits verhaftet. Annie würde gleich davon hören und wissen, dass die Jagd auf die echte M. eröffnet war. Als Erstes würde sie die verräterische Schreibmaschine loswerden wollen, falls sie das nicht längst getan hatte. Es war das einzige Beweisstück, das Annie mit dem Mord an Richard in Verbindung bringen konnte.

Es könnte meine Unschuld beweisen. Ich muss sie finden, bevor Annie sie zerstört. Ich muss die Schreibmaschine zur Polizei bringen.

Es blieb nur noch eine Möglichkeit, wo sie danach suchen konnte.

Sie rannte aus dem Haus und stieg in ihren Wagen.

Ein paar Minuten später parkte sie vor dem Verlagsgebäude des *Herald.*

Im Verlag war es dunkel. Die letzte Ausgabe war gerade fertig geworden. Niemand würde so spät nachts noch arbeiten, also hatte sie das Gebäude für sich.

Sie öffnete die Tür mit ihrem Schlüssel – dem Schlüssel, den sie nie zurückgegeben hatte. Es war Ironie des Schicksal, dass Richard ihr gesagt hatte, sie sollte diesen Schlüssel behalten, weil er sicher war, dass er sie dazu überreden konnte, wieder in ihren Job zurückzukehren.

Nun. Jetzt war sie zurück.

Sie ging zielstrebig an den Schreibtischen vorbei zu Annies Tisch. Dort schaltete sie die Lampe an. Die obere Schublade war unverschlossen. Unter dem Durcheinander von Stiften und Büroklammern fand sie ein paar lose Schlüssel. Welcher davon gehörte zu Annies Spind? Sie sammelte sie alle ein und schlich sich durch das Treppenhaus nach unten zu den Waschräumen der Frauen.

Sie machte Licht und sah die geblümte Couch, die malvenfarbenen Tapeten und die viktorianischen Drucke an den Wänden. Nicht einmal Jill Vickerys Dekorationsgeschick konnte verbergen, dass es sich bei diesem Raum um ein finsteres Verlies ohne Fenster handelte. Miranda ging zu den Schränken hinüber. Es gab sechs davon. Sechs extrabreite Schränke, wo die Angestellten während der Wintermonate ihre schweren Mäntel und Stiefel unterbrachten. Sie wusste, welcher davon Annie gehörte. Auf der Tür klebte ein Sticker mit dem Spruch: ‚Ich habe PMS und welche Entschuldigung haben Sie?‘

Miranda probierte den ersten Schlüssel. Er ließ sich nicht drehen.

Dann versuchte sie es mit dem zweiten und dem dritten. Das Schloss sprang auf.

Sie öffnete die Tür und runzelte angesichts die Stirn. Auf der oberen Ablage befanden sich Fäustlinge, ein paar alte Joggingschuhe und ein Wollschal.

Unten auf dem Boden lag ein Pullover über einem Bündel, das mit Handtüchern umwickelt war. Miranda hob das Bündel auf. Es war schwer. Sie entfernte die Handtücher und enthüllte den Inhalt.

Es war eine alte, grüne Olivetti mit Pica Typen.

Sie spannte ein Blatt Papier ein und tippte mit zittrigen Händen den Namen Margaret Ann Berenger. Die Schlaufe vom e war verschmiert.

Plötzlich überflutete sie ein Gefühl der Erleichterung, das beinahe an Euphorie grenzte. Schnell schloss sie den Schrank und umwickelte die Schreibmaschine wieder. Als sie sie auf den Arm nahm, spürte sie einen Luftzug an ihrer Wange. Der leichte Windhauch, der durch die Tür zog, als sie sich hinter ihr schloss, war die einzige Warnung, die sie erhielt.

Miranda drehte sich um.

Der Eindringling stand im Türrahmen. Ihr Haar war eine Masse vom Wind zerzauster Locken, und ihr Gesicht zeigte keine Regung.

„Annie“, sagte Miranda leise.

Annie erwiderte nichts, nur ihr Blick heftete sich ruhig auf die Schreibmaschine in Mirandas Armen.

„Ich dachte, du bist bei Irving“, sagte Miranda.

Annies Blick wanderte nach oben, bis er Mirandas traf.

Traurigkeit erfüllte ihre Augen, die einen Schmerz verrieten, der direkt aus ihrer Seele zu quellen schien. *Warum habe ich es vorher nie bemerkt?* dachte Miranda.

„Es gibt keinen Irving“, sagte Annie.

Miranda schüttelte verwirrt den Kopf.

„Es gab nie einen Irving. Ich habe ihn erfunden. Genau wie die Verabredungen und Abende mit ihm. Weißt du, ich fuhr in den Hafen hinunter, parkte dort und blieb einfach sitzen. Manchmal stundenlang.“ Annie holte tief Luft und erschauderte, bevor sie ausatmete. „Ich konnte das Mitleid nicht ertragen, Miranda. Diese ganze Sympathie für diese alte Jungfer.“

„Ich dachte nie, dass …“

„Natürlich dachtest du das. Ihr alle. Und dann war da auch noch Richard. Ich wollte ihm nicht die Genugtuung gönnen, zu wissen, dass …“ Ihre Stimme brach. Sie wischte sich mit der Hand über die Augen.

Langsam setzte Miranda die Schreibmaschine auf der Bank ab. „Was sollte Richard nicht wissen, Annie?“ fragte sie sanft. „Wie sehr er dich verletzt hat? Wie einsam du in Wirklichkeit warst?“

Ein Zittern lief durch Annies Körper.

„Er hat uns beiden wehgetan“, sagte Miranda. „Jeder Frau, die er je anfasste. Jeder Frau, die ihn je geliebt hat. Er hat uns alle verletzt.“

„Nicht so, wie er mich verletzt hat!“ schrie Annie. Das Echo ihres Schmerzes schien endlos von diesen spröden Wänden widerzuhallen. „Fünf Jahre meines Lebens, Miranda. Ich schenkte ihm fünf Jahre. Fünf Jahre der Heimlichtuerei. Ich war zweiundvierzig, als wir uns kennen lernten. Ich hoffte und wartete auf seine Entscheidung, Evelyn zu verlassen." Sie wischte sich erneut über die Augen. Mascara verschmierte ihre Wange. „Jetzt ist es zu spät für mich. Es war meine letzte Chance, die er mir genommen hat. Er hat sie mir *gestohlen.* Und dann hat er Schluss gemacht." Sie schüttelte den Kopf und lachte unter Tränen. „Er sagte, er hätte nur versucht, nett zu sein. Dass er nicht wollte, dass ich meine Jahre mit ihm vergeudete. Und dann sagte er das, was mich am meisten von allem verletzte. Er sagte, es war nur eine Einbildung von dir, Annie. Ich habe dich niemals wirklich so geliebt, wie du dachtest." Der Blick, den Miranda auffing, glich dem eines verwundeten Tieres. „Fünf Jahre, und dann erzählt er mir so etwas. Aber er hatte mir nicht die Wahrheit gesagt, nämlich, dass er jemand jüngeren gefunden hatte. Dich." In ihrer Stimme schwang weder Feindseligkeit noch Wut, sondern nur Resignation. „Ich habe dir nie die Schuld daran gegeben, Miranda. Du wusstest es nicht. Du warst nur ein weiteres Opfer. Er hätte dich verlassen, so wie er uns alle verlassen hat."

„Du hast Recht, Annie. Wir waren alle seine Opfer."

„Es tut mir Leid. Es tut mir so Leid, Miranda." Annie ließ ihre Hand in der Jackentasche verschwinden. „Doch jemand muss dafür bezahlen." Und dann zog sie die Pistole hervor.

Miranda starrte in die Mündung, die auf ihre Brust gerichtet war. Sie wollte darüber diskutieren, wollte bitten und betteln, irgendetwas tun, dass Annie veranlasst hätte, die Waffe fallen zu lassen, doch ihre Stimme schien in ihrer Kehle fest gefroren. Sie konnte nur noch auf die schwarze Mündung starren und sich fragen, ob sie die Kugel spüren würde.

„Komm, Miranda. Lass uns gehen."

Miranda schüttelte den Kopf. „Wo...wohin?"

Annie öffnete die Tür und bedeutete Miranda, vorzugehen. „Nach oben. Aufs Dach."

Wieder war niemand zu Hause.

Chase ging um Annies Haus herum zur Garage und sah, dass der Wagen weg war. Miranda musste zurückgekommen und gleich wieder aufgebrochen sein. Er stand in der Auffahrt und fragte sich, wo er als nächstes nachsehen sollte, als er das Telefon im Haus läuten hörte. Er rannte die Verandastufen hinauf und ins Haus hinein.

Lorne Tibbetts war am Apparat. „Ist Miranda da?" erkundigte er sich.

„Nein, ich suche sie auch gerade."

„Wie sieht es mit Annie Berenger aus?"

„Auch nicht hier."

„In Ordnung", sagte Lorne. „Ich möchte, dass Sie das Haus verlassen, Chase, und zwar sofort."

Chase war von der ungewöhnlichen Schärfe des Befehls verblüfft. „Ich warte, bis Miranda kommt", widersprach er.

Er hörte, wie Lorne sich vom Hörer abwandte und etwas zu Ellis sagte. „Hören Sie, wir haben hier eine Lawine von

Beweisen. Falls Annie Berenger zuerst auftaucht, verhalten Sie sich nett und wie immer, okay? Regen Sie sie nicht auf. Verlassen Sie einfach nur ruhig das Haus. Ellis ist auf dem Weg zu Ihnen."

„Was zum Teufel geht hier vor?"

„Wir glauben zu wissen, wer M. ist. Und es ist nicht Jill Vickery. Und nun verschwinden Sie so schnell wie möglich." Lorne legte auf.

Wenn es nicht Jill Vickery ist …

Chase ging zum Ende des Tisches und öffnete die Schublade. Annies Waffe fehlte.

Er schloss die Schublade geräuschvoll.

Wo bist du, Miranda?

Einer plötzlichen Eingebung folgend lief Chase nach draußen zu seinem Wagen. Vielleicht war noch Zeit, sie zu finden. Er hatte Miranda um höchstens fünf Minuten verpasst, vielleicht auch um zehn. Weit konnten sie nicht sein. Wenn er in der Stadt herumfuhr und seine Augen aufhielt, dann würde es ihm vielleicht gelingen, sie zu finden.

Falls sie immer noch in der Gegend waren.

Ich kann dich nicht verlieren. Jetzt, wo wir deine Unschuld beweisen können. Jetzt, wo wir eine Chance haben.

Er riss den Wagen herum und raste mit quietschenden Reifen in Richtung Stadt.

„Geh weiter. Die Treppen hoch."

Mirandas Gedanken waren nun wie gelähmt. Ihre Beine

drohten, unter ihr nachzugeben. sie setzte den Fuß auf die nächste Stufe.

„Geh!“

Miranda drehte sich zu ihr um. Sie waren schon fast im dritten Stockwerk angekommen. Nur noch eine Treppe, dann standen sie vor der Tür, die aufs Dach führte. Es hatte einmal eine Zeit gegeben, da hatte sie die Schönheit dieses Treppenhauses, das geschwungene Treppengeländer aus Mahagoni und die glänzende Holzlackierung bewundert. Doch nun war es zu einer spiralförmigen Todesfalle geworden. Sie umklammerte das Geländer, als versuchte sie Stärke aus dem harten, soliden Holz zu ziehen.

„Warum tust du das?“ fragte sie.

„Geh, Geh einfach.“

„Wir waren einmal Freunde …“

„Bis Richard kam.“

„Aber das wusste ich nicht! Ich wusste nicht, dass du in ihn verliebt warst! Wenn du es mir doch nur erzählt hättest.“

„Ich habe es nie jemandem erzählt. Ich konnte nicht. Es war seine Idee, weißt du. Es für uns zu behalten, als unser kleines Geheimnis. Er sagte, er wollte mich beschützen. Und ich habe ihm vertraut.“

Dann bin ich die Einzige, die es weiß, dachte Miranda. Die Einzige, die noch am Leben ist.

„Beweg dich“, befahl Annie. „Los, die Treppen hoch.“

Miranda rührte sich nicht. Sie schaute Annie in die Augen und sagte leise: „Warum erschießt du mich jetzt nicht einfach? Gleich hier. Das hast du doch ohnehin vor."

„Du hast die Wahl." Ruhig hob Annie die Waffe. „Ich habe keine Angst zu töten. Man sagt, beim ersten Mal sei es am schwersten. Und weißt du was? Es war eigentlich überhaupt nicht schwer. Ich brauchte bloß daran zu denken, wie sehr er mich verletzt hatte und das Messer schien sich von alleine zu bewegen. Ich habe nur zugesehen."

„Ich bin aber nicht Richard. Ich wollte dich niemals verletzen."

„Aber du wirst es tun, Miranda. Du kennst die Wahrheit."

„Genau wie die Polizei. Sie haben diesen Brief gefunden, Annie. Den letzten, den du geschrieben hast."

Annie schüttelte den Kopf. „Sie haben Jill heute nacht festgenommen. Aber du bleibst immer noch diejenige, die sie beschuldigen werden. Weil sie die Schreibmaschine in deinem Wagen finden. Was für ein schlaues Mädchen du zu sein schienst, diese ganzen Briefe zu schreiben und sie im Cottage zu verstecken. Den Verdacht auf die arme, unschuldige Jill zu lenken, doch dann holte die Schuld dich wieder ein. Du wurdest depressiv. Du wusstest, dass das Gefängnis unvermeidbar sein würde. Also wähltest du den leichten Ausweg. Du bist auf das Dach des Verlagsgebäudes geklettert und hinuntergesprungen."

„Ich werde es nicht tun."

Annie umklammerte die Pistole mit beiden Händen und

zielte auf Mirandas Brust. „Dann wirst du hier sterben. Ich musste dich töten, weißt du. Ich erwischte dich dabei, wie du die Schreibmaschine in Jills Büro schmuggeln wolltest. Du warst bewaffnet. Du hast mich ins Treppenhaus beordert. Ich versuchte, dir die Waffe zu entwenden und dabei löste sich ein Schuss. Ein sauberes Ende für alle Beteiligten." Langsam entsicherte sie die Pistole und spannte den Hahn.

„Oder würdest du das Dach bevorzugen?"

Ich muss Zeit gewinnen, dachte Miranda. *Muss auf eine Chance zu fliehen warten.*

Sie drehte sich um und schaute die letzte Treppe hinauf.

„Geh weiter", sagte Annie.

Miranda begann mit dem Aufstieg.

Vierzehn Stufen, jede einzelne davon zu erklimmen schien eine Ewigkeit zu dauern. Vierzehn Leben, die vorbeigingen. Sie versuchte, sich fieberhaft das Dach ins Gedächtnis zu rufen, Grundriss und Fluchtwege. Sie war nur einmal dort oben gewesen, als die Nachrichtenredaktion sich für ein Gruppenfoto versammelt hatte. Sie erinnerte sich an einen schmalen Asphaltstreifen, der von drei Schornsteinen unterbrochen wurde, an ein Heizungsrohr und an einen Transformatorschuppen. Vier Stockwerke nach unten – würde sie diesen Sturz überleben? Oder war es nur hoch genug, um einen Krüppel aus ihr zu machen, ein hilfloses Bündel gebrochener Knochen, das Annie mit ein paar Schüssen erledigen würde?

Die Tür zum Dach befand sich über ihr. Wenn sie es nur schaffen würde, sie zu erreichen und sich dahinter zu verbarrikadieren, dann würde sie vielleicht Zeit gewinnen, um nach Hilfe zu rufen.

Nur noch ein paar Schritte.

Sie stolperte und fiel vornüber auf die Stufen.

„Steh auf", befahl Annie.

„Mein Knöchel ..."

„Ich sagte, steh auf!"

Miranda saß auf einer Treppenstufe und massierte sich den Fuß. „Ich glaube, ich habe ihn mir verstaucht."

Annie trat einen Schritt näher. „Dann krieche, wenn es anders nicht geht! Aber sieh zu, dass du die Stufen hinauf kommst!"

Miranda, die sich mit angezogenen Beinen mit dem Rücken gegen die Stufen drückte, fuhr ruhig damit fort, ihren Knöchel zu reiben, wobei sie die ganze Zeit nur darauf wartete, dass Annie näher kam.

Annie nahm die nächste Stufe. Sie stand nun direkt unter Miranda; die Waffe beängstigend nahe. „Ich kann nicht auf dich warten. Deine Zeit läuft ab." Sie zielte mit der Pistole auf Mirandas Gesicht.

In diesem Moment hob Miranda ihren Fuß – und trat Annie geradewegs in den Magen. Annie stürzte rückwärts die Stufen hinunter und blieb ausgestreckt am Ende der dritten Treppe liegen. Doch selbst als sie fiel, ließ sie die Waffe nicht los. Es gab keine Möglichkeit, ihr die Pistole zu entreißen. Annie war schon wieder auf ihren Knien; die Waffe in ihrer Hand zeigte mit der Mündung auf ihr Opfer.

Miranda wuchtete die Tür, die zum Dach führte, auf und stürmte hinaus, als Annie auf sie schoss. Sie hörte, wie die Kugel in die Tür einschlug und fühlte Holzsplitter durch die Luft sausen, bevor sie sich in ihre Haut bohrten. Es gab keinen Riegel und damit keine Möglichkeit, die Tür vor Annie zu verschließen. Es blieb nur wenig Zeit. Sekunden vielleicht. Noch vierzehn Stufen, und Annie war auf dem Dach.

Miranda blickte wild um sich und konnte die Silhouetten der Schornsteine, Kisten und andere nicht identifizierbare Schatten in der Dunkelheit ausmachen.

Schritte dröhnten auf den Stufen.

In ihrer Panik rannte Miranda auf sie zu und schlüpfte hinter den Transformatorschuppen. Sie hörte, wie die Tür auf- und gleich darauf geräuschvoll wieder zuflog. „Du kannst nirgendwo hin, Miranda. Nirgendwo, außer geradewegs nach unten. Wo auch immer du bist, ich werde dich finden …"

Chase entdeckte den Wagen schon von Weitem, Mirandas alter Dodge parkte vor dem Verlagsgebäude. Er hielt hinter ihm und stieg aus. Ein Blick durch das Fenster verriet ihm, dass niemand darin saß. Miranda – oder wer auch immer damit hierher gefahren war – musste im Verlag sein.

Er rüttelte an der Eingangstür zum *Herald.* Sie war abgeschlossen. Doch durch das Fenster sah er eine Lampe auf einem der Schreibtische brennen. Er schlug gegen die Tür. „Miranda?" Niemand antwortete.

Er rüttelte noch einmal an der Tür, und dann ging er zur

Rückseite des Verlagsgebäudes. Es musste noch einen anderen Weg geben, ein offenes Fenster oder eine Laderampe. Er bog um die Ecke auf einen Pfad ein, als er laute Schüsse hörte.

Sie kamen aus dem Gebäude.

„Miranda?“ brüllte er.

Er verschwendete keine Zeit mehr damit, nach offenen Eingängen zu suchen. Er schnappte sich eine Mülltonne, schleifte sie vor das Gebäude und warf sie durch ein Fenster. Glas zersplitterte und prasselte wie Hagel auf die Schreibtische nieder. Er trat gegen die letzten Scherben am Fenstersims und ließ sich auf einen Teppich, der mit rasierklingenscharfen Splittern übersät war, fallen. An den Schreibtischen vorbei rannte er in den hinteren Teil des Gebäudes. Mit jedem Schritt wuchs die Angst davor, was er finden würde. Bilder von Miranda rasten durch seinen Kopf. Er schob sich durch die erste Tür und fand sich in der verlassenen Druckerei wieder. Zeitungen – die nächste Ausgabe – lagen gebündelt in Stapeln an der Wand. Ansonsten war der Raum vollkommen verlassen.

Er drehte sich um und richtete seine Schritte zu den Umkleideräumen der Frauen. Und wieder wallte in ihm der Schrecken auf, als er die Tür aufstieß.

Aber auch hier: niemand.

Dann steuerte er die Damentoiletten an, drückte die Türen auf. Vergeblich.

Dasselbe galt für den Bereich der Männer.

Wo zum Teufel war aber der Schuss her gekommen?

Er rannte in die Halle zurück und stürmte ins Treppenhaus.

Zwei weitere Stockwerke zum Durchsuchen. Die Büros im zweiten Stock, Lager und die Nachrichtenredaktion in der dritten Etage. Irgendwo da oben würde er sie finden. Er betete, dass sie noch am Leben war.

Miranda umklammerte die Seitenwand des Transformatorenhäuschens und lauschte auf Schritte. Doch außer dem Hämmern ihres eigenen Herzens hörte sie nichts, nicht einmal das leiseste Knirschen von Schuhen auf dem Asphalt. *Wo ist sie? Und welchen Weg hat sie genommen?*

Rasch blickte sich Miranda nach allen Seiten um. Ihre Augen hatten sich an die Dunkelheit gewöhnt. Zu ihrer Linken konnte sie einen Haufen Kisten ausmachen. Rechts neben ihnen waren die Reling der Feuertreppe. Ein Ausweg! Wenn sie es bloß unentdeckt bis zu dieser Ecke schaffen würde.

Wo war Annie?

Sie musste einen Blick riskieren. Sie kauerte sich zusammen und robbte langsam Zentimeter für Zentimeter auf die Ecke zu. Was sie dort sah, ließ sie sich in Panik zurückziehen.

Annie kam genau auf das Transformatorenhäuschen zu.

Mirandas Instinkt befahl ihr, wegzulaufen und einen letzten Versuch zu unternehmen, der Verfolgerin zu entkommen. Doch ihr Verstand sagte ihr, dass sie es niemals schaffen würde. Annie war schon zu nahe.

Verzweifelt scharrte sie ein paar Kieselsteine bei ihren Füßen zusammen. Sie warf sie hoch über ihren Kopf in die entgegengesetzte Richtung des Daches. Sie hörte, wie die Steine irgendwo in der Dunkelheit niederprasselten.

Ein paar schreckliche Minuten lang lauschte sie nach Geräuschen – irgendwelchen Geräuschen. Nichts.

Dann sah sie erneut um die Ecke des Transformatorenhäuschens. Annie folgte dem Geräusch, das die Kieselsteine verursacht hatten, ans andere Ende des Daches. Sie pirschte sich langsam an einen Schornstein an. Nur ein paar Schritte weiter. Noch einen …

Das war Mirandas Chance – ihre einzige! Miranda rannte um ihr Leben.

Ihre Schritte dröhnten wie Paukenschläge auf dem Dach. Noch bevor sie die Feuerleiter erreicht hatte, hörte sie den ersten Schuss und das Heulen der Kugel, die an ihr vorbeiflog. Keine Zeit zum Nachdenken, nur weg hier! Sie kletterte zur Feuerleiter und schwang ihr Bein auf die erste Metallstrebe.

Noch ein Schuss.

Die Wirkung der Kugel glich einem Schlag gegen ihre Schulter, dessen Wucht sie seitwärts über die Dachkante taumeln ließ. Sie erhaschte einen verwirrenden Anblick des nächtlichen Himmels und dann spürte sie, wie sie fiel. Instinktiv griff sie nach oben und tastete blind nach einem Halt. Als sie über die Kante der Feuerleiter strauchelte, schloss sich ihre linke Hand um kalten Stahl – das Geländer. Selbst als ihr die Beine wegrutschten und wie tote Gewichte unter ihr baumelten, hielt sie an dem Stahl fest. Sie versuchte, mit dem anderen Arm nach oben zu greifen, aber es schien, als wollte er ihr nicht gehorchen. Sie konnte ihn nur bis Schulterhöhe erheben, bekam aber einen Treppenabsatz zu fassen. Eine Sekunde lang hing sie mit den Beinen in der Luft. Dann schaffte sie es, einen Fuß gegen die Mauersteine des Gebäudes zu stemmen. *Noch am Leben, immer noch da!* dachte sie. *Wenn ich mich nur über das Geländer schwingen könnte – zurück auf die Leiter ...*

Die Bewegung eines Schattens über ihr, ließ sie erschaudern. Langsam erhob sie ihren Blick und starrte in die Mündung einer Pistole. Annie stand an der Dachkante und zielte gerade auf Mirandas Kopf.

„Jetzt“, befahl Annie leise. „Lass die Feuerleiter los.“

„Nein! Nein!“

„Lass dich einfach fallen. Es ist ein schneller und einfacher Weg zu sterben.“

„Es wird nicht funktionieren. Sie werden es herausfinden! Sie werden wissen, dass du es warst!“

„Spring, Miranda. *Spring.*“

Miranda schaute in den Abgrund. Er war so weit entfernt, so entsetzlich weit.“

Annie schwang ein Bein über die Dachkante und zielte mit dem Absatz auf Mirandas Hand, die sich am Geländer festklammerte, und trat zu.

Miranda schrie, aber sie lockerte den Griff nicht.

Annie hob ihren Fuß und trat zu. Wieder und wieder.

Der Schmerz war unerträglich. Mirandas Griff lockerte sich. Sie verlor den Halt unter ihrem Fuß und baumelte in der Luft. Ihre linke Hand, die vor Schmerz pochte, ertrug die Misshandlung nicht länger. Ihre rechte Hand, die bereits durch die Schusswunde geschwächt und taub war, konnte Mirandas Gewicht nicht halten. Miranda blickte verzweifelt hoch, als Annie ihren Fuß hob, um noch ein letztes Mal zuzutreten.

Doch der Tritt blieb aus.

Stattdessen wurde Annies Körper zurückgerissen wie eine Marionette, deren Fäden alle auf einmal gezogen worden waren. Sie stieß einen unmenschlichen Wutschrei aus, so als könnte sie es nicht glauben. Und dann gab es einen dumpfen Schlag, als ihr Körper seitlich auf das Dach stürzte.

Einen Augenblick später erschien Chase an der Dachkante. Er lehnte sich darüber und ergriff Mirandas Handgelenk. „Nimm meine Hand! Nimm sie!“ brüllte er.

Ihre Füße gegen die Mauer gestemmt, gelang es Miranda, ihren rechten Arm zu erheben. „Ich kann nicht … es reicht nicht …“

„Los, Miranda!“ Er lehnte sich noch weiter über die Kante und streckte sich so weit es ging hinüber. „Du musst! Ich brauche deine beiden Hände! Greif nur nach oben, das ist alles! Ich halte dich, Liebling. Bitte!“

Liebling. Dieses einzige Wort, das sie nie zuvor von ihm gehört hatte, schien eine neue Kraftquelle tief in ihrem Innern zu mobilisieren. Sie holte Luft und streckte sich ächzend gen Himmel. *Mehr geht nicht,* dachte sie verzweifelt. *Weiter komme ich nicht.*

Da schloss sich eine Hand um ihr Handgelenk, und sofort wurde sie mit einem so festen Griff gepackt, dass sie noch nicht einmal für eine Sekunde befürchtete, sie könnte fallen. Er zog sie hoch und über die Dachkante.

Erst dann verließen sie ihre Kräfte. Aber sie benötigte sie auch nicht mehr. Taumelnd fiel sie in seine Arme.

Kein Baum hatte sich je so solide angefühlt, so standfest. Nichts und niemand konnte sie im Schutz dieser Arme verletzten. „Mein Gott, Miranda, ich dachte …"

Und dann sprach er nicht weiter.

Die Sicherung einer Pistole klickte.

Sie wirbelten beide herum und sahen Annie, die nur wenige Meter von ihnen entfernt auf wackeligen Beinen stand. Sie umklammerte die Waffe mit beiden Händen.

„Es ist zu spät, Annie", sagte Chase. „Die Polizei weiß alles. Sie haben Ihren letzten Brief. Sie wissen, dass Sie Richard getötet haben. Und jetzt suchen sie nach Ihnen. Das Spiel ist aus."

Annie ließ die Waffe langsam sinken. „Ich weiß", flüsterte sie. Sie holte tief Luft und blickte in den Himmel. „Ich habe dich geliebt", sagte sie zum Himmel. „Verfluchter Richard. *Ich habe dich geliebt!*" schrie sie.

Dann erhob sie die Waffe, steckte sich den Lauf in den Mund und drückte langsam ab.

15. KAPITEL

Diesmal reichte die Fürsorge des kauzigen Dr. Steiner nicht aus. Nur ein Krankenhaus und ein wirklich guter Arzt konnten helfen. Man orderte ein Rettungsboot, und Miranda wurde unter Dr. Steiners Aufsicht an Bord der *Jenny B.* gebracht. Das Krankenhaus von Bass Harbour war über das, was es zu erwarten hatte, alarmiert worden: Schusswunde in der rechten Schulter, Patientin bei klarem Bewusstsein, Blutdruck stabil und die Blutung unter Kontrolle. Die *Jenny B.* legte mit zwei Passagieren, einer dreiköpfigen Crew und einer Leiche von der Pier ab.

Chase war nicht mit an Bord.

Er rutschte in diesem Moment unruhig auf einem Stuhl in Lorne Tibbetts Büro herum und beantwortete tausend und eine Frage. Das war nicht zu vermeiden. Schließlich gab es eine tote Frau. Eine Untersuchung war fällig und, wie Lorne es so prägnant ausdrückte, er hatte nur die Wahl zwischen Reden oder Gefängnis. Die ganze Zeit, während Chase dort saß, dachte er an die *Jenny B.* War sie bereits in Bass Harbour angekommen? Wie ging es Miranda?

Würde Lorne Tibbetts jemals mit der verdammten Fragerei aufhören?

Es war zwei Uhr morgens, als Chase endlich aus dem Polizeirevier hinausspazierte. Die Nacht war warm für Maine, dennoch fröstelte er, als er in seinen Wagen stieg. Heute Nacht fuhren keine Fähren mehr nach Bass Harbour. Er war bis morgen auf dieser Insel gestrandet. Wenigstens wusste er, dass Miranda außer Gefahr war. Ein Anruf im Krankenhaus hatte ergeben, dass sie ruhig schlief und, dass man davon ausging, dass Miranda sich bald wieder erholte.

Jetzt fragte er sich, wohin er gehen und wo er schlafen sollte.

Nicht in die Chestnut Street. Er konnte nie wieder unter einem Dach mit Evelyn schlafen, nicht nachdem, was er der Familie DeBolt angetan hatte. Nein. Heute Nacht fühlte er sich entwurzelt, abgeschnitten von den DeBolts, von den Tremains und von dem Erbe seiner reichen und hochmütigen Vergangenheit. Er fühlte sich neugeboren. Gereinigt.

Chase startete den Wagen und fuhr nach Rose Hill.

Im Cottage war es kalt und es wirkte leblos, so als ob jede Freude, die jemals in diesen Mauern existiert hatte, schon seit langem gewichen war. Nur das Schlafzimmer verstrahlte eine einigermaßen warme Atmosphäre. Hier hing noch die Erinnerung an diese Nacht, an diese eine Nacht, im Raum.

Er lag auf dem Bett und versuchte, Mirandas Geruch und ihre Sanftheit heraufzubeschwören, aber es war so, als ob er versucht hätte, sein Spiegelbild aus dem Wasser zu fischen. Jedesmal, wenn er es festhalten wollte, rann es ihm durch die Finger.

Genauso wie Miranda seinem Griff entschlüpft war.

Sie ist keine von uns, hatte Evelyn einmal gesagt. *Sie ist nicht wie wir.*

Chase dachte an Noah, an Richard, an Evelyn und an seinen Vater. Und er dachte, dass Evelyn Recht hatte. Miranda war nicht wie sie.

Sie war besser.

„Ein Happy End", sagte Miss St. John, „ereignet sich nicht automatisch. Manchmal muss man daran arbeiten."

Chase nahm diesen Rat und die Tasse Kaffee, die sie ihm reichte, gelassen entgegen. Hatte ihn die Erfahrung nicht gelehrt, dass man ein Happy End nur im Märchen, aber nicht im richtigen Leben fand. Hatte seine Ehe es nicht bewiesen?

Diesmal wird es anders. Ich werde es anders machen. Wenn ich nur sicher sein könnte, dass ich es bin, den sie will.

Er nippte an seinem Kaffee und streichelte gedankenlos Ozzies zotteliges schwarzes Fell. Er wusste nicht, weshalb er das Biest verwöhnte, außer, weil es so verdammt dankbar dafür war. Ein Blick auf die Uhr verriet Chase, dass er jede Menge Zeit hatte, bis die Fähre nach Bass Harbour um zwölf ablegte. Bis er zu Miranda kam.

Die ganze Nacht hatte er schlaflos im Bett gelegen und über ihre Chancen nachgegrübelt. Das Gespenst seines Bruders ließ sich nicht so einfach verjagen. Vor nur wenigen Wochen war Richard der Mann gewesen, denn sie geliebt hatte, oder von dem sie glaubte, dass sie ihn liebte. Richard hatte ihr die Unschuld geraubt, sie benutzt und beinahe zerstört. *Und jetzt bin ich da, noch ein Tremain. Warum sollte sie mir vertrauen, nach allem, was Richard ihr angetan hat?*

Ereignisse und Gefühle waren in den letzten Tagen in Blitzgeschwindigkeit durch ihn hindurchgerauscht. Vor einer Woche hatte er sie eine Mörderin genannt. Und er war erst vor Stunden zu der Überzeugung gelangt, sie für unschuldig zu halten. Sie hatte jedes Recht der Welt, ihn abzulehnen oder ihm die Dinge, die er einmal zu ihr gesagt hatte, niemals zu vergeben. Es waren so viele grausame und schreckliche Worte zwischen ihnen gefallen. Konnte Liebe, echte Liebe auf solch einem vergifteten Boden gedeihen? Gab es eine Chance für ihre Liebe?

Er wollte glauben, dass es ging. Er musste daran glauben.

Doch diese Zweifel quälten ihn.

Als Miss St. John um zehn Uhr an die Cottagetür geklopft hatte, um ihm Kaffee und ein Schwätzchen anzubieten, war er beinahe dankbar für ihre Aufdringlichkeit, wenngleich er aber vermutete, dass hinter dieser Einladung mehr als nachbarliche Freundlichkeit steckte. Die Nachricht über die nächtlichen Ereignisse hatte sich in der Stadt gewiss bereits herumgesprochen. Miss St. John mit ihrer erstklassigen Antenne hatte die Signale zweifelsohne aufgeschnappt und war vermutlich schlicht neugierig.

Jetzt, wo sie auf den neuesten Stand gebracht worden war, machte sie sich daran, ihm ihre Meinung darzulegen, ob er sie nun hören wollte oder nicht.

„Miranda ist eine wundervolle Frau, Chase“, sagte sie. „Eine sehr nette Frau.“

„Ich weiß“, war alles, was er darauf antworten konnte.

„Aber du hast Zweifel.“

Er seufzte voller Schmerz und Ungewissheit. „Nach allem, was geschehen ist …“

„Menschen haben das Recht, Fehler zu machen, Chase. Miranda machte einen mit deinem Bruder. Es war keine böse Absicht und hatte nichts mit Grausamkeit oder schlechten Vorsätzen zu tun. Nur mit Liebe. Mit Fehleinschätzung. Sie hat einen großen Fehler gemacht, ja, aber die Gefühle waren aufrichtig.“

„Aber Sie verstehen nicht“, sagte er, während er sie anschaute. „Meine Zweifel haben nichts mit ihr zu tun. Es geht um *mich* und ob sie mir verzeihen kann, ein Tremain zu sein, dieses Symbol für alles und jeden, das sie je verletzt hat.“

„Ich glaube Miranda ist diejenige, die nach Vergebung sucht.“

Er schüttelte den Kopf. „Was sollte ich *ihr* vergeben?“

„Das musst du dir beantworten.“

Er saß einen Augenblick lang still in sich versunken da und streichelte den dicken Kopf des liebenswert hässlichen Hundes. *Was soll ich dir vergeben? Dass du mir die wahre Bedeutung von Unschuld gezeigt hast? Dass du mich dazu gebracht hast, die spießigen Vorstellungen zu hinterfragen, an die zu glauben, man mich erzogen hat? Dass du mir gezeigt hast, dass ich ein Idiot gewesen bin?*

Dass ich mich in dich verliebt habe?

Mit plötzlicher Entschlossenheit stellte er die Kaffeetasse ab und erhob sich. „Ich sollte mich besser auf den Weg machen“, sagte er. „Ich will die Fähre nicht verpassen.“

„Und dann, was passiert dann?“ fragte Miss St. John, während sie ihn zur Tür begleitete.

Lächelnd nahm er ihre Hand – die Hand einer weisen alten Frau. „Miss St. John“, sagte er, „wenn ich es herausfinde, werden Sie die Erste sein, die es erfährt.“

Sie winkte, als er nach draußen zu seinem Wagen ging. „Ich rechne fest damit!“ rief sie ihm hinterher.

Chase fuhr wie ein Verrückter zur Fährstation hinunter. Er kam eine Stunde zu früh dort an, fand aber trotzdem bereits eine lange Autoschlange vor, die darauf wartete, an Bord gelassen zu werden. Bevor er Gefahr lief, die Fähre zu verpassen, entschied er sich, den Wagen stehen zu lassen und als Fußgänger an Bord zu gehen.

Zwei Stunden später verließ er die Fähre in Bass Harbour. Es gab keine Taxis dort; er musste per Anhalter ins Krankenhaus fahren. Als er vor dem Informationsschalter im Krankenhaus auftauchte, war es bereits halb drei.

„Miranda Wood“, sagte die Empfangsassistentin und legte den Telefonhörer auf, „ist vor ungefähr einer Stunde entlassen worden.“

„Wie bitte?“

„Das sagte die Stationsschwester. Die Patientin ging mit Dr. Steiner.“

Vor Enttäuschung hätte Chase am liebsten auf den Tisch gehauen. „Wo sind sie hingegangen?“ fauchte er.

„Das weiß ich nicht, Sir. Sie könnten oben nachfragen. Im Schwesternzimmer im zweiten Stock.“

Chase war im Begriff, das Treppenhaus anzusteuern, als sein Blick plötzlich auf die Uhr an der Wand fiel. „Miss – wann geht die Fähre nach Shephard's Island zurück?" fragte er hastig.

„Ich glaube, die letzte Fähre geht um drei."

Zwanzig Minuten.

Er eilte nach draußen und blickte sich suchend auf der Straße um, nach einem Taxi, einem Bus, nach irgendetwas auf Rädern, das ihn zu den Landungsbrücken hinunterbringen konnte. Sie *mussten* bei den Landungsbrücken sein. Wohin sonst war sie mit Dr. Steiner gegangen, außer zurück auf die Insel?

Es war die letzte Fähre des Tages, und er würde sie niemals rechtzeitig erreichen.

Ein Happy End ereignet sich nicht automatisch. Manchmal muss man etwas dafür tun.

In Ordnung, verdammt noch einmal, dachte er, *Ich bin ja bereit, etwas dafür zu tun. Ich bin dafür bereit alles zu tun, was nötig ist, um die Sache gut ausgehen zu lassen.*

Er rannte die Straße entlang. Bis zum Fähranleger waren es noch zwei Kilometer.

Er rannte den ganzen Weg.

Die Deckshand brüllte: „Alle Mann an Bord!", und dann erwachten die Motoren der *Jenny B.* zum Leben.

Während sie an der Reling stand, starrte Miranda hinaus auf die graugrüne Wasserfläche in der Penobscot Bucht. Es gab so viele Inseln und so viele Orte auf der Welt, wo man hingehen konnte. Bald wäre sie auf dem Weg und würde gute und schlechte Erinnerungen hinter sich lassen. Nur noch diese eine letzte Reise nach Shephard's Island, um alle losen Enden zu verknüpfen, und dann konnte sie diesem Ort für immer den Rücken kehren. Sie hatte diese Abreise schon vor Wochen geplant; vor Richards Tod und vor ihrer schrecklichen Verhaftung.

Vor Chase.

„Ich würde immer noch behaupten, dass das eine idiotische Idee war, junge Dame", sagte Dr. Steiner, der gereizt neben ihr auf der Bank kauerte. „Einfach so das Krankenhaus zu verlassen. Was, wenn die Blutung wieder beginnt? Was, wenn Sie ein Infektion bekommen? Ich habe nicht die Mittel für solche Komplikationen. Ich sage Ihnen, ich werde zu alt für diese Sachen. Zu alt!"

„Es wird schon gut gehen, Doktor", erwiderte sie, ihren Blick auf die Bucht gerichtet. „Wirklich", sagte sie sanft, „es wird schon gut gehen ..."

Dr. Steiner murmelte etwas vor sich hin. Es war ein Monolog über ungehorsame Patienten und wie schwierig es doch war, in diesen Tagen Arzt zu sein. Miranda hörte ihm kaum zu. Ihr gingen zu viele andere Dinge durch den Kopf.

Ein ruhiger Abgang, einige Zeit allein zu sein – ja, alles in allem wäre es so am besten. Chase wiederzusehen wäre zu verwirrend. Sie brauchte eine Fluchtmöglichkeit, Zeit zum Analysieren, was sie wirklich für Chase empfand. Liebe? Das glaubte sie. Ja, sie war sich *sicher.* Doch damit hatte sie schon beim letzten Mal falsch gelegen, schrecklich falsch.

Und dennoch …

Sie umklammerte die Reling und blickte verdrossen auf die Insel. Wind kam auf strich über das Wasser, blies ihr seinen kalten, salzigen Atem ins Gesicht.

Ich liebe ihn, dachte sie. Ich weiß, dass ich ihn liebe.

Doch das reicht nicht für eine Zukunft. Es gab zu viele Hindernisse. Richards Gespenst. Der Schatten des Misstrauens. Und immer, immer wieder diese metaphorischen Hinweise auf ihre Herkunft. Es sollte keinen Unterschied machen, aber ein Tremain mochte das anders sehen.

„Die Bugleine ist los!“ rief die Deckshand.

Die Motoren der *Jenny B.* wurden gedrosselt. Sie drehte langsam nach Steuerbord, bis der Bug auf den weiten, grünen Hügel zeigte, der Shephard's Island war. Die Deckshand schritt an der Längsseite des Bootes entlang und löste die Heckleine. Gerade, als das Tau frei kam, ertönte ein Ruf von der Pier.

„Warten Sie! Halten Sie das Boot an!“

„Wir sind voll!“ brüllte die Deckshand. „Nehmen Sie das nächste.“

„Ich sagte *anhalten!*“

„Zu spät!“ bellte die Deckshand. Die *Jenny B.* entfernte sich bereits von der Pier.

Es war der plötzlich scharf geäußerte Fluch der Deckshand, der Miranda veranlasste, sich umzusehen. Weit hinten lief eine Person auf das Ende der Pier zu. Sie machte einen riesigen Satz über den größer werdenden Wassergraben, den sie um nur wenige Zentimeter verfehlte, und landete auf dem Deck der *Jenny B.*

„Scheißkerl", staunte die Deckshand. „Sind Sie verrückt geworden?"

Chase rappelte sich auf. „Ich muss mit jemandem reden – einem Ihrer Passagiere ..."

„Mensch, Sie müssen *wirklich* Dringendes zu besprechen haben."

Chase holte tief Luft, um sich zu beruhigen und schaute sich auf dem Deck um. Sein Blick blieb an Miranda hängen. „Ja", sagte er sanft. „Wirklich Dringendes."

Miranda, die gefangen an der Reling stand, blieb nichts anderes übrig, als Chase überrascht anzustarren, während er auf sie zukam. Die anderen Passagiere beobachteten sie und warteten darauf, was als Nächstes geschehen würde.

„Junger Mann", bellte Dr. Steiner. „Falls Sie sich den Knöchel verstaucht haben, erwarten Sie nicht von mir, dass ich ihn richte. Sie beide und ihre verdammten, dummen Kunststückchen."

„Meinem Knöchel geht es gut", sagte Chase, seinen Blick auf Miranda gerichtet. „Ich möchte lediglich mit ihrer Patientin sprechen, wenn sie damit einverstanden ist."

Miranda stieß ein ungläubiges Lachen aus. „Wie könnte ich das ablehnen, nach so einem Sprung?"

„Lass uns nach vorne gehen." Chase griff nach ihrer Hand. „Dafür brauche ich keine Zuschauer."

Sie gingen zum Bug und standen an der Reling, wo der salzige Wind unablässig auf sie einpeitschte. Über ihnen kreisten Möwen, die fliegenden Begleiter der stampfenden *Jenny B.*

„Sie haben mir erzählt, dass du früher entlassen werden wolltest. Du hättest im Krankenhaus bleiben sollen."

Miranda schlug die Arme um sich, um sich vor dem Wind zu schützen, und starrte auf das Wasser hinunter. „Ich konnte nicht noch länger in diesem Bett liegen. Nicht während so viele Dinge über mir schweben."

„Aber es ist vorbei, Miranda."

„Noch nicht. Da ist immer noch die Polizei, und ich muss mich mit meinem Anwalt arrangieren."

„Das kann warten."

„Aber ich kann nicht warten." Sie erhob ihren Kopf und reckte ihn dem Wind entgegen. „Ich möchte diesen Ort verlassen, sobald ich kann."

„Wo wirst du hingehen?"

„Ich weiß es nicht. Ich dachte darüber nach, nach Westen zu ziehen. Jill Vickery hat ihre Vergangenheit hinter sich gelassen. Vielleicht kann ich das auch."

Darauf herrschte lange Zeit Stille zwischen ihnen. „Du bleibst also nicht auf der Insel", sagte er.

„Nein. Dort gibt es nichts mehr für mich zu tun. Ich werde die Versicherungssumme für das Haus bekommen. Das wird genügen, um neu anzufangen. An irgendeinen Ort, wo sie weder mich noch Richard kennen oder wissen, was hier geschehen ist."

Das Wasser brach sich am Bug der *Jenny B.*, und die Gischt sprang hoch und benetzte ihre Gesichter.

„Es ist keine einfache Sache", erklärte sie, „in einer Stadt zu leben, wo sich die anderen immer über dich wundern werden. Ich verstehe jetzt, weshalb Jill Vickery San Diego verlassen hat. Sie wollte sich von ihrer Schuld reinwaschen. Sie wollte ihre Unschuld wiederhaben. Und das genau ist es, was ich auch zurück möchte, Chase. Meine Unschuld."

„Die hast du nie verloren."

„Doch, das habe ich. Du hast das auch gedacht. Und das wirst du immer über mich denken."

„Ich weiß es jetzt besser. Ich habe keine Fragen mehr, Miranda. Keine Zweifel."

Sie schüttelte den Kopf und wandte sich traurig von ihm ab. „Es ist nicht so einfach, die Vergangenheit zu begraben."

„Okay, dann ist es das eben nicht." Er drehte sie zu sich um. „Es ist niemals einfach, Miranda. Das Leben, die Liebe. Weißt du, gerade heute Morgen hat Miss St. John etwas sehr Weises zu mir gesagt. Sie meinte, dass ein Happy End niemals aus heiterem Himmel kommt. Man muss daran arbeiten." Er streckte seine Arme nach ihr aus und nahm ihr Gesicht in seine Hände. „Glaubst du nicht, dass dieses Happy End es wert wäre, daran zu arbeiten?"

„Aber ich weiß nicht einmal, ob ich noch an so etwas glaube wie ein Happy End."

„Das habe ich auch gedacht. Aber ich beginne, meine Meinung darüber zu ändern."

„Du wirst dich immer fragen, Chase, ob du mir vertrauen kannst …“

„Nein, Miranda. Das ist die eine Sache, die ich *niemals* mehr in Frage stellen werde.“

Dann küsste er sie auf eine süße und zarte Art und Weise, die nicht von Leidenschaft aber von Hoffnung zeugte. Diese eine Berührung seiner Lippen schien die schreckliche Schuld und die Reue, die ihre Seele befleckten, fortzuspülen.

Die Erneuerung der Unschuld. Das war es, was er ihr anbot, das war es, was sie in seinen Armen fand.

Vermeintlich nur wenige Minuten später brachen die Möwen plötzlich in ein wildes Gekäcker aus, die lautstarke Ankündigung, dass Land in der Nähe war. Das Paar am Bug löste sich nicht aus der Umarmung. Selbst als die Bootspfeife erklang, selbst als die *Jenny B.* in den Hafen glitt, standen sie immer noch dort.

Zusammen.

– ENDE –

Deutsche Erstveröffentlichung

Heather Graham

Unter tausend Monden

Seit die Schriftstellerin Antonia auf Bruce MacNialls Burg Szenen aus der schottischen Vergangenheit vorspielen lässt, wird sie von schrecklichen Albträumen geplagt. Als würden Ereignisse, die jahrhundertelang vergessen waren, von neuem lebendig .

Band-Nr. 25166

7,95 € (D)

ISBN: 3-89941-208-7

MIRA®

Erica Spindler

Gefangene des Ruhms

Die Glamourwelt von Los Angeles entdeckt ihre makellose Schönheit, und Top-Model Valentine wird über Nacht zum Superstar. Alle Männerherzen fliegen ihr zu. Nur denjenigen, den Valentine wirklich liebt, kann sie nicht bekommen ...

Band-Nr. 25151
7,95 € (D)
ISBN: 3-89941-190-0

MIRA®